LA FEMME DU DIABLE

Du même auteur au Rouergue

Romans

- *Les maîtres sans dieu*, 2023.
- *Un rêve d'enfance*, 2022.
- *Une promesse d'été*, 2021.
- *Le Rebouteux des montagnes*, 2020. Rouergue en poche, 2022.
- *L'homme qui chaussait du 62*, 2019.
- *Messagère de l'ombre*, 2018. Rouergue en poche, 2021.
- *Lendemains de Libération*, 2017. Rouergue en poche, 2020.
- *Un été d'herbes sèches*, 2015. Prix Arverne, 2016. Rouergue en poche, 2017.
- *Une mère à aimer*, 2013. Rouergue en poche, 2023.
- *L'Héritier*, 2010. Rouergue en poche, 2014.
- *Les Chapeaux d'Amélie*, 2007, Grand prix du roman de la ville de Pamiers, 2008. Rouergue en poche, 2013.
- *La Kermesse des célibataires*, 2006.
- *Mademoiselle Laguiole*, 2005. Rouergue en poche, 2013.
- *L'Alouette*, 2004.
- *Monsieur le Gouverneur*, 2003. Le Livre de Poche, 2005.
- *Ces gens du beau monde*, 2002. Le Livre de Poche, 2005.
- *Le Bal des gueules noires*, 2001. Prix du salon d'Hermillon, 2002. Rouergue en poche, 2014.
- *La Montagne sacrée*, 2000. Rouergue en poche, 2015.
- *Julie*, 1999. Rouergue en poche, 2014.
- *La Fille de La Ramière*, 1998. Le Livre de Poche, 2000.
- *La Gantière*, 1997. Prix Lucien-Gachon, 1998. Prix des Inter-CE (comités d'entreprises) des Pays de la Loire, 1998. Rouergue en poche, 2013.
- *Le Café de Camille* (avec Danielle Magne), 1995. Rouergue en poche, 2014.
- *Le Pain blanc*, 1994. Prix Mémoire d'Oc, 1994. Rouergue en poche, 2014.
- *Les Neiges rouges de l'an II*, 1991. Rouergue en poche, 2015.
- *La Cloche volée*, 1989. Rouergue en poche, 2015.
- *Les Feux de la Liberté*, 1988. Rouergue en poche, 2015.

(suite de la bibliographie en fin d'ouvrage)

Graphisme de couverture : Cédric Cailhol
Photographie de couverture : © Susan Fox/Trevillion Images

www.lerouergue.com

DANIEL CROZES

LA FEMME DU DIABLE

ROMAN

L'estive au
ROUERGUE

Avertissement

Ce roman est « librement » inspiré de la vie d'Antoinette Durand de Gros (1864-1924), dite la citoyenne Sorgue, féministe, journaliste et militante révolutionnaire. Son grand-père Joseph-Antoine, agronome et saint-simonien, avait été déporté en Algérie en 1852 pour ses convictions politiques. Son père Joseph-Pierre, républicain, philosophe, spécialiste de l'hypnotisme, passionné par le spiritisme, avait vécu en Angleterre et aux États-Unis ; il avait épousé l'héritière d'une grande famille russe. Antoinette a marqué par ses multiples combats l'histoire politique et sociale en France et à travers l'Europe. Elle est associée à la grève des cabanières de Roquefort en 1907, à la grève du parmesan en Italie en 1908, à la grève des transports en Grande-Bretagne en 1911. Elle a joué un rôle dans l'entrée en guerre de l'Italie en 1915. Généreuse envers les familles de grévistes mais aussi les pauvres pendant la Grande Guerre dans l'Aveyron où elle avait ses attaches familiales, elle est décédée à Londres dans le dénuement et la solitude.

1

Dans la salle à manger d'une pension de famille de Bruxelles, le déjeuner se terminait en ce mercredi 19 août 1914. Une dizaine de convives s'étaient installés autour d'une longue table d'hôtes. Trois femmes s'étaient regroupées en bout de table comme à l'habitude. La patronne les appelait les « blouses blanches ». Elles travaillaient dans un hôpital du quartier, proche de la place Royale et aménagé dans un établissement scolaire après l'invasion du royaume par les Allemands, qui accueillait des soldats blessés ne cessant d'affluer. La première, au regard profond et aux yeux très bleus, tressait ses blonds cheveux. La deuxième avait les joues constellées de taches de son et des fossettes rieuses, d'épais cheveux aux reflets cuivrés qu'elle coiffait bien sagement en chignon. Ces élèves-infirmières, si réfléchies, au visage grave, n'avaient peut-être pas plus de dix-huit ans. Quant à la troisième femme, elle approchait la cinquantaine et se distinguait par sa chevelure châtain clair, bouclée et rebelle, qui recouvrait à peine la nuque – ce qui tranchait avec les coiffures de l'époque –, des joues roses comme des pétales d'églantine et bien rondes, des prunelles pétillantes mais si changeantes qui passaient subitement du bleu au gris puis du gris au vert, des mains blanches et soignées aux longs doigts fuselés. Les deux premières, Blandine et Hortense, étaient bruxelloises. La troisième, Marianne Cancelier, était française. Elle séjournait en Écosse au moment où l'empereur Guillaume s'était affranchi de la neutralité du royaume de Belgique, pourtant reconnue par toutes les puissances européennes depuis le XIXe siècle, en décidant de traverser le territoire pour attaquer la France. En apprenant la nouvelle, Marianne avait embarqué sur le premier bateau à destination d'Ostende pour rejoindre Bruxelles le 9 août et proposer aussitôt ses services dans un hôpital. Elle avait découvert la capitale de la Belgique en 1891 lorsque la direction du *Journal des Débats*, quotidien d'informations politiques et littéraires qui constituait une référence en France et à Paris, l'y avait nommée correspondante. En 1893, elle avait travaillé ensuite pour *La Petite République*, quotidien socialiste dont Millerand assumait alors la direction politique. Fournissant à la demande des chroniques sur le syndicalisme, la politique et les affaires judiciaires, puisqu'elle avait été la première femme acceptée parmi la presse pour des sessions d'assises, elle avait séjourné à Bruxelles pendant quatre années et apprécié la richesse de son patrimoine, son art de vivre et l'accueil de ses habitants.

Elle avait rencontré des artistes, des intellectuels, des parlementaires, des responsables syndicaux, des enseignants, des femmes militantes, des ouvriers ; elle y avait noué des relations amicales. C'était la raison pour laquelle elle avait accouru après la violation de la neutralité du royaume. Dès sa descente de l'express qui l'avait amenée d'Ostende, elle s'était précipitée dans le quartier de la place Royale qu'elle avait habité autrefois. Elle avait demandé aux passants si un hôpital y avait été ouvert. Deux jeunes femmes l'avaient renseignée. C'était Blandine et Hortense qui s'apprêtaient à prendre leur service de l'après-midi. Elles l'avaient présentée à la surveillante-chef qui l'avait acceptée, après un bref entretien, parmi les bénévoles secondant le personnel auprès des blessés. Ignorant que Marianne Cancelier connaissait bien ce quartier, elles l'avaient encouragée à descendre dans la pension où elles résidaient ; elles pourraient s'y retrouver le soir même si elle le désirait. Comme elle voyageait beaucoup, Marianne avait ses habitudes dans des hôtels proposant des locations de meublés à la semaine ou au mois. Mais elle n'avait pas dédaigné leur proposition ; elle s'était installée dans cette pension de famille dont elle connaissait la réputation. Les trois femmes avaient fraternisé, partageant leurs repas à la table d'hôtes et leurs moments de liberté.

Le déjeuner de ce 19 août s'achevait donc. La patronne apporta une cafetière contenant un mélange de chicorée et de café que les premiers rationnements imposaient désormais. La cafetière circula. Les tasses se remplirent. On entendit le bruit des cuillères remuant cette « boisson de guerre », comme l'appelaient les convives qui se contentaient de la déguster sans sucre depuis que les rayonnages d'une majorité d'épiceries avaient été dévalisés par des ménagères obsédées par la pénurie. À l'arrivée de la patronne, les discussions ne s'étaient pas interrompues ; elles se poursuivaient avec gravité. Elles étaient concentrées sur l'invasion prussienne, la résistance de l'armée royale qui combattait avec vaillance les féroces casques à pointe, l'héroïsme des Liégeois et de leurs défenseurs qui n'avaient capitulé qu'après un siège de onze jours. Des familles de blessés rapportaient, dans les couloirs de leur hôpital, les exactions et les horreurs dont elles avaient été les témoins : des maisons et des récoltes incendiées, des villages détruits, des habitants rançonnés, des exécutions sommaires. Partout, sur le passage des Prussiens, ce n'était que désolation, souffrance, barbarie. Marianne s'en inquiétait. Elle avait déjà prévenu la surveillante-chef. Si les Allemands qui progressaient en direction de Bruxelles et de Namur s'emparaient de la capitale, elle repartirait en France. Attachée à son indépendance, à sa liberté de parole et d'action, elle n'entendait nullement cohabiter avec eux. La perspective de l'occupation de Bruxelles, qui paraissait inéluctable, c'était sûrement une question de deux ou trois jours avant que les régiments défilent sur la place Royale, ne réjouissait pas davantage Blandine et Hortense. Ni les autres pensionnaires. Encore moins la patronne. Cependant, tous avaient bien conscience qu'ils devraient se soumettre. Pendant des semaines ? Peut-être. Ou davantage… Certes la Belgique comptait sur les soldats français et anglais pour repousser les Allemands et chacun espérait, à la lumière de ce que les journaux parisiens affirmaient, que la guerre serait courte. Mais qui pouvait prédire d'une manière précise ce qui se passerait ?

Préoccupée, Marianne reposait sa tasse sur la nappe à carreaux lorsqu'un homme pénétra en trombe à la réception au point que les vitrages de la porte en vibrèrent. Il expliqua à la patronne qu'il avait un télégramme provenant de France pour mademoiselle Cancelier. La patronne l'introduisit dans la salle à manger. L'homme enleva alors sa casquette galonnée et demanda à Marianne une signature dans son registre en échange du « bleu ». Les conversations cessèrent. Tous les regards convergèrent sur l'infirmière parisienne comme la surnommaient des pensionnaires. Intriguée, Marianne conserva le télégramme entre ses mains et attendit quelques secondes avant d'en prendre connaissance. Elle n'avait communiqué son adresse à Bruxelles qu'à deux personnes : son petit-cousin Maxime Cancelier et Clément Broussoux. Le premier habitait à Rodez dans l'Aveyron, où la famille de Marianne s'enracinait depuis plusieurs générations. Fille unique, c'était le seul parent qu'elle fréquentait depuis le décès de son père, survenu en 1900. Ce n'était pas seulement un cousin mais un confident et un homme de bons conseils quoiqu'elle ne les appliquât pas toujours, son gestionnaire de biens. Quant à Clément Broussoux, syndicaliste, c'était bien plus qu'un camarade dont elle partageait la justesse des combats. C'était peut-être le seul homme qui comptait dans son existence où il n'y avait pas de place pour un époux et des enfants ni pour une existence rangée de femme au foyer. Sa vie ? C'était l'action. Et seulement l'action ! Journaliste et féministe, militante révolutionnaire, meneuse de grèves en France et à travers l'Europe, elle combattait depuis bientôt vingt-cinq ans les revers du capitalisme et l'injustice sociale. Toutefois, à la surveillante-chef de l'hôpital, à Blandine et à Hortense, à la patronne de la pension, elle s'était contentée d'indiquer qu'elle était conférencière et journaliste indépendante. À preuve : depuis son arrivée à Bruxelles, elle avait transmis à la rédaction en chef de *L'Humanité* deux chroniques sur la Belgique en guerre et le quotidien de ses habitants, notamment à Bruxelles. Le journal socialiste étant toujours distribué en Belgique, quoique avec du retard, des pensionnaires les avaient remarquées et même appréciées.

Un télégramme ? Marianne supposa que Clément l'informait de son arrivée prochaine. Dès qu'il pressentait un danger auprès d'elle, il accourait – s'il le pouvait – comme s'il éprouvait la nécessité de la protéger. N'était-il pas son aîné de sept ans ? observait-il. Elle s'en amusait parfois, ne le rabrouait jamais tellement elle était heureuse de le retrouver. Marianne le connaissait depuis plus d'une vingtaine d'années. Ils s'étaient rencontrés à l'occasion d'une enquête qu'elle avait consacrée en 1894 aux ouvrières de l'aiguille à

Paris, dans *La Petite République*. Elle souhaitait dénoncer les conditions de travail et de vie de ces femmes exploitées par leurs patronnes. Il cherchait à constituer un syndicat pour les défendre, essayant de rassembler dans la même organisation les repriseuses, brodeuses, corsetières, plumassières, giletières et fabricantes de casquettes qui n'avaient pas forcément les mêmes intérêts et ne percevaient pas les mêmes salaires. Cette initiative méritoire n'avait pas manqué de séduire la journaliste qui avait démontré sa pertinence. Elle avait interviewé le bouillant syndicaliste avec d'autant plus d'enthousiasme qu'il l'avait introduite auprès d'une poignée d'ouvrières qui avaient accepté de s'exprimer en dehors des ateliers. Son enquête bouclée, tous deux avaient continué à se retrouver régulièrement dans des estaminets de Montmartre pour débattre avec flamme des divisions socialistes, du syndicalisme et de l'anarchisme, des ouvriers et du capitalisme, des femmes au travail, de leurs droits peu souvent respectés et de leurs revendications. Ils étaient devenus amants puis leurs existences vagabondes les avaient quelque peu éloignés, avant de les rapprocher à nouveau d'une manière fortuite devant l'entrée d'un puits de mine ou d'un haut-fourneau dès qu'une grève y éclatait. Certes Marianne n'approuvait pas toutes ses positions politiques mais elle appréciait Clément qu'elle considérait comme son compagnon, quoiqu'elle ne partageât pas son quotidien. N'étaient-ils pas des êtres libres et ne prônait-elle pas la liberté sexuelle de la femme ? Pourtant, elle était toujours mariée. À l'âge de 20 ans, contre l'opinion de ses parents, elle avait épousé Étienne Vasseur dont elle avait croisé le chemin sur la Côte d'Azur. Ce journaliste satirique l'avait entraînée avec un peintre anarchiste en Argentine pour y fonder une colonie. L'échec avait été cuisant ! Dès son retour en France, après deux années de mariage, elle s'était empressée de reprendre son indépendance. Le ménage s'était alors séparé mais il n'avait pas demandé le divorce. Aujourd'hui, elle n'avait plus de relations avec son époux et ignorait ce qu'il était devenu.

Clément… Son sourire charmeur, la douceur de ses paroles qui contrastait avec sa farouche volonté de se battre jusqu'au bout, ses prunelles scintillantes de passion, sa moustache frisottante qu'elle caressait de la joue et sa carrure rassurante de sportif… Marianne était impatiente de l'étreindre à nouveau et de l'embrasser au point que son visage s'illumina. Blandine et Hortense l'arrachèrent à ses réflexions, s'étonnant qu'elle ne prenne pas connaissance du bleu. Elle le décacheta et, dans l'instant, se décomposa en découvrant le message. « Clément décédé. Attendons que tu reviennes pour les obsèques. Antoine. » Antoine était l'un des camarades de Clément. Inséparables compagnons de combat depuis leur jeunesse, même s'ils s'opposaient parfois sur les méthodes à mettre en œuvre pour permettre l'aboutissement d'une revendication, ils se considéraient comme deux frères. Clément décédé ? Marianne était abasourdie. Fermant les yeux, elle frissonna malgré la température de la salle à manger et ses mains tremblèrent. Que s'était-il passé ? Aurait-il été victime d'un accident ? Ou d'une maladie soudaine ? Leur dernière rencontre remontait au 1er mai dans l'Aveyron où elle avait participé au défilé des mineurs et des ouvriers dans les rues de Decazeville, au premier rang du cortège avec les bannières et les responsables syndicaux. Elle s'était ensuite adressée aux centaines de personnes présentes pour encourager les travailleurs à se syndiquer, comme leurs homologues britanniques qu'elle admirait, pour instruire sans concession le procès du militarisme en défendant la paix qui n'avait jamais été aussi fragile. Clément avait demandé à l'accompagner, il souhaitait connaître l'Aveyron où elle avait ses attaches familiales. Elle l'avait conduit à Conques et à Rodez puis dans sa propriété de Lagarde dont elle avait revendu le domaine à son petit-cousin pour ne garder que le château. Ils avaient marché sur les chemins des Palanges, cueilli des brins de muguet. Clément paraissait en pleine forme même s'il s'inquiétait, comme elle, des menaces de guerre. Il n'avait plus l'âge d'être mobilisé, puisqu'il avait cinquante-six ans, mais il se préoccupait des hommes qu'il apercevait travaillant dans les champs. Si la guerre éclatait, ils deviendraient les victimes des ambitions belliqueuses de Guillaume II. Marianne projetait alors de retourner en Grande-Bretagne, d'entreprendre des conférences sur le naturalisme de Zola et *Germinal* auprès des étudiants, mais elle envisageait de reprendre un bateau pour la France cet automne. Ils étaient convenus qu'ils se retrouveraient alors dans sa propriété de

Lagarde. L'automne était flamboyant dans les forêts des Palanges. À Pentecôte, Marianne s'était installée en Écosse, y avait rencontré comme à son habitude des mineurs, des marins, des ouvriers, des dockers, des étudiants. Puis elle avait commencé ses conférences à Glasgow. Avec Clément, elle avait échangé quelques lettres dont la dernière remontait à la dernière semaine de juillet.

La douleur, le chagrin s'abattirent sur ses épaules qui ployèrent. Clément était sûrement l'homme qu'elle avait le plus aimé et le plus apprécié. Elle ressentait déjà un vide au plus profond de son être, une immense solitude. À l'exception de son petit-cousin, elle n'avait maintenant plus personne à qui elle pourrait se raccrocher dans les moments difficiles. Alors que ces journées d'août étaient chaudes, elle avait l'étrange sensation de pénétrer soudain dans des steppes inhabitées, glacées, hostiles. Blandine et Hortense avaient compris qu'une mauvaise nouvelle l'avait frappée, à la manière d'un animal stoppé en pleine course par les plombs meurtriers des chasseurs, mais elles se demandaient comment la réconforter sans la braquer. Depuis que les Allemands avaient attaqué la Belgique et la France, les premiers « mortuaires » arrivaient dans les familles. La mitraille aurait-elle fauché un frère, un beau-frère, un cousin, un petit-cousin ou un neveu ? Ou même un confrère journaliste ? Elles l'ignoraient. Marianne était une femme secrète qui leur avait seulement précisé qu'elle n'avait pas d'enfant. Elles montrèrent tellement d'insistance dans leur regard qu'elle leur confessa, presque du bout des lèvres : « C'est un camarade qui m'était très cher. » Refoulant ses larmes, rassemblant son courage, elle s'appliqua à conserver de la dignité et du sang-froid. Quelle déflagration ! Elle n'imaginait jamais qu'il la quitterait d'une manière aussi brutale.

Se ressaisissant, elle se précipita à la réception pour rédiger un message qu'elle demanda à Blandine et à Hortense de remettre à la surveillante-chef de l'hôpital. Elle voulait regagner Paris dans les plus brefs délais pour les obsèques de Clément ; elle ne reviendrait pas à Bruxelles que les soldats allemands occuperaient bientôt. Blandine et Hortense l'embrassèrent avec émotion, tellement elles s'étaient attachées à Marianne, puis retournèrent à l'hôpital. Après leur départ, elle remonta dans sa chambre et s'effondra en larmes sur son lit. Remontèrent alors de sa mémoire des brassées de souvenirs : sa première rencontre avec Clément, leurs escapades en amoureux à travers les quartiers de la capitale, leurs discussions interminables dans des arrière-salles enfumées où se réunissaient syndicalistes et anarchistes, les meetings auxquels elle avait participé dans le bassin de Lens après la tragédie survenue à Courrières en 1906 alors qu'il essayait d'instaurer la grève générale pour obtenir la journée de huit heures. Les minutes s'écoulèrent qui ressemblaient à des heures tellement elle était abattue et anéantie par sa disparition soudaine. Puis, séchant ses larmes, elle exhuma d'un paquet de papiers personnels, dont elle ne se séparait jamais, une photographie d'août 1907. Elle les représentait à Amsterdam à l'occasion du congrès international anarchiste où la direction de *La Guerre sociale,* le quotidien des insurrectionnels de Gustave Hervé, l'avait dépêchée pour interviewer des personnalités emblématiques du mouvement que Clément souhaitait connaître, montrant comme toujours une vivacité et une curiosité d'esprit que la journaliste avait remarquées dès leurs premières conversations. De leur promenade dans le quartier populaire de Jordaan, elle se souvenait comme si c'était la semaine passée. S'échappant d'une salle enfumée où les discussions houleuses s'éternisaient depuis des heures, cherchant la fraîcheur en cette fin d'après-midi, ils s'étaient aventurés dans le labyrinthe des ruelles pour découvrir de minuscules boutiques, des ateliers d'artisans, des maisons étroites, des courettes fleuries. Sur les berges du canal Gracht où s'étaient installées les *haringkar,* les « charrettes à harengs », ils avaient dévoré du hareng mariné avec des oignons. Un photographe leur avait demandé de poser avec la poissonnière. Ils riaient aux éclats, les doigts dégoulinant d'huile, le chapeau de guingois et presque débraillés – le corsage bien ouvert pour Marianne, la chemise amplement déboutonnée pour Clément. Derrière sa lourde charrette, les mains plantées sur ses hanches, la marchande les regardait avec gourmandise tellement ils semblaient heureux.

Marianne s'attarda un moment sur ce portrait, l'un des rares qui les représentaient, puis entreprit la relecture des derniers courriers de Clément. Il était impatient de la retrouver, à l'automne, en Aveyron. « Tu n'imagines pas combien ces quelques journées passées

dans ta propriété, ce printemps, m'ont dépaysé puis enchanté ! écrivait-il. C'est sauvage et si romantique ! Lorsqu'on a grandi avec le populo parisien, dans un trois-pièces où on s'entassait à neuf, lorsqu'on a pataugé dans la boue noire de l'entrée des puits de mine et vécu comme un bohème, on a l'impression de pénétrer dans un univers de roman en franchissant la porte de ton château ! À notre arrivée, comme tout me paraissait loin : les menaces de guerre, les défilés de la fête du travail, ton meeting devant les ouvriers et les mineurs, les revendications syndicales, les grèves, la misère… Pendant ces quelques journées dans ta propriété, j'ai eu le sentiment que j'étais protégé des fureurs du monde. Quelle chance ! Quel bonheur ! Je souhaiterais retrouver cette sensation à l'occasion de mon prochain passage à Lagarde mais je redoute que la guerre, si proche, nous enlève ce plaisir. Parce qu'il y a eu aussi le plaisir d'être avec toi et seulement avec toi. Personne ne t'a accaparée pour t'interroger sur la mobilisation des prolétaires en France et en Allemagne contre la guerre, tes opinions pacifistes qui rejoignent celles de Jaurès, ou la condition ouvrière. Nous étions seuls ! Enfin ! En dehors du monde, en dehors du temps… Je connaissais la femme rebelle, idéaliste et généreuse, la militante passionnée et même acharnée, la meneuse de grèves, l'avocate des femmes. J'ai découvert une femme encore différente, plus détendue et assagie, proche de la nature, si douce et tendre dans ce havre de paix. Et je ne t'en aimerai que plus… »
C'était touchant ! Clément n'avait jamais été expansif

en matière de sentiments, manifestant une discrétion et une certaine distance qui pouvaient parfois la laisser interrogative. Ce courrier était le seul où il se dévoilait.

L'horloge du corridor la ramena, soudain, à la réalité. Il était déjà cinq heures de l'après-midi. Elle se rafraîchit et se recoiffa, emporta son chapeau et disparut en direction de la station de chemin de fer du Midi où arrivaient et repartaient les express pour Paris. Priorité était accordée aux convois militaires ; la guerre avait bouleversé la circulation à l'intérieur de la Belgique et entre les deux pays. Quand un guichetier l'informa qu'il n'y avait pas d'express pour Paris dans la soirée et qu'elle devrait patienter jusqu'au lendemain, Marianne ne manifesta aucune surprise ; elle le redoutait. Son billet acheté, elle envoya un « bleu » à Antoine pour le prévenir de l'heure de son arrivée à Paris, avant de prendre l'édition de l'après-midi du *Soir* à un kiosque de la place Royale puis de regagner sa pension où elle rassembla ses affaires. En préparant ses bagages, elle songea aux obsèques de Clément qu'elle se chargerait d'organiser en rentrant. Ses camarades comptaient sûrement sur elle. Parmi eux, personne n'ignorait qu'ils étaient amants depuis des années, qu'il avait rompu toute relation avec sa famille, que le combat syndical était sa seule raison de vivre. Où l'enterrer ? Dans son propre caveau ! Marianne était devenue récemment propriétaire d'une concession perpétuelle au cimetière de Montmartre ; elle y avait déjà construit un tombeau où elle souhaitait être inhumée plutôt que dans la tombe familiale où reposaient ses grands-parents et ses parents. Dans l'Aveyron, beaucoup la détestaient aujourd'hui pour ses attaques de l'Église et du patronat, ses opinions politiques – elle était devenue, pour eux, une « rouge » – et ses initiatives dérangeantes. Nombre de familles ruthénoises qui la recevaient dans son adolescence et sa jeunesse, avec ses parents, l'avaient rejetée. Elles ne la saluaient plus depuis le décès de son père lorsqu'elles la croisaient dans les rues comme si elle était une pestiférée. Elle n'avait pas décidé par hasard d'être enterrée à Montmartre dont le cimetière renfermait, entre autres, la tombe de Charles Fourier. Son grand-père et son père avaient été ses fervents adeptes ; ils avaient même essayé de constituer, dans leur exploitation de Lagarde, un phalanstère, en s'attirant les inimitiés de quelques propriétaires de leur voisinage. Quant à Marianne, elle n'était pas insensible à ses théories mais les défendait avec moins de flamme que son grand-père. Elle avait donc construit un caveau au cimetière Montmartre, mais n'en avait informé que Maxime, son petit-cousin, et son notaire ruthénois. Au moment de s'acquitter des dernières dépenses auprès de l'entrepreneur, en 1913, elle n'avait pas imaginé une seconde que cette concession éviterait à Clément le « carré des pauvres » d'un cimetière de la capitale, réservé aux chemineaux, aux mendiants et aux indigents. Elle en était soulagée, même heureuse. Clément reposerait dans son quartier ; il n'y avait peut-être pas songé. Quand son heure viendrait, elle le rejoindrait.

2

Lorsqu'elle apparut sur les quais de la gare du Nord, à Paris, au milieu de dizaines de voyageurs, Antoine la reconnut aussitôt à son chapeau de paille jaune décoré d'une plume et à la ceinture qu'elle portait sur sa robe de coton rayé lilas et blanc. Il avait remarqué depuis des années qu'elle était inconditionnelle du rouge. Toujours élégante, y compris dans les meetings, elle arborait selon la saison des écharpes, robes, jupes, corsages, ceintures, gants et chapeaux rouges. N'avait-elle pas expliqué à Clément, à Antoine et à leurs camarades que le rouge était la couleur de la Révolution ? S'affranchissant des conventions, elle s'était abstenue d'acheter le moindre vêtement de deuil après le décès de son père, affirmant à qui souhaitait l'entendre que le deuil était dans son cœur. Marianne et Antoine s'étreignirent avec une grande émotion sans se soucier des passagers qui les bousculaient pour retrouver leurs proches et des commis de la compagnie qui circulaient avec leurs charretons. Ils n'échangèrent que quelques paroles dans le vacarme entretenu par le ronronnement des locomotives, les coups de sifflet stridents, les appels répétés aux porte-voix. Antoine se contenta de préciser à Marianne que Clément était décédé d'un infarctus, survenu dans son sommeil d'après le médecin. Supposant qu'elle le presserait de questions, ce qui paraissait logique, il suggéra qu'ils poursuivent la conversation plus tranquillement à la brasserie Le Terminus avant qu'il l'accompagne à la morgue de l'hôpital Lariboisière où Clément avait été transporté, après son examen par le médecin du quartier. Ne possédant pas de pied-à-terre à Paris, Marianne avait l'habitude de descendre à l'hôtel de Sébastopol, boulevard de Strasbourg, qui proposait des locations de chambres meublées à la semaine et à la quinzaine. Elle demanda à un employé de la compagnie d'effectuer la livraison des bagages à cette adresse, s'acquitta du règlement et rejoignit Le Terminus en compagnie d'Antoine. Il était déjà quatorze heures. L'express avait eu deux heures de retard. Ils s'installèrent à une table, commandèrent une collation et une boisson fraîche. Le maître d'hôtel disparu, Marianne planta son menton dans le creux de ses mains, regarda fixement Antoine et multiplia les questions. Clément était-il souffrant ? Ou fatigué ? Ou respirait-il moins bien ? Non ! répondit Antoine. Que s'était-il passé ? Il raconta alors qu'ils s'étaient retrouvés le mardi 18 après-midi dans son deux-pièces de la rue Cauchois pour travailler à la rédaction des derniers textes de la prochaine édition de leur journal syndical.

Ils avaient partagé un casse-croûte chez une bougnate du quartier et s'étaient séparés à l'approche de minuit après être convenus de peaufiner leurs articles le lendemain à 9 heures pour les transmettre ensuite à l'imprimeur. Antoine s'était présenté à 9 heures et avait frappé. N'obtenant pas de réponse, il avait alors pénétré dans l'appartement dont Clément ne fermait jamais l'entrée à clef. Il l'avait découvert inanimé dans sa chambre, allongé tout habillé sur les draps et le couvre-lit qui était à moitié rabattu. Il avait aussitôt appelé un médecin. Une question le taraudait maintenant : où pouvait-on l'enterrer puisqu'il n'avait plus de relations avec sa famille et que tous ignoraient, par ailleurs, qui prévenir ? Qu'en pensait-elle ? Marianne esquissa un timide sourire puis l'informa de ses décisions. En apprenant qu'il reposerait dans le caveau qu'elle avait construit au cimetière Montmartre, Antoine éprouva du soulagement. Comme ses camarades, il avait tellement redouté qu'on le condamne à la fosse commune, comme un vagabond. Elle proposait qu'ils se réunissent le lendemain à 17 heures devant son tombeau pour l'inhumation si les employés des pompes funèbres et le corbillard de son quartier étaient disponibles à cette heure-là.

Antoine l'accompagna en premier dans les bâtiments imposants et lugubres de Lariboisière où un infirmier les conduisit à travers un dédale de couloirs jusqu'à la morgue. Une vingtaine de cadavres y étaient conservés en attendant que les familles et les croquemorts les emportent. Il y avait là des soldats qui n'avaient pas survécu à leurs blessures, repérables à leur extrême jeunesse. Reposant sur une planche supportée par des tréteaux, Clément n'était plus qu'un numéro matricule. Quelle tristesse ! Et pas d'intimité possible ! Une vingtaine de personnes étaient présentes, dispersées dans la salle par groupes de deux ou trois, qui se recueillaient ou chuchotaient. Dans une odeur d'alcool, de formol, de putréfaction, de crésyl et de mort, Marianne s'inclina devant la dépouille de Clément. Les mains jointes sur sa chemise, les yeux clos, les traits lisses et le visage si blanc, il semblait détendu et pacifié alors que ses colères pouvaient être redoutables, notamment en meeting, et sa moustache frémir lorsqu'il s'agissait de combattre l'injustice. Elle garderait ce dernier souvenir de l'homme qui avait éclairé des journées sombres, l'avait soutenue dans des moments les plus périlleux – si fréquents dans son existence de militante –, dont elle avait apprécié la simplicité et l'honnêteté, la profondeur des sentiments. La guerre terminée, elle continuerait le combat – leur combat – lorsqu'il s'agirait à nouveau de défendre la classe ouvrière, les droits de la femme. Comme s'il était toujours à ses côtés.

Marianne était tellement bouleversée lorsqu'ils quittèrent l'hôpital qu'Antoine s'appliqua à la réconforter par quelques paroles simples et l'entoura d'un bras protecteur. Ils marchèrent sur le boulevard Rochechouart, enfermés dans leurs pensées, avant de rejoindre le quartier de Montmartre pour accomplir les dernières formalités puis rencontrer les croquemorts en prévision des obsèques de Clément. Ils se séparèrent ensuite au terminus des omnibus, place Blanche. Antoine prévoyait d'effectuer la tournée des « quartiers généraux », essentiellement des bougnats et des bistrots de Montmartre et du Faubourg Saint-Antoine, des camarades de différents syndicats qui connaissaient Clément pour les informer de l'heure du rendez-vous du lendemain, au cimetière de Montmartre. Marianne, quant à elle, était impatiente de retrouver sa chambre meublée du boulevard de Strasbourg, un semblant de quiétude et quelques repères familiers, les attentions de la patronne et de son personnel.

L'après-midi s'achevait. C'était l'heure de la sortie des bureaux. Les autobus et les quelques omnibus à chevaux qui étaient encore en circulation – Marianne les préférait aux wagons du métropolitain où elle étouffait – étaient envahis par des secrétaires, des dactylos, des employées des Postes et Télégraphes regagnant leur domicile après leur journée. Les visages étaient fermés, les sourires glacés, les toilettes moins tapageuses qu'avant-guerre et déjà endeuillées par la disparition d'un frère, d'un cousin ou d'un fiancé. L'ambiance n'était plus aux frivolités, comme dans les années 1900, tandis qu'il y avait de la retenue et de la gravité dans les discussions entre les jeunes femmes. À la réception de l'hôtel de Sébastopol, la patronne accueillait la clientèle. Dès que Marianne pénétra dans l'entrée, elle se précipita à sa rencontre. Les deux femmes, qui se connaissaient depuis une vingtaine d'années, s'embrassèrent comme des amies. Pendant que Marianne remplissait le document de police,

Florence Delarbre demanda si elle comptait demeurer quelque temps à Paris ou si elle repartirait rapidement à l'étranger. Décontenancée par la disparition si soudaine de Clément, la journaliste était embarrassée pour répondre. Comme elle paraissait soucieuse, accablée même, la patronne l'interrogea en toute franchise. Marianne expliqua alors ce qui l'avait conduite à Paris en cette journée du 20 août. Clément décédé ? Florence Delarbre était abasourdie. C'était un habitué de la maison. Elle l'accueillait souvent lorsque Marianne y séjournait. Il débarquait à l'improviste en sifflotant, sa casquette dans une main, et la prévenait aussitôt qu'il rejoignait mademoiselle Cancelier dans son appartement où ils avaient à travailler. Toujours chambre 23 au deuxième ! répondait-elle, se contentant de sourire. Travailler ? Elle avait bien compris depuis des années quelles étaient leurs relations mais elle ne s'en offusquait point alors qu'elle était très vigilante sur les fréquentations de la clientèle et la réputation de l'établissement, concédant toutefois que Marianne n'était pas une cliente ordinaire. Quoiqu'elle ne partageât pas ses opinions politiques, elle appréciait Clément. C'était un homme sympathique, de bonnes manières. Elle était tellement affectée par la nouvelle qu'elle embrassa à nouveau Marianne et la pressa contre sa poitrine opulente. Que pouvait-elle pour adoucir son chagrin ? Souhaitait-elle partager son dîner, tout à l'heure, dans son salon ? Marianne la remercia. Elle était fatiguée, n'avait pas faim, préférait être seule. La patronne n'insista pas.

Un employé avait déjà transporté ses bagages dans sa chambre et elle éprouva un étrange sentiment en y pénétrant. Cet espace si confortable et chaleureux, au parquet toujours encaustiqué de frais, dont les deux fauteuils, le bureau, l'armoire Directoire n'étaient pas sans rappeler le mobilier de son château de Lagarde qui associait subtilement le Directoire et la Restauration, était devenu peu à peu sa deuxième demeure. Elle le retrouvait avec bonheur à l'occasion de ses longs séjours à Paris ou de simples escales entre la France, l'Angleterre, l'Allemagne ou l'Italie. Elle referma les rideaux couleur safran pour tamiser la lumière, déposa sur le bureau son sac, ses gants et son chapeau, s'effondra dans un fauteuil, ferma les yeux. Comment oublierait-elle le premier passage de Clément dans cette chambre 23 ? C'était en juillet 1895. Elle avait publié un reportage dérangeant sur les théâtres subventionnés et les comédiennes que des directeurs exploitaient sans scrupule comme prostituées pour quelques messieurs fortunés. La direction de *La Petite République* l'avait accepté sans grandes difficultés même si elle avait imposé la rectification de certains passages accusateurs pour empêcher toute poursuite judiciaire. Marianne avait envoyé le numéro du journal à Clément avec un message et son adresse à l'hôtel Sébastopol. Elle l'invitait à débattre avec elle des conditions de travail dans l'univers du théâtre qu'il ne connaissait pas et qu'elle avait approché avant d'entreprendre son enquête puisqu'elle s'était produite une année au théâtre de la Renaissance. Revenant d'Argentine puis se séparant d'Étienne, elle avait ressenti de l'attirance pour le théâtre dont elle avait souhaité qu'il devienne sa profession. Grâce aux relations de son père, un comédien l'avait acceptée parmi ses élèves. Elle avait découvert les rudiments du théâtre et la manière de s'exprimer sur une scène, la signification des sourires et des silences ; elle avait travaillé sa voix. Le directeur du théâtre de la Renaissance, Lucien Guitry, l'avait embauchée pour un modeste rôle dans une pièce de boulevard où elle avait partagé l'affiche avec Sarah Bernhardt. Elle en avait conservé un excellent souvenir mais n'avait pas persévéré dans le théâtre, désireuse de s'essayer au journaliste.

Cet après-midi de juillet 1895, étouffant et presque orageux, elle s'était demandé s'il se déplacerait vraiment jusqu'au boulevard de Strasbourg ou préférerait en débattre dans l'un de ses « quartiers généraux » à Montmartre, respectant leurs habitudes depuis qu'ils s'étaient rencontrés dans les coulisses des ateliers de la mode. Elle espérait tellement son passage qu'elle avait annulé un rendez-vous arraché de haute lutte auprès du sous-directeur d'une fabrique de cigares pour une enquête sur les cigarières parisiennes. Dans son cabinet de toilette équipé d'un tub, elle s'était rafraîchie à plusieurs reprises dans l'après-midi puis l'avait attendu patiemment, allongée sur le couvre-lit en coton, assommée par la chaleur, succombant à la tentation de somnoler lorsque ses paupières étaient trop lourdes. Rythmées par l'horloge du corridor, les heures s'étaient égrenées. À l'approche de dix-neuf heures, désappointée, elle avait supposé qu'il ne viendrait plus et s'était alors débarrassée de ses vêtements pour endosser sur son corps moite un peignoir léger en soie rouge, dont elle avait à peine noué la ceinture. Puis elle s'était allongée à nouveau et assoupie. Elle ne l'avait pas entendu frapper ni pénétrer dans la chambre. Lorsqu'elle s'était réveillée, elle l'avait découvert dans un fauteuil. Il la regardait fixement mais si tendrement qu'elle ne protesta pas pour son intrusion. Plus tard, il avait raconté d'une manière très naturelle qu'il l'avait surprise dans son sommeil mais qu'il ne s'était pas autorisé à l'interrompre. Elle reposait en biais sur la couverture, un bras en travers de la poitrine, la main mourant sur la hanche à l'extrémité de l'autre bras, un pied sur le parquet, son négligé de soie grandement ouvert qui dévoilait son intimité. C'était un tableau sublime, avait-il confessé à Marianne avec beaucoup de gourmandise. Au moment où elle avait remarqué sa présence, elle avait constaté qu'elle se trouvait dans une posture très impudique, malgré la demi-pénombre de la chambre, mais nullement calculée. S'était-elle agitée en dormant ? Sûrement. Elle s'était confondue en excuses : elle avait expliqué qu'elle s'était endormie en l'attendant. La fatigue… La chaleur… Sa jambe qui tombait était alors remontée prestement sur la couverture tandis que sa main avait tâtonné à la recherche d'un pan de son peignoir avant de se raviser soudain et de murmurer d'une voix assurée : « Viens ! » Elle ne l'aurait jamais concédé mais elle guettait cet instant-là depuis plusieurs semaines, amoureuse de cet homme sans s'enhardir à se déclarer, cherchant peut-être le moment opportun qui n'arrivait pas. Elle avait tendu ses bras. Il avait enlevé aussitôt ses chaussures, ses chaussettes, son pantalon, ses bretelles, sa chemise. Il avait écarté les pans de son négligé de soie puis l'avait admirée avant de la couvrir de baisers. Clément s'était montré d'une douceur et d'une lenteur qui l'avaient presque exaspérée tellement elle était pressée qu'il plonge en elle, comme dans un océan. Ils avaient exprimé leur jouissance en même temps dans un long cri qui avait sûrement résonné dans tout l'étage. Ce corps à corps n'avait cessé qu'avec l'épuisement. Ils s'étaient endormis l'un dans l'autre. La soirée était bien avancée lorsqu'ils s'étaient réveillés. Ils n'avaient pas envie de s'habiller ni de s'absenter de cette chambre, même une heure, pour chercher un restaurant sur le boulevard puis se rassasier. Pourtant, ils étaient affamés ! Marianne avait endossé une robe d'intérieur et elle était descendue à la réception pour commander une collation à la patronne. Un moment plus tard, une employée leur avait apporté du poulet froid, du fromage, des fruits et une bouteille de vin. Dans cette chambre, ils avaient passé trois journées comme des chatons au fond de leur panier. Lorsque Marianne se mettait à son bureau, préparant une chronique ou recopiant des notes, il restait couché à la regarder travailler. À plusieurs reprises dans la journée, l'une des employées déposait devant leur porte un plateau de victuailles dont elle ne reprenait ensuite que la vaisselle sale. Le rédacteur en chef de *La Petite République*, sans nouvelles de Marianne, avait appelé le troisième jour. À la demande de la journaliste, la patronne avait répondu que mademoiselle Cancelier souffrait d'une migraine et ne reviendrait à la rédaction que la semaine suivante. Quels moments merveilleux avaient-ils partagés ensuite, pendant des années, dans cette chambre numéro 23 ! Comment les oublierait-elle ?

Au cimetière de Montmartre, sous un soleil de plomb, Antoine et des dizaines de militants entouraient le lendemain Marianne autour de la dépouille de Clément. Certains d'entre eux s'étaient déplacés avec de grands drapeaux rouges et les oriflammes de la CGT qu'ils brandissaient dans les meetings ou les cortèges. D'autres avaient apporté des clairons. Pas de discours. Marianne s'y était opposée. Elle avait expliqué à Antoine que Clément ne l'aurait pas souhaité. Malgré ses responsabilités, sa réputation de meneur, son influence auprès de certaines fédérations ouvrières, il se considérait comme un syndicaliste ordinaire. Il n'y eut donc pas d'allocutions mais des chansons. On entonna des classiques de la Révolution, comme *La Carmagnole* et *La Liberté du peuple*, puis de la Commune de Paris à l'image de *La Semaine sanglante*, la *Marseillaise des travailleurs* et l'*Insurgé*. Les hommes les connaissaient à merveille tellement ils avaient l'habitude d'en rythmer les défilés du 1er mai ou des grèves. En les écoutant, Marianne frissonna malgré la chaleur. Elle songea à nouveau à leurs combats communs dans le Nord et le Pas-de-Calais avec les sidérurgistes et les gueules noires, à Limoges avec les porcelainiers, à Saint-Étienne, à Clermont… Ils terminèrent par *Le Temps des Cerises*, de Jean-Baptiste Clément, le parolier de la Commune, que Clément avait côtoyé dans les dernières années de son existence. Ils se tournèrent alors vers Marianne dont les mains et les lèvres tremblaient, les yeux étaient brouillés par l'émotion qui la submergeait. Comme ces paroles sonnaient avec justesse en cet après-midi d'adieu à l'homme qu'elle avait le plus aimé :

« Mais il est bien court, le temps des cerises,
« Où l'on s'en va deux, cueillir en rêvant
« Des pendants d'oreille…
« Cerises d'amour aux robes pareilles,
« Tombant sous la feuille en gouttes de sang…
« Mais il est bien court, le temps des cerises,
« Pendants de corail qu'on cueille en rêvant ! »

Quand les croquemorts descendirent le cercueil dans le caveau, elle se cramponna d'une main à l'épaule d'Antoine pour regarder la dépouille de Clément disparaître. Une page de sa vie se tournait… Comme dans la chanson de Jean-Baptiste Clément, elle garderait à jamais dans son cœur une plaie ouverte.

3

Les journées suivantes, Marianne les consacra au rangement et au nettoyage du logement de Clément, avec le concours d'Antoine. La propriétaire était impatiente de rechercher un nouveau locataire. Ils regroupèrent tout d'abord ses vêtements et les entassèrent dans de grandes malles qu'emportèrent les bénévoles d'une association qui se préoccupait de secourir les pauvres de Montmartre. Puis ils inventorièrent ses ouvrages, ses archives. Clément avait conservé des coupures de presse, des journaux syndicaux, des affiches, des courriers de camarades, des tracts. Ils décidèrent de les transférer dans les bureaux de la fédération des ouvriers de France qu'il avait constituée dernièrement et dont il occupait la présidence. Comme il n'avait jamais été ordonné, Marianne retrouva leur correspondance parmi les documents syndicaux. Elle reconnut aussitôt son écriture sur des enveloppes qu'elle avait expédiées de Londres, Lisbonne, Amsterdam,

Milan, Berlin, Limoges, Rodez. En les découvrant, elle éprouva une profonde tristesse et un sentiment de solitude. Elle les rassembla précieusement. Ces lettres rejoindraient les courriers de Clément, ses messages, des photos jalonnant leur histoire d'amour et leurs combats communs, des coupures de journaux qu'elle avait entreposées dans l'armoire de sa chambre au château de Lagarde.

Ils achevèrent de débarrasser le logement le dimanche 23 août. À ce moment-là, seulement, dans l'omnibus qui la conduisait sur le boulevard de Strasbourg après une journée difficile qui avait encore exhumé des gerbes de souvenirs du plus profond de sa mémoire, Marianne s'interrogea sur les décisions qu'elle devrait prendre pour son proche avenir. Que choisirait-elle ? L'Angleterre, la France et la Belgique étaient en guerre. Le quotidien de ces trois nations était bouleversé. Les gouvernements avaient décrété l'union sacrée qui s'appliquait à gommer les différences politiques. Les revendications déjà anciennes des travailleurs, comme le passage à la journée de huit heures, et des femmes n'étaient plus prioritaires même si elles étaient toujours d'actualité, légitimes. Pour la majorité des hommes politiques, la grève était devenue indécente alors que les soldats se battaient avec courage et donnaient leur sang pour la nation. Parmi les ouvriers, qui pouvait se plaindre ? Ce discours heurtait d'autant plus Marianne qu'en quelques semaines, les positions de la classe ouvrière s'étaient affaiblies. Le déclenchement de la guerre sonnait comme une défaite. Jaurès avait imaginé un mouvement européen qui s'opposerait au bellicisme prussien mais, par-delà les nations, les syndicats ne s'étaient pas entendus. Malgré la guerre, l'action demeurait le moteur de sa vie. Quelle action ? Dans l'immédiat, elle ne comptait pas retourner en Écosse ni poursuivre ses conférences sur le naturalisme de Zola et le syndicalisme ouvrier. Elle était trop touchée par la disparition de Clément, comme déstabilisée, et ne souhaitait pas « décortiquer » leurs combats communs devant les étudiants de Glasgow. C'était prématuré. Par ailleurs, elle hésitait à s'installer à Paris et à solliciter des directeurs de journaux pour une collaboration. Certes *L'Humanité, La Guerre Sociale* ou *La Voix du Peuple* l'accepteraient certainement ; ils l'avaient déjà publiée. Mais elle se demandait quelles chroniques elle pourrait leur proposer : le quotidien en France et alentour ne tournait qu'autour de la guerre alors qu'elle se passionnait pour les questions sociales. À la vérité, elle se préoccupait de la progression des Allemands en Belgique et redoutait que les casques à pointe s'attaquent à Paris. Ils l'avaient souvent claironné : la capitale de la France, qu'ils avaient assiégée en 1870-1871 mais qu'ils n'avaient pu occuper devant la résistance de ses habitants, était un objectif. Ils comptaient s'en emparer et leur avancée le confirma dans les journées qui suivirent. Le 24 août, les Allemands se trouvaient déjà entre Namur et Lille. Le 30 août, ils approchaient d'Amiens tandis que le 2 septembre, ils n'étaient plus qu'à vingt-cinq kilomètres de Paris. Marianne s'en inquiéta. Chaque après-midi, elle se précipitait à la rédaction de *La Petite République* dont la direction l'avait licenciée pour un différend politique en 1899 mais où elle avait conservé de bonnes relations avec deux de ses anciens confrères. Ces derniers ne manquaient jamais de l'informer des derniers événements politiques et des nouvelles du front. Le 2 septembre, ils l'exhortèrent à boucler rapidement ses bagages pour déguerpir de la capitale en imitant le gouvernement qui avait décidé de s'installer à Bordeaux. Elle se comporta comme ses parents qui habitaient le quartier de Saint-Germain-des-Prés au moment où les Prussiens avaient commencé à assiéger Paris en septembre 1870 : ils étaient retournés dans l'Aveyron, au château de Lagarde. C'était la plus élémentaire des précautions. Elle accourut aussitôt à la gare d'Orsay pour obtenir les horaires des services que la compagnie du Paris-Orléans proposait de Paris à Rodez. Le samedi 5 septembre, au moment où la panique s'emparait de familles entières cherchant à rejoindre leurs parents en province et qui envahissaient les gares, elle embarquait pour un interminable périple. La machine s'ébranla de Paris-Orsay à 10 h 38 avec des voitures bondées de voyageurs et de bagages. Marianne n'arriva à Rodez que dans l'après-midi du lendemain après de multiples attentes dans les gares des Aubrais, de Vierzon, de Châteauroux, de Limoges, d'Uzerche, de Brive pour permettre la circulation de convois militaires et de trains de blessés. Elle était exténuée en descendant du compartiment pour retrouver Maxime sous la marquise surchauffée de la gare de

Rodez. Quelle aventure ! Elle était courbaturée, assoiffée, affamée.

Comme ses deux grosses malles n'arriveraient que le lendemain ou peut-être même le surlendemain, ils n'attendirent pas la livraison des bagages par les commis du Paris-Orléans. Elle était heureuse d'embrasser Maxime Cancelier. C'était le seul homme qui comptait désormais pour elle. Grand et svelte, discret et patient, très élégant dans son costume, arborant un canotier et une canne au pommeau d'argent, la moustache finement taillée, la cinquantaine, il était veuf depuis une dizaine d'années. Ses deux enfants, deux filles, étaient mariées : Clothilde à Toulouse et la cadette, Émeline, à Montpellier. Maxime partageait ses journées entre sa profession d'avocat et le domaine de Lagarde qu'il avait racheté à Marianne puis confié à un régisseur. Il appartenait à la catégorie des Ruthénois privilégiés qui possédaient une automobile, conduisant ainsi une De Dion-Bouton qui permettait à Marianne de se déplacer facilement entre Lagarde et Rodez dès qu'elle séjournait en Aveyron. Les abords de la gare étaient encombrés d'attelages, de quelques torpédos, des premiers voyageurs qui se dirigeaient déjà vers le terminus du tramway pour rejoindre le centre. Maxime avait débarrassé Marianne de la valise qui ne la quittait jamais, où elle transportait ses objets précieux, des documents personnels et des vêtements pour le voyage. Dans son télégramme le prévenant de son arrivée, elle n'avait pas annoncé à son petit-cousin la disparition de Clément qu'il connaissait depuis le printemps seulement. Les deux hommes avaient alors sympathisé, impatients de se retrouver à l'automne ; Maxime prévoyait déjà de l'emmener à la chasse. Elle préférait l'informer de son décès quand ils prendraient l'apéritif dans le salon « bleu » avant que Madeleine, son employée s'occupant de la cuisine, du ménage et des lessives, commence le service.

Maxime Cancelier habitait une demeure bourgeoise sur la place du Bourg, que ses parents avaient acquise sous Napoléon III. Une pharmacie en occupait le rez-de-chaussée ; le cabinet d'avocat, le petit salon « bleu » où patientait sa clientèle, la salle à manger et la cuisine, le premier. Madeleine les attendait derrière son fourneau. Elle embrassa affectueusement Marianne, soulagée de constater qu'elle avait accepté de quitter Paris pour Rodez où, soutenait-elle, les Allemands ne s'aventureraient sûrement jamais. Pendant que la cuisinière commentait les dernières nouvelles – l'arrivée imminente de plusieurs centaines de réfugiés provenant du Nord de la France et de la Belgique ; l'acheminement de cent vingt blessés jusqu'aux hôpitaux de Rodez –, Marianne découpa dans la miche trônant sur la longue table des morceaux de pain qu'elle trempa dans la sauce d'une daube mijotant dans une marmite. Elle s'en régala ! L'instant d'après, elle s'installait dans la chambre du deuxième où elle avait ses habitudes lorsqu'elle était seulement de passage à Rodez. En revanche, lorsqu'elle séjournait plus longtemps dans la préfecture, elle descendait à l'hôtel Biney dans un deux-pièces où elle pouvait recevoir. Le cabinet de toilette était sommaire, ne disposant pas de l'eau courante, encore moins de baignoire. Elle le regretta tellement elle aurait apprécié de prendre un bain après ces deux journées de voyage. Mais il était équipé d'un tub et elle avait à peine déballé les vêtements emportés dans sa valise que Madeleine, toujours aussi prévenante, débarquait avec deux seaux, eau froide et eau chaude, pour sa toilette. Rafraîchie, coiffée, changée, elle retrouva Maxime dans le salon « bleu » ; il terminait la lecture de la dernière édition du *Courrier de l'Aveyron*. Délaissant aussitôt son journal, il disparut en direction de l'office pour en revenir avec une bouteille de liqueur de gentiane et des verres qu'il déposa sur le guéridon. Il s'apprêtait à déboucher la bouteille quand Marianne l'interrompit brusquement et l'informa de la disparition de Clément. Il demeura comme pétrifié, debout près du guéridon, le regard effaré, le visage livide. Il reposa ensuite sa bouteille sur le meuble puis s'effondra dans un fauteuil pour l'écouter en frissonnant d'émotion. Après les dernières paroles de Marianne sur les obsèques de Clément à Montmartre, un silence étouffant s'abattit sur le salon « bleu ». Par les fenêtres légèrement entrouvertes, on n'entendait que les étourneaux gazouiller dans les branches des marronniers de la place et sur les toitures, les gamins chahuter et s'amuser. Marianne essuyait ses larmes, qu'elle n'était pas parvenue à refouler, lorsque Madeleine les rejoignit. Apprenant la nouvelle, elle se précipita vers Marianne pour l'embrasser tout en chuchotant des paroles apaisantes. Elle connaissait si peu

Clément, qu'elle avait rencontré à l'occasion de son rapide passage à Rodez, au printemps, mais elle avait compris qu'il comptait pour elle.

Ils ne trinquèrent pas puis dînèrent en silence. À la demande de Marianne, ils effectuèrent ensuite une promenade à travers Rodez au moment où le soleil dardait ses derniers rayons et rehaussait la couleur lie-de-vin des moellons de certaines maisons et, surtout, de la cathédrale Notre-Dame. Les cloches sonnaient, comme pour les offices, appelant les Ruthénois à participer à une soirée de prières pour la paix présidée par l'évêque. Tout en marchant, Marianne et Maxime parlèrent de la mobilisation d'août au domaine de Lagarde, de Clément, de la situation en Belgique qui empirait jour après jour, de la nécessité pour la France de contre-attaquer au nord de Paris pour pouvoir repousser les Allemands, de l'incertitude des combats laissant présager une guerre durable, des premiers « mortuaires » qui avaient été distribués dans les villages des environs de Lagarde et qui semaient le malheur dans les maisons. Maxime interrogea sa petite-cousine sur ses intentions. Comptait-elle demeurer à Rodez ou à Lagarde ? Repartirait-elle à l'étranger ? Elle répondit en toute franchise. La disparition de Clément avait été si soudaine et brutale qu'elle aspirait à retrouver des paysages familiers et reposants, ses attaches familiales et ses repères personnels. C'était une nécessité dans les moments difficiles qu'elle affrontait. Bien avant le décès de son père, le château de Lagarde avait toujours représenté le refuge entre deux voyages à travers l'Europe, entre deux grèves ou quand elle ne supportait plus les contraintes parisiennes. À Lagarde, elle se promenait dans les forêts voisines, empruntait l'un des chevaux de Maxime et s'aventurait sur les chemins, poursuivait la rédaction de ses mémoires entreprises dès qu'elle était revenue d'Argentine pour consigner dans des cahiers l'histoire de leur initiative fumeuse de constituer une colonie anarchiste. Depuis, elle noircissait des grands cahiers d'écolier pour pouvoir se souvenir dans sa vieillesse de ses incessants combats pour les droits des femmes, des grandes grèves auxquelles elle avait participé en France et en Europe, des travailleuses qu'elle avait rencontrées pour ses reportages.

Pouvait-il l'emmener au château de Lagarde dès le lendemain ? demanda-t-elle à Maxime au moment où ils terminaient leur balade. Oui ! répondit-il. Toutefois, il préférait qu'elle demeure encore deux ou trois journées à Rodez, ne renonce pas à ses habitudes pour ne pas décevoir les quelques relations qu'elle y avait conservées. Ses relations ? Dès qu'elle revenait en Aveyron après un déplacement, une conférence en France ou à travers l'Europe, une grande grève, elle les rassemblait à l'hôtel Broussy pour leur rapporter ce qu'elle avait entendu ou observé, l'évolution de la condition ouvrière et les dernières revendications syndicales, les inquiétudes et aspirations des peuples. Parmi les personnes qu'elle retrouvait alors et qui la pressaient de questions, figuraient Louis Lacombe, le maire radical de Rodez et conseiller à la cour d'appel de Limoges, qui s'était déplacé en 1908 à Milan lorsqu'elle avait été arrêtée, un ancien sénateur et quelques militants socialistes, le directeur et le rédacteur des deux journaux républicains, imprimés à Rodez : *Le Courrier de l'Aveyron* et *Le Républicain de l'Aveyron*. Après la réception de son « bleu », Maxime avait prévenu de son arrivée certains d'entre eux qui, déjà, étaient impatients de l'interroger sur la situation en Belgique et les réactions de ses habitants puisque Rodez était appelée à accueillir des familles de réfugiés. Marianne pouvait-elle se dérober malgré le chagrin et la douleur ?

Organisée par Maxime, cette rencontre se déroula le mercredi 9 dans le salon du Broussy où ils se réunissaient d'ordinaire pour ces discussions passionnées mais informelles. Ce salon avait été décoré par un peintre orientaliste, Maurice Bompard. Ses marines vénitiennes avaient toujours enchanté Marianne et constituaient comme une invitation au voyage et à la rêverie ; elle les admirait d'autant plus qu'elle n'avait pu découvrir Venise et ses fameux canaux lorsqu'elle avait séjourné dans la péninsule italienne en 1908 au moment de la grande grève agricole de la province de Parme. Elle avait ensuite été incarcérée pendant soixante jours avant d'être expulsée à l'issue de son jugement. Ils se retrouvèrent donc une douzaine au Broussy pour l'entendre. Il n'y avait que des hommes, comme avant-guerre, ce que Marianne n'avait jamais manqué de regretter : elle estimait que les questions sociales et la politique regardaient également les femmes même si elles ne bénéficiaient pas encore du droit de vote et si les dispositions du Code civil les soumettaient à l'autorité de leur époux. Elle rapporta ce qu'elle avait recueilli à Bruxelles auprès des familles des blessés désertant les localités et les régions dévastées par les Allemands où tout n'était que pillages, incendies, vols, viols, atrocités. Dans un bourg, les soldats avaient détruit les maisons et assassiné des hommes dont ils avaient brûlé les cadavres, attaché des femmes à des troncs d'arbres après les avoir dépouillées de ce qu'elles portaient. Dans l'ivresse de la victoire, ils avaient emmené certaines d'entre elles… La nouvelle de leurs exactions s'était alors répandue. Dans les villages voisins, les habitants avaient entassé sur des charrettes des meubles, des vêtements, des vieillards, des enfants pour s'engager dans la direction opposée à celle de l'envahisseur. Ils étaient obsédés par les éclaireurs allemands – les uhlans – qui sillonnaient les chemins avec leurs chevaux, coiffés d'une chapka, brandissant leur lance pointue, équipés d'un sabre et d'un revolver, vomissant des cris de guerre. Quelle détresse ! Marianne craignait que les Allemands propagent cette barbarie en France s'ils réussissaient à enfoncer ses défenses, à progresser, à s'emparer de plusieurs départements puis de la capitale. L'assistance l'écouta sans l'interrompre. Certes les journaux avaient retracé l'invasion de la Belgique puis dénoncé les exactions des Allemands contre les populations. Mais Louis Lacombe, son entourage, les rédacteurs et les directeurs des deux journaux républicains les découvraient de manière concrète. C'était poignant. Si Marianne avait des qualités d'oratrice appréciées bien au-delà de la France – elle était capable de provoquer l'enthousiasme de plusieurs milliers de personnes et de conquérir leur adhésion –, ils avaient bien conscience qu'elle ne cherchait nullement à les bluffer et ils étaient terrifiés par ce qu'elle racontait. Louis Lacombe constatait que les troupes de Guillaume II se comportaient comme des soudards et comme les Prussiens qu'il avait combattus en 1870.

Le témoignage de Marianne ne pouvait que le conforter dans sa volonté de recevoir, à Rodez, des réfugiés belges et du Nord de la France. S'exprimant dans les journaux qui paraissaient au chef-lieu, il avait demandé aux Ruthénois d'en héberger. Mais son initiative avait été critiquée par *L'Union catholique* qui conseillait au premier magistrat d'utiliser en priorité le dispensaire municipal, la maison du peuple et l'ancien petit séminaire, en capacité d'abriter des centaines de personnes, avant de solliciter les Ruthénois qui auraient à recevoir des parents habitant dans les quartiers parisiens si les Allemands occupaient la capitale. Pour Marianne, la polémique était stupide ; elle démontrait que les clivages politiques subsistaient et que l'union nationale était une illusion. Maxime s'était déjà proposé, disposé à installer une famille dans sa demeure de la place du Bourg. Le premier magistrat et les participants à cette soirée en discutèrent après les dernières réponses de Marianne. Même si les combats étaient bien éloignés de Rodez, la guerre était présente dans le quotidien de la population puisque plusieurs centaines de blessés avaient déjà été transférés dans les hôpitaux temporaires aménagés dans des établissements scolaires, à l'École normale et à l'hôpital Combarel. Rodez était devenue, par ailleurs, un centre mobilisateur permanent qui avait rassemblé en l'espace de quelques semaines de 9 000 à 10 000 soldats que des instructeurs préparaient pour pouvoir renforcer les régiments au combat. Les militaires défilaient à longueur de journée dans Rodez, effectuaient les exercices de tir sur l'esplanade du Foirail. Cette effervescence n'avait pas manqué de surprendre Marianne à l'occasion de ses premières promenades sur l'avenue Victor-Hugo et sur les boulevards longeant les anciens remparts. Elle ne reconnaissait plus Rodez dont la population avait augmenté de deux tiers en quelques semaines, éprouvant l'étrange sensation d'être « enfermée » aujourd'hui dans une garnison alors qu'elle avait toujours été rebelle à l'autorité, d'où son impatience à rejoindre le château de Lagarde.

Les membres du Cercle Broussy, comme l'appelait Marianne, ne se séparèrent qu'à une heure tardive. Le rédacteur du *Républicain de l'Aveyron,* Vincent Chaumes, accompagna Maxime et Marianne jusqu'à la place du Bourg ; il habitait dans la rue de La Barrière. Ils prolongèrent leurs discussions de la soirée. Vincent Chaumes était d'origine bordelaise et avait travaillé au *Républicain du Loiret* avant d'être embauché à l'automne 1913 au *Républicain de l'Aveyron* par l'intermédiaire de Louis Lacombe, l'un des collaborateurs politiques de ce bihebdomadaire paraissant le mercredi et le samedi. Âgé de vingt-huit ans, il souffrait d'une légère claudication et n'avait pas été mobilisé. C'était un homme élégant et cultivé, aux cheveux bruns et courts, au regard affûté et sévère, qui en imposait par sa voix grave et sa stature. Rencontrer Marianne Cancelier et l'interviewer ? Il ne cessait d'y songer, depuis son installation à Rodez, mais l'occasion ne s'était pas présentée jusqu'à présent. Ce journaliste qui avait grandi dans une famille de républicains s'intéressait à la politique et au syndicalisme depuis l'adolescence. Instituteur, son père recevait *La Petite République*, le journal d'Alexandre Millerand puis de Jaurès, dont Marianne avait été la collaboratrice dans les années 1890 ; il avait conservé ses reportages sur les travers des métiers parisiens de la mode qu'elle surnommait les « bagnes féminins » : ils avaient passionné le jeune étudiant en lettres… Vincent Chaumes regrettait que *La Petite République* ne la sollicite plus mais ne partageait pas toujours les opinions tranchées qu'elle exprimait dans les colonnes de *La Guerre Sociale* ou de *L'Humanité*. Toutefois, il admirait cette femme combative qui ne capitulait pas facilement et défendait ses convictions jusqu'au bout, se mobilisait pour améliorer le quotidien et les conditions de travail de la classe ouvrière et des femmes. Il souhaitait la rencontrer en dehors du Cercle Broussy pour l'interroger sur son parcours de journaliste, meneuse de grèves et militante féministe, ses ascendances familiales puisque son père et son grand-père avaient été des républicains marquants. Marianne s'arrêta soudain de marcher dans la douceur de cette soirée puis le regarda fixement, intriguée. Le moment était-il vraiment opportun ? La France était en guerre. Les lecteurs se souciaient sûrement plus de l'encerclement par les Allemands de la capitale où ils avaient de la famille et même d'obtenir des nouvelles de leurs soldats que de sa « carrière » de militante et de meneuse de grèves. Les cléricaux et les bourgeois de l'Aveyron, qui la dénigraient depuis des années, l'attaqueraient avec jubilation dans *L'Union catholique, La Croix de l'Aveyron, L'Aveyron républicain* et *Le Journal de l'Aveyron*. Elle ne pouvait pas accéder à une pareille requête. Il rétorqua aussitôt qu'il n'avait pas l'intention de proposer à son directeur la publication de leurs entretiens. Il souhaitait l'interviewer pour mieux la connaître et découvrir de sa bouche même les différents combats qui avaient en une vingtaine d'années modelé sa réputation. Comme elle hésitait, malgré ces garanties, Maxime intervint. Que risquait-elle ? Vincent Chaumes s'engageait à préserver le caractère confidentiel de leurs entretiens. L'intéressé le confirma, indiquant qu'il ne la trahirait pas. Elle accepta donc.

4

Vincent Chaumes la retrouva à Lagarde dans la matinée du 13 septembre grâce à une jardinière emmenée par une vieille jument qui appartenait à des amis de son directeur. Marianne Cancelier s'y était installée le lendemain de sa causerie au Broussy, satisfaite de pouvoir échapper à l'atmosphère angoissante qui s'était emparée de Rodez. Maxime l'y avait conduite avec sa voiture, emportant les deux malles que les employés du Paris-Orléans avaient finalement déposées à son domicile de la place du Bourg trois jours après son arrivée au moment où elle s'apprêtait à adresser une réclamation à la compagnie. Marianne avait compris alors combien la guerre avait désorganisé la France. Les barrières ouvertes, la De Dion-Bouton avait pénétré à l'intérieur de la propriété entre deux belles rangées d'ormeaux qui dessinaient une avenue aboutissant au château. Cet imposant édifice du XVIIe siècle était flanqué de deux tours rondes, coiffées à la polonaise et surmontées de flèches dépassant les plus hautes branches des chênes centenaires. Des fenêtres à meneaux éclairaient les deux premiers étages tandis que des ouvertures plus récentes agrémentaient le rez-de-chaussée. Il avait été racheté après la Révolution par son arrière-grand-père, Jean-Baptiste Cancelier, à une famille d'aristocrates désargentés qui avait dilapidé sa fortune en émigration à Coblence. Ce marchand de grains ruthénois s'était enrichi sous la monarchie puis sous la Révolution et l'Empire grâce à un commerce lucratif avec l'intendance des armées. Les parents de Marianne s'étaient installés au château en 1870, le transformant en résidence principale. Elle avait alors cinq ans, elle y avait grandi et elle y était attachée. À leur arrivée, ils avaient engagé une jeune femme pour le service de la maison et un maître d'hôtel capable de conduire un attelage. Adeline avait épousé Célestin et tous deux s'étaient dépensés sans compter pour la famille, entourant le père de Marianne de leurs attentions dans les dernières années de son existence. Ils habitaient toujours le château qu'ils entretenaient soigneusement comme s'il s'agissait de leur demeure. À chacun de ses passages, Marianne constatait que les étages embaumaient la cire fraîche, les fleurs de lys, les roses et les bleuets des champs. Elle s'en réjouissait, les remerciant pour les multiples tâches parfois répétitives et souvent ingrates qu'ils accomplissaient à longueur de journée sans se plaindre. Elle les considérait comme des cousins, soucieuse de partager avec eux ses bonheurs mais également ses moments difficiles. Ils avaient été attristés d'apprendre la disparition de Clément qu'ils comptaient tellement accueillir dans le courant de l'automne, heureux par avance de ne plus la savoir seule. Hélas… Très pieuse, Adeline avait annoncé qu'elle prierait pour le repos de son âme comme s'il était de la famille ; elle supposait que Clément était certainement aussi mécréant et anticlérical que sa compagne. Quoique critiquant souvent l'Église devant elle et même son époux, ne fréquentant jamais les églises ni même les cimetières, Marianne s'était contentée de sourire. Refuser ses prières l'aurait froissée. À son arrivée à Lagarde, elle avait retrouvé encore les deux chevaux de Maxime, Paquita et Ivanhoé, qui s'ébattaient dans un pâturage mitoyen de sa propriété. Dès qu'ils avaient remarqué sa présence, ils s'étaient précipités près des barrières en hennissant. Elle les avait caressés longuement, indifférente aux nuées de mouches qui les assaillaient. Ils la connaissaient bien, elle avait l'habitude de les emmener à tour de rôle en promenade lorsqu'elle séjournait au château. Ces deux demi-sangs avaient échappé à la réquisition qui ne concernait ni les chevaux entiers ni les trop vieilles juments ; ils termineraient ainsi leur existence dans les pâturages de Lagarde et éviteraient la mitraille allemande. L'après-midi même de son arrivée à Lagarde, elle s'était élancée avec Ivanhoé sur les chemins autour du domaine. Quelle sérénité ! Comme la guerre semblait irréelle et éloignée de Lagarde. Pas d'exercices militaires ni de détonations ni de passages d'ambulances comme dans le centre de Rodez. Dans les branches des arbres, les oiseaux sautillaient et piaillaient tandis que des sonnailles, des meuglements, des bêlements de troupeaux résonnaient dans les lointains. Ce paysage composé de forêts, de pâturages, de champs cultivés constituait son « royaume » depuis son enfance. Elle l'avait découvert grâce à son père, Jean-Jacques Cancelier, excellent cavalier, « amoureux » de Lagarde autant que de son épouse. Lorsqu'elle pataugeait pendant des semaines dans la boue noire des entrées de puits de mine et des cours de corons, respirait les fumées d'usines, les odeurs de denrées pourries et de poissons sur les docks, elle ressentait ensuite un immense bonheur en le retrouvant même pour quelques journées.

Une gentilhommière avenante à quelques kilomètres seulement de Rodez ? C'était un privilège. En arrivant devant le château, alors que Célestin accourait pour emmener l'attelage jusqu'à l'écurie du domaine, le journaliste du *Républicain de l'Aveyron* ne manqua pas de le constater. Marianne l'accueillit sur le perron en compagnie de Maxime qui s'était également installé au château. Il avait l'intention de surveiller les travaux de son exploitation. Le battage débutait la semaine prochaine ; l'entrepreneur ne pourrait compter que sur des adolescents, des femmes et des vieillards encore valides. L'avocat seconderait le régisseur de son mieux. Marianne introduisit Vincent Chaumes dans le grand salon qui précédait la salle à manger où ils déjeuneraient. La demeure ne comportait presque plus de meubles lorsque son arrière-grand-père l'avait achetée. Les propriétaires les avaient revendus pour pouvoir assurer leur ordinaire. Jean-Baptiste Cancelier les avait remplacés par du mobilier qu'il avait commandé à un ébéniste toulousain dont les créations de la maison parisienne Jacob Frères avaient constitué la principale source d'inspiration. Le grand salon renfermait un sofa à la turque en amarante et placage de citronnier, de couleur bleu pâle, avec ses fauteuils assortis dont les pieds en griffe de lion et la forme des accotoirs en sphinge ailée fascinaient tellement Marianne dans l'enfance qu'elle avait essayé de les dessiner. Vincent Chaumes manifesta son admiration et son étonnement lorsqu'il pénétra dans la pièce. Il ne s'attendait guère à découvrir ce mobilier dans un château qui se dressait au milieu des troupeaux et des champs, si bien conservé. Certes il s'était déjà renseigné sur sa propriétaire et n'ignorait donc pas qu'elle avait des origines bourgeoises mais le contraste était saisissant entre l'image publique de la militante et son intimité.

Autour d'un verre de vin de noix, ils commentèrent les dernières informations que Vincent Chaumes apportait grâce aux dépêches parvenues à son journal par le fil télégraphique spécial et qu'il avait consultées avant son départ de Rodez. Les nouvelles étaient plus rassurantes. La bataille de la Marne, engagée dès le 5 septembre par le gouverneur militaire de Paris – Gallieni – et le général Joffre avec la participation des régiments britanniques pour empêcher les Allemands de s'emparer de la capitale, semblait finalement tourner au bénéfice des Alliés grâce à une étrange décision de von Moltke. Ces jours derniers, le général allemand avait ordonné le repli de ses divisions qui opposaient pourtant une bonne résistance aux attaques de Joffre. Personne ne comprenait sa manœuvre. C'était insensé ! Craindrait-il déjà la défaite ? Ou aurait-il perdu la raison ? En ce dimanche 13 septembre, une dépêche affirmait qu'il avait été remplacé ces dernières heures mais que ce changement d'homme intervenait bien trop tardivement pour pouvoir renverser la situation. Marianne, Maxime et Vincent Chaumes l'espéraient. En revanche, les nouvelles étaient toujours aussi mauvaises en Belgique où les Allemands rencontraient plus de difficultés qu'ils ne l'avaient imaginé pour contrôler le territoire. Marianne songeait aux habitants de Bruxelles qui subissaient l'occupation de leur capitale depuis trois semaines, à la détermination et au courage du roi Albert 1er qui n'entendait pas capituler malgré l'infériorité numérique et en armement. Car ses régiments ne combattaient pas seulement les Allemands pour préserver l'intégrité du royaume, mais également pour défendre les frontières de la France. Leur dévouement exemplaire était à souligner. Elle approuvait pleinement Louis Lacombe de demander aux Ruthénois d'accueillir des familles de réfugiés belges. C'était une occasion de leur exprimer de la reconnaissance, en les considérant comme de propres frères d'armes et des membres de leurs familles mais pas comme des étrangers, ce qu'elle redoutait par avance. Connaissant les mentalités ruthénoises, elle n'avait pas été étonnée d'apprendre au Cercle Broussy que cette initiative ne recueillait pas l'unanimité. Elle le regrettait d'autant plus vivement qu'elle se dépensait depuis longtemps dans ses combats, ses meetings et ses conférences à travers l'Europe pour que la fraternité entre les peuples devienne une réalité.

Célestin l'arracha soudain à ses réflexions. Pouvait-il commencer le service ? chuchota-t-il à son oreille en désignant d'un regard discret la pendulette qui rythmait les journées sur le manteau en marbre de la cheminée. Quelques secondes s'écoulèrent avant que Marianne le regarde en esquissant un sourire, réponde en hochant le menton puis demande à ses invités de rejoindre la salle à manger. L'instant d'après, il apportait une soupière fumante. Adeline avait décidé de les régaler avec une poule farcie dont ils dégustèrent le bouillon qui s'auréolait de perles de gras à la surface, les légumes du jardin qui avaient mijoté depuis la veille dans la marmite, la farce et la viande. Elle y avait ajouté une salade de cresson cueillie dans un vivier du domaine, un fromage aux laits de vache et de brebis que la femme du régisseur de Maxime fabriquait sur l'exploitation, un gâteau aux poires. Depuis l'enfance, Marianne se délectait de la cuisine simple et goûteuse d'Adeline qui sublimait les produits de son potager et du domaine. Le journaliste du *Républicain* l'apprécia également, ce qui le conduisit à interroger son hôtesse sur sa famille. Qui étaient les Cancelier ? D'où venaient-ils ? Comment s'étaient-ils enrichis ? Marianne répondit en toute franchise, n'esquivant aucune question sur les origines des Cancelier qui avaient été marchands de grains dans le quartier populaire du Faubourg, à Rodez, avant de devenir bourgeois. Sous le Directoire, son arrière-grand-père ne s'était pas contenté d'acquérir le château de Lagarde ; il était devenu aussi le propriétaire du domaine de deux cent cinquante hectares qui y était rattaché. Les portraits de Jean-Baptiste et de son épouse, Isabelle, étaient accrochés dans la pièce, de part et d'autre des boiseries qui encadraient un grand miroir surmontant le dessus en marbre de la cheminée. Jean-Baptiste ne ressemblait plus à un marchand mais à un bourgeois, avec sa redingote, sa chemise à jabot, son énorme cravate. Quant à Isabelle, elle était élégante dans sa robe de mousseline blanche, à la taille haute qui soulignait sa poitrine comme la mode de l'époque l'imposait. Le peintre l'avait représentée avec les cheveux très bruns, sûrement pour obtenir un contraste avec la couleur blanche de la mousseline, alors que ses descendants avaient toujours affirmé qu'elle les avait châtain clair.

Dès sa première question, Vincent Chaumes avait exhumé de la poche de sa veste un calepin et un crayon. Il consigna tout ce que Marianne racontait sur sa famille, même le plus infime détail, que complétait parfois Maxime puisque Jean-Baptiste et Isabelle étaient également ses arrière-grands-parents. Ce premier chapitre clôturé, Célestin apporta le café qu'ils burent en silence et Maxime proposa ensuite qu'ils goûtent la vieille prune du domaine. Ils la dégustèrent dans leurs tasses chaudes. « Comme ces très chers chanoines qui sont des gourmands impénitents ! »

proclama alors Marianne avec délectation et beaucoup d'humour. Puis ils parlèrent du domaine de Lagarde pour lequel son grand-père et son père avaient œuvré avec patience, ténacité, courage, intelligence et efficacité. Si son arrière-grand-père ne s'était guère intéressé à son exploitation qu'il avait confiée à un fermier, son grand-père s'y était passionné alors qu'il n'y était pas prédestiné : il avait fréquenté le collège de Rodez puis la faculté de droit à Toulouse avant de s'inscrire au barreau de Rodez. Il avait peu pratiqué sa profession d'avocat qu'il avait même délaissée après la disparition de son père pour prendre la direction du domaine. C'était en 1815. L'empire n'était plus que cendres et la monarchie avait été restaurée. À vingt-cinq ans, bien que dépourvu de formation en agronomie et d'expérience, Jean-Antoine entendait transformer ses deux cent cinquante hectares rapportant assez peu en exploitation modèle. En l'espace de quelques années, grâce au remembrement des parcelles morcelées, au drainage des terrains marécageux, à l'épierrement des champs cultivés, à l'irrigation des prairies qui s'étendaient en bordure de l'Aveyron, au chaulage, à la sélection du bétail, il y était parvenu. Ses rendements en fourrages et en céréales, sa production bouchère avaient soulevé l'admiration de la Société centrale d'agriculture qui l'avait distingué à l'occasion de ses concours, mais aussi des jalousies chez les propriétaires ne partageant pas ses principes, inspirés des théories de Saint-Simon, qu'il exprimait dans la presse. Jean-Antoine avait conservé ces coupures de journaux. Marianne les avait extraites, le matin même, de ses archives pour que Vincent Chaumes puisse les consulter et mieux comprendre sa philosophie. Depuis qu'ils avaient commencé cette conversation autour des Cancelier, Célestin avait débarrassé. Comme à l'habitude, il n'y avait plus une seule miette sur la nappe. Marianne qui avait déposé les coupures sur le buffet en sélectionna quelques-unes pour Vincent Chaumes qui les parcourut avidement avant de s'exclamer que c'était révolutionnaire pour l'époque. Jean-Antoine Cancelier y expliquait sa conception de la propriété que le journaliste déclama comme s'il cherchait à s'en imprégner, sous les sourires amusés de Marianne et de Maxime :

– C'est incroyable ! Écoutons-le ! « La propriété est un immense jardin dont aucune parcelle ne demeurerait inculte... Le personnel y composerait une grande famille "ouvrière" dont aucun membre ne resterait inactif et dont le chef en resterait le propriétaire... »

Il s'empara d'une deuxième coupure de journal pour s'extasier à nouveau :

– Écoutons-le encore. C'était téméraire de dénoncer l'attitude de certains patrons... « Nous contestons l'exploitation de l'homme par l'homme. Il y a, dans notre société, des abeilles et des frelons ! Les premières produisent inlassablement mais laborieusement pendant que les seconds les exploitent sans éprouver le moindre scrupule, en se complaisant dans l'oisiveté. Pour les abeilles qui travaillent et sont souvent attaquées ou sans cesse menacées, le combat contre les frelons est permanent... »

Il consulta l'année de parution pour constater aussitôt :

– Octobre 1838 ? C'est stupéfiant. Quelle justesse ! Son analyse du capitalisme était pertinente… Je comprends pourquoi beaucoup ne l'appréciaient pas…

– Vous comprendrez mieux en apprenant qu'il avait l'intention de constituer un phalanstère à Lagarde.

– Un phalanstère à Lagarde ?

– Oui. Des hommes et des femmes regroupés en association ou en communauté pour exploiter des terres et partager leur quotidien en dehors des travaux des champs, des bergeries ou des étables.

Marianne avait apporté les documents que son grand-père avait rassemblés pour les transmettre à la Société centrale d'agriculture. Vincent Chaumes les consulta. Jean-Antoine Cancelier préconisait la formation d'une exploitation s'étendant sur une superficie de cinq à sept cents hectares, administrée par un directeur, comportant des habitations modernes et spacieuses pour les familles, un restaurant pour les membres du phalanstère qui pourraient disposer de jeux et de journaux pour leurs loisirs. La solidarité entre familles était l'un des principes fondateurs, comme l'attribution de coupons d'actions qui remplaceraient le salaire et la distribution de dividendes sur les bénéfices qui symboliseraient la récompense du dévouement et de la productivité, stimuleraient les travailleurs en éliminant la paresse et l'indolence. Sans travail régulier, pas d'actions ni de dividendes ! La méthode était radicale mais elle ne séduisit pas les membres de la Société centrale d'agriculture qui s'y opposèrent fermement en le qualifiant de communiste, de spoliateur, d'utopiste et d'illuminé. Les courriers que Jean-Antoine Cancelier avait adressés à son frère, le grand-père de Maxime, l'attestaient. Il en avait ressenti beaucoup d'amertume et de déception.

– Un phalanstère ? C'était inacceptable ! expliqua sa petite-fille. Le département a toujours été conservateur, sous l'influence d'une ribambelle de chanoines et de voilettes qui voulaient leur revanche sur la Révolution.

– Mais, surtout, ce que ces notables n'ont pas accepté, c'est que votre grand-père fût républicain !

– Convaincu et acharné !

– Vous en avez hérité.

– Peut-être.

– Sûrement. Il est impossible de comprendre comment l'héritière d'une maison bourgeoise est devenue une militante révolutionnaire, une journaliste d'extrême gauche et une féministe si on méconnaît l'histoire de votre famille.

Les insinuations de Vincent Chaumes amusèrent Marianne mais ne l'étonnèrent point. Après leur première rencontre, Maxime l'avait informée qu'il l'avait déjà interrogé à son propos, dès le printemps, et qu'il s'était également renseigné auprès de Louis Lacombe ainsi que de quelques membres du Cercle Broussy.

Défendant ses opinions, Jean-Antoine Cancelier avait pourfendu les monarchistes, les bonapartistes, les adversaires du progrès, de la liberté et de la république.

– Et il l'a chèrement payé ! souligna-t-elle.

Il avait été candidat aux élections en 1848 et en 1849 mais sans grand succès ; il avait surtout récolté des attaques, des calomnies, des diffamations. On l'avait même accusé de meurtre.

– N'oublions pas qu'il a été déporté et qu'il en a été marqué à jamais…

Jean-Antoine Cancelier s'était opposé au prince-président après le coup d'État déguisé en élection du 2 décembre 1851. La répression avait été impitoyable. Badinguet et son demi-frère, Morny, ministre de l'Intérieur, avaient ordonné de nombreuses arrestations de républicains dont cent cinquante-trois en Aveyron. Le 3 février 1852, un tribunal d'exception avait condamné Jean-Antoine Cancelier à la déportation en Algérie à l'image de trente de ses camarades. Il y avait séjourné pendant cinq années, refusant la grâce que Napoléon III leur avait proposée en février 1853 à l'occasion de son mariage. Ses exigences étaient inacceptables pour le proscrit : se soumettre à l'Empire et renoncer à toute activité politique, se présenter chaque quinzaine devant les autorités. Avant de retourner en France, en 1857, il avait assumé la direction d'une exploitation agricole pendant trois ans. Son épouse avait souffert de son absence. Marianne avait découvert, dans les archives familiales, des courriers adressés à Jean-Antoine pendant sa déportation où elle paraissait désespérée, se demandant même s'ils se reverraient et vieilliraient ensemble à Lagarde dont elle se considérait comme une fragile gardienne, délaissée également par leur unique héritier, Jean-Jacques, qui s'était expatrié en Amérique. Imaginant ses angoisses, sa tristesse, son désarroi, Marianne n'avait pas souhaité commettre la même erreur que son grand-père lorsqu'elle s'était engagée à militer. Elle ne s'était pas mariée et n'avait pas eu d'enfants ; elle avait vécu librement ses amours. C'était mieux. Elle ne l'exprima pas mais Vincent Chaumes le pressentit à travers son évocation de l'abattement et de la solitude que sa grand-mère avait éprouvés pendant ces années de plomb.

L'après-midi ne tarderait pas à s'achever. Consultant sa montre, Vincent Chaumes les informa qu'il avait l'intention de reprendre son attelage pour regagner Rodez avant le coucher du soleil. Marianne demanda à Célestin de le préparer. Ils quittèrent la salle à manger puis sortirent devant le château, s'abritant du soleil encore chaud à l'ombre d'un chêne en attendant que Célestin ramène la jardinière. Vincent Chaumes, dont la curiosité paraissait insatiable, interrogea alors Marianne sur ses parents.

– Des républicains, je suppose ?

– Absolument !

Jean-Jacques avait participé à la révolution de 1848, rejoignant les insurgés parisiens, mais il avait manifesté en 1851 bien plus de discrétion que son père à l'encontre du prince-président, même s'il n'approuvait nullement le coup d'État. Toutefois, recherché, il s'était empressé d'embarquer pour l'Angleterre et de s'installer à Londres où il avait découvert l'hypnotisme. Il avait confessé à Marianne, pendant son adolescence, que – fréquentant encore le collège de Rodez – il s'intéressait déjà au surnaturel et à l'irrationnel mais également à la médecine. Sa vocation s'était confirmée au lycée Henri IV, à Paris, grâce à son professeur de sciences naturelles qui l'avait encouragé à entreprendre des études de médecine. Après son baccalauréat, il les avait commencées à Montpellier mais abandonnées.

– Il s'était donc éloigné de la médecine et spécialisé, à Londres, dans l'hypnotisme, en déduisit Vincent Chaumes.

– Il s'était également transformé en docteur Michaël Edwards.

– Pourquoi ce changement d'identité ?

– Il souhaitait retourner plus facilement en France où il animerait des conférences. L'hypnotisme était alors associé par beaucoup de médecins au charlatanisme... La situation n'a guère évolué depuis.

– Est-il finalement retourné en France ?

– Il est revenu en France, à Paris et à Lagarde. Il a même réussi à se rendre en Algérie où il a pu revoir son père.

– Personne ne l'a jamais démasqué ?

– Non !

– C'est étonnant. La police avait alors de sacrés limiers...

Londres n'avait été qu'une étape. Il avait émigré aux États-Unis où les sciences occultes suscitaient bien plus d'intérêt encore qu'en Europe. Il avait demandé la citoyenneté américaine, il avait travaillé d'arrache-pied et, finalement, décroché son doctorat en médecine à Washington. Dans sa vieillesse, il avait souvent raconté à Marianne son Amérique, ses grands horizons, ses différentes communautés, les enseignements qu'il en avait rapportés, pas seulement à propos de l'hypnotisme mais également du magnétisme et du spiritisme, en regrettant que le rationalisme encourage, en France, les médecins à repousser de manière trop catégorique tout ce qu'ils ne pouvaient expliquer. À Washington, dans une réception, il avait rencontré une jeune et belle femme, au regard bleuté et aux cheveux très blonds, Catherine Griboïedov. Fille de l'attaché militaire de l'ambassade de Russie, le général Griboïedov, elle appartenait à une grande famille d'aristocrates qui possédait, dans l'empire des Romanov, plusieurs milliers d'hectares exploités par des centaines de serfs. Le docteur Michaël Edwards l'avait épousée aux États-Unis puis emmenée en France. Le ménage s'était installé à Paris, en 1864. Catherine avait accouché, l'année suivante, d'une petite fille qu'ils avaient souhaité prénommer Marianne, en référence au symbole de la République et à leurs opinions politiques. À ce moment-là, Napoléon III gouvernait toujours la France même s'il était de plus en plus contesté, et Jean-Jacques Cancelier ne pouvait gommer de sa mémoire la répression qui s'était abattue sur les républicains au lendemain du coup d'État du 2 décembre 1851 et dont son père avait été victime.

– Votre mère était républicaine ? s'étonna Vincent Chaumes.

– Elle avait découvert la démocratie et la liberté aux États-Unis, elle s'était émancipée politiquement grâce à mon père. Malgré ses origines, elle n'approuvait pas la manière de gouverner des tsars et elle défendait l'abolition du servage. Nous en avions souvent parlé.

– Elle n'est jamais revenue en Russie ?

– Jamais !

– Vous n'avez jamais rencontré vos grands-parents Griboïedov ?

– Je me souviens de leur passage quand nous habitions encore le quartier de Saint-Germain. J'avais peut-être quatre ou cinq ans… Avec ses moustaches, son regard d'acier, son uniforme, le général m'avait impressionnée…

Soudain, Marianne s'interrompit. Célestin arrivait avec l'attelage de Vincent.

– Votre jardinière, monsieur !

– Vous pouvez m'appeler Vincent !

– Votre attelage vous attend, Vincent.

– Il attendra quelques minutes. J'aimerais que vous nous parliez encore de votre mère.

Les prunelles de Marianne scintillèrent à nouveau, tellement elle était heureuse d'évoquer la mémoire de sa mère. Elle souligna que ses parents étaient très différents mais, pour elle, hors du commun. Catherine Griboïedov était polyglotte, romantique et littéraire tandis que son époux était scientifique et philosophe. Il avait continué ses travaux entrepris aux États-Unis sur l'hypnotisme mais s'intéressait à l'agronomie pour améliorer l'exploitation de Lagarde. Ses parents n'avaient pas souhaité, à leur installation à Lagarde, que Marianne fréquente l'école primaire la plus proche ni ensuite, à Rodez, l'une de ces institutions où des religieuses accueillaient les jeunes filles pour parfaire leur éducation. Jean-Jacques avait enseigné à sa fille les mathématiques, la physique, la chimie, les sciences naturelles, la philosophie et le français. Catherine, qui s'exprimait couramment en allemand, en anglais et en polonais, s'était chargée des langues mais encore de la culture russe. L'histoire et la géographie, quant à elles, avaient été dispensées par le père de Maxime, avocat, érudit et passionné par l'histoire de France. Elle se réjouissait aujourd'hui de posséder des connaissances très diversifiées grâce auxquelles elle avait voyagé sans difficultés en Europe. Elle considérait qu'elle était privilégiée de connaître les traditions et la culture russes ; elle en était à jamais redevable à sa mère qui y était très attachée. Elle avait découvert, à l'adolescence, la littérature à travers des romans de Pouchkine et de Tourgueniev. Elle s'était familiarisée avec la destinée de la grande nation fondée par les tsars grâce à Boris Godounov, avec la révolte paysanne de Pougatchev à l'époque de Catherine la Grande grâce à *La Fille du capitaine*. Elle se demandait aujourd'hui si ce dernier roman n'avait pas contribué à modeler, avec son héritage paternel, son caractère de militante et de meneuse de grèves. Elle avait également dévoré les *Récits d'un chasseur* où Tourgueniev défendait comme sa mère la suppression du servage. À l'image de ces romans, l'art de l'icône l'avait également captivée. La richesse et l'étendue de la culture de Catherine Griboïedov – Marianne l'appelait ainsi devant ses invités pour bien souligner ses origines – soulevaient son admiration au point qu'elle regrettait, aujourd'hui, sa disparition prématurée survenue à l'âge de quarante-cinq ans. De cette femme élégante, discrète mais aux opinions tranchées et au caractère bien trempé, elle aurait eu tellement à apprendre encore. Elle aurait souhaité également qu'elle l'emmène découvrir l'empire des Romanov, sa famille et son domaine. La camarde en avait décidé autrement.

Après ces dernières paroles, l'émotion submergea Marianne qui plongea son regard dans les lointains. Ses prunelles ne scintillaient plus ; elles étaient mouillées de larmes.

La jument s'impatientait, martelant le sol de ses sabots ferrés et creusant même des trous dans l'herbe. Rompant le silence, Vincent Chaumes remercia Marianne de l'avoir accueilli dans son château avec simplicité. Il rejoignit son attelage, manœuvra puis s'engagea lentement dans le chemin conduisant jusqu'à la grand-route. Elle le regarda s'éloigner dans une lumière toujours estivale qui faiblissait, en revoyant ses parents sur leur tilbury lorsqu'ils quittaient Lagarde pour honorer une invitation chez des notables à Montrozier, à Agen ou même à Rodez. Droite sur la banquette, sa mère se retournait toujours pour la gratifier d'un au revoir avec sa main gantée et d'un sourire. Il y avait plus de trente ans. Déjà ?

5

Depuis deux jours, le domaine bourdonnait comme une ruche ! Les attelages de bœufs étaient allés chercher aux Bourines la locomobile et la batteuse pour les ramener à Lagarde, transformer la montagne de gerbes de blé en paille et en grains. L'entrepreneur les avait installées entre les gerbiers, avait constitué une provision de bois pour alimenter la chaudière et une réserve d'eau, communiqué ses instructions habituelles au régisseur. Devenue propriétaire après la disparition de son père, Marianne avait toujours été présente sur le domaine pour les journées du battage, accablant son régisseur de questions sur le fonctionnement de la batteuse, la qualité du grain, les fonctions de chacun dans les équipes, le rendement de l'année. Depuis qu'elle l'avait rétrocédé à Maxime, elle s'en était détachée. Comme il manquait du personnel depuis la mobilisation d'août, elle avait proposé d'y participer cette année et de rejoindre les femmes qui s'affaireraient dans la grande cuisine pour rassasier la trentaine de personnes nécessaires. Car certaines habituées des fourneaux, les plus vigoureuses et les plus résistantes, remplaceraient les adolescents qui charriaient la paille de la batteuse à la grande « paillère » et épauleraient dorénavant les vieillards en capacité de travailler pour construire grâce à leur expérience une montagne de paille – la réserve de l'année – qu'il convenait par une architecture bien particulière de protéger des intempéries.

Dès la première journée, avant même que les coups de sifflet de la machine lancent le dépiquage, Marianne avait revêtu un grand et long tablier gris pour distribuer aux équipes dans la salle commune plongée dans la demi-pénombre un mélange de chicorée et de café ainsi que des morceaux de gâteaux confectionnés l'avant-veille par l'épouse du régisseur. Parmi le personnel, certains la connaissaient pour travailler à Lagarde depuis des années. Quant aux journaliers, ils la croisaient souvent lorsqu'elle se promenait sur les chemins et qu'ils revenaient des champs pendant la fenaison ou les moissons. Parmi eux, il y avait quelques femmes, veuves avec des enfants en bas âge ou dont l'époux souffrait des séquelles d'un accident ou de maladie chronique ou parvenait difficilement à boucler l'année avec une double activité de paysan et d'artisan. Elle les avait secourues à l'occasion, leur apportant des provisions qu'elle s'était procurées au domaine ou parfois même de l'argent. Pendant ces journées de battage, elle retrouva Thérèse et Marthe, que le régisseur engageait pour le glanage des épis dans les champs de blé après le passage de la javeleuse, et son épouse au moment du sacrifice hivernal des cochons et des volailles grasses ainsi que des grandes lessives de la maisonnée. Toutes deux paraissaient plus préoccupées et même plus taciturnes qu'à l'ordinaire. Retranchées derrière leurs pensées, elles ne cherchèrent pas à instaurer avec elle le moindre échange en dressant le couvert dans la salle commune ou en découpant les poules farcies alors qu'elles étaient seules. Elle supposa que leur situation s'était aggravée depuis la mobilisation de leur époux mais qu'elles refusaient de se plaindre.

Le dépiquage terminé, l'effervescence retomba et les journaliers disparurent. Sans plus attendre, Marianne enfourcha Ivanhoé pour rencontrer Thérèse et Marthe dans leurs hameaux respectifs à trois ou quatre kilomètres de Lagarde. Elle arriva chez Thérèse au moment où les sonneries de l'angélus résonnaient dans le lointain, certaine qu'elle la surprendrait auprès de la cheminée de la salle commune et de ses marmites. La trentaine, des fils blancs scintillant dans ses cheveux bruns, le visage buriné par le soleil, Thérèse avait épousé Germain, menuisier et charron. Mère de cinq enfants, elle proposait déjà ses services à Lagarde avant la guerre, pour les moissons, les battages et les grandes lessives, le sarclage des betteraves et des carottes fourragères. Elle complétait ainsi les recettes aléatoires de Germain dont l'activité subissait les fluctuations des cours du bétail. Lorsque les animaux se vendaient bien, les paysans le sollicitaient pour remplacer une charrette, un tombereau, des lattes de parquet, une étagère ou une fenêtre. En revanche, les années de mévente, ils repoussaient les commandes et se contentaient des réparations les plus urgentes pour dépenser le moins possible. Thérèse pouvait d'autant plus travailler « à la journée » que sa belle-mère partageait son quotidien, s'occupant des enfants en son absence.

Lorsque Marianne frappa, la maisonnée était attablée. Les deux femmes se levèrent aussitôt et enlevèrent leur tablier de devant, se confondant en excuses de la recevoir dans le vacarme – les deux plus jeunes enfants braillaient – et le désordre. La châtelaine avait remarqué, à l'occasion de ses précédents passages, que la famille consommait rarement de la viande, préférant revendre la volaille de sa basse-cour plutôt que d'améliorer son ordinaire en la sacrifiant. Elle avait apporté un morceau de ventrèche qu'elle s'était procuré le matin même au domaine. Thérèse esquissa un sourire et refoula ses larmes tellement ce cadeau était inespéré. Incapable d'articuler une parole pour la remercier, elle s'empara de ses mains blanches pour les emprisonner dans les siennes, boursouflées et rugueuses. Un moment de silence s'écoula où on n'entendit que le crépitement des flammes dans la cheminée et le ronronnement de deux chattes devant les braises. Les enfants soudain intimidés s'étaient assagis. En présence de sa belle-mère, Thérèse s'épancha alors. Depuis la mobilisation de Germain dont elle n'avait toujours pas de nouvelles, les semaines devenaient de plus en plus difficiles. Non seulement elle ne pouvait plus compter dans son budget sur les revenus de la menuiserie et du charronnage mais quelques familles du voisinage rechignaient à s'acquitter de leurs factures, repoussant sans cesse leur règlement sous des prétextes fallacieux, profitant même de la situation. Le gouvernement accordait des secours aux familles des mobilisés se trouvant dans le besoin. Le premier magistrat en avait informé les administrés après la grand-messe du 15 août, indiquant qu'elles bénéficieraient d'une allocation journalière de 1,25 franc et d'une majoration de 50 centimes pour chaque enfant à charge, âgé de moins de seize ans. C'était appréciable. Une paire de poulets se vendait alors 2,30 francs et une douzaine d'œufs, 1,40 franc. Dès la semaine suivante, Thérèse s'était déplacée à Montrozier pour y rencontrer le secrétaire de mairie – instituteur de ses deux aînés – qui l'avait longuement interrogée pour exposer sa situation familiale à la commission cantonale qui examinerait les demandes. Depuis, dans l'incapacité de subvenir aux besoins de sa famille avec le peu d'argent dont elle disposait au départ de son époux ou qu'elle avait rapporté de Lagarde après les battages, elle attendait toujours une réponse mais, surtout, un premier versement de son allocation. « Si vous pouviez intervenir… », chuchota-t-elle à l'adresse de Marianne, suppliante. Marianne s'y engagea ; elle solliciterait Maxime qui connaissait certainement le président de la commission cantonale et qui obtiendrait quelques informations plus facilement qu'elle. N'appréciant pas ses critiques du gouvernement ni ses opinions, les fonctionnaires et les notables l'ignoraient. Thérèse l'embrassa. D'une bourse qu'elle fourrait dans l'une des poches de ses vêtements de cavalière et emportait dans ses promenades, Marianne exhuma alors quelques pièces pour les déposer sur le manteau de la cheminée et murmurer : « Vous vous en servirez pour les enfants… »

Dès le lendemain, elle rencontra Marthe qui affrontait également des difficultés depuis que son époux s'était présenté à Rodez pour rejoindre la garnison du 122e régiment d'infanterie. La quarantaine, les cheveux grisonnants, le caractère endurci par les épreuves, les muscles saillants sous les vêtements, elle se retrouvait bien seule à exploiter les quelques hectares de la propriété. Ses beaux-parents ne pouvaient pas la seconder pour les gros travaux. Asthmatique, son beau-père ne supportait plus la poussière des granges et était incapable de déployer beaucoup d'énergie, exténué après un quart d'heure d'efforts. Même si elle boitillait, sa belle-mère se chargeait de cultiver le potager, de nourrir la volaille et le cochon, souvent de préparer les repas. Quant à Marthe, elle s'occupait des cinq vaches et d'une quinzaine de brebis qui procuraient les revenus de l'année. Ses enfants étaient déjà grands. L'aîné, âgé de seize ans, avait été embauché comme berger au domaine des Bourines, à une dizaine de kilomètres de là. La cadette, âgée de treize ans, était devenue bergère de dindons à Lagarde. Le dernier, âgé de douze ans mais déjà aguerri, essayait de l'épauler de son mieux dans les tâches du quotidien. Il l'aiderait pour les labours d'automne et les semailles, la remplacerait pour conduire l'attelage de deux vaches tandis qu'elle tiendrait les manches de la charrue. Marthe craignait que le gamin flanche après une matinée dans les champs mais elle n'avait guère les moyens financiers d'engager un laboureur, soucieuse d'honorer d'abord les dettes de la famille. Dans les années 1900, son époux avait acheté une parcelle pour agrandir la propriété mais il avait emprunté pour l'acquérir. En son absence, malgré la guerre, Marthe avait l'obligation de respecter les termes de l'accord conclu avec le prêteur qui était un notable de la vallée, un rentier ou plutôt un serre-piastres comme les appelait Marianne parce que certains étaient des rapaces. C'était une question d'honneur. Jusqu'alors, ils étaient toujours parvenus à rembourser grâce aux journées qu'elle et son époux effectuaient. Mais maintenant ? Comme Thérèse, elle espérait percevoir une allocation de l'État et n'en dormait plus dans l'attente d'une réponse. Elle redoutait que leur créancier impose de nouvelles garanties, augmente les intérêts, modifie à son avantage les modalités de paiement. Leur créancier ? Quand Marthe dévoila son identité, Marianne reconnut que ses craintes étaient fondées et elle l'encouragea à observer la plus grande vigilance, à la prévenir si c'était nécessaire pour qu'elle intervienne. Cet homme fortuné et arrogant l'avait brocardée sans scrupule et même rabaissée quand les difficultés avaient assailli le domaine de Lagarde avant qu'elle le rétrocède à

Maxime. Sa promesse, ses paroles regonflèrent Marthe qui disparut à la souillarde avant d'en revenir avec des fromages de sa fabrication. « C'est tout ce que je peux vous donner, madame ! » murmura-t-elle, qui souhaitait la remercier de la soutenir. Marianne avait conscience de ce que constituait ce présent pour cette femme et elle ne pouvait l'accepter. Toutefois, Marthe manifesta tellement d'insistance qu'elle emporta ses fromages pour ne point la froisser, déterminée plus que jamais à la défendre.

À Maxime et à Vincent Chaumes qui la rejoignit au château deux semaines après son premier passage, désireux de poursuivre leurs entretiens, elle rapporta ces rencontres ainsi que les suivantes. Les femmes souffraient de la guerre, bien plus que ce que l'on pouvait imaginer. Certes elles ressentaient l'absence de leurs époux ou de leurs fiancés, accentuée par la rareté des courriers et la hantise de recevoir un « mortuaire » ou un message des armées les informant que leur soldat était blessé et avait été transféré dans un hôpital de l'arrière. Mais elles étaient parfois rudoyées par des beaux-parents qui les traitaient comme des bonnes, leur restreignant la nourriture, les sommant de remplacer leur conjoint au quotidien même si elles n'en avaient pas les capacités physiques. Elles étaient épuisées et devenaient peu à peu des boules de nerfs. Lorsqu'elles se louaient à la journée, dans les domaines, des propriétaires, des fermiers ou des régisseurs les exploitaient. Quant aux femmes qui cohabitaient avec leurs propres parents, elles étaient le plus souvent ménagées, entourées d'affection et d'attentions. Elles mesuraient leur chance : le fardeau était partagé. Ces femmes de la terre, Marianne les avait côtoyées dans les années 1890 lorsqu'elle préparait pour *La Petite République* des chroniques sur les travailleuses – les prolétaires – des campagnes ; elle s'était intéressée aux gardeuses de dindons, aux bergères, aux porchères, aux bonnes. Elle les avait interrogées à l'occasion de ses promenades dans les pâturages tandis qu'elles surveillaient leurs dindons ou leurs moutons, dans les sous-bois où elles menaient les cochons à la glandée ou près d'un vivier où elles lavaient le linge. Ces adolescentes ou ces jeunes femmes s'étaient épanchées sans trop de réticence en dehors de la présence de leur patronne, racontant leurs journées interminables et épuisantes, les violences que certains hommes leur imposaient, aussi bien les domestiques que leurs employeurs. À l'image de nombre d'ateliers parisiens des métiers de la mode, certains domaines ressemblaient également à des bagnes. Marianne était convaincue que la guerre, la pénurie de personnel masculin, les réquisitions pour l'intendance accentueraient la précarité des femmes.

La discussion avait débuté dans le grand salon autour d'un verre comme le premier dimanche où Vincent Chaumes s'était déplacé à Lagarde. Ils n'avaient même pas évoqué les dernières informations transmises par le gouvernement et le Grand Quartier général que *Le Républicain de l'Aveyron* avait publiées dans le numéro de samedi. Certes Vincent Chaumes en avait bien apporté un exemplaire mais la châtelaine ne l'avait pas feuilleté. Il ne s'en offusqua pas. Depuis leur premier entretien, il avait compris que les questions sociales la passionnaient plus que les informations militaires ! Journée de huit heures, condition et droits de la femme, hausse des salaires, travail des enfants… Marianne était intarissable sur les revendications des syndicats et de la classe ouvrière, ne pouvant pas se satisfaire de la parenthèse imposée par la guerre qui pourrait s'éterniser comme les combats.

Pendant le déjeuner, Vincent Chaumes souhaita qu'ils abordent les deux initiatives qu'elle s'était enhardie à prendre pour améliorer le quotidien du personnel du domaine à une époque où elle en était la propriétaire. Parce qu'elles avaient été peu concluantes et même désastreuses d'après ce qu'il en avait recueilli auprès de Maxime, il s'attendait à ce qu'elle s'y oppose mais n'avait nullement l'intention d'insister. À son grand étonnement, alors que les deux expériences s'étaient accompagnées de violentes polémiques dans les journaux et d'un changement de comportement des notables à son encontre, elle ne rechigna pas à répondre à ses questions.

– J'assume toujours mes décisions même quand je me trompe ! souligna-t-elle avec une sérénité qui le déconcerta.

Tout avait commencé par une journée torride de juillet 1904. La fenaison n'était pas terminée. Le régisseur qui exploitait le domaine avait embauché une trentaine de journaliers qui s'étaient déplacés depuis le Ségala où les prairies étaient déjà fauchées et le Lévézou où elles ne l'étaient pas encore. Les hommes étaient exténués par les longues journées qui s'étaient enchaînées à un rythme soutenu, depuis deux semaines, sous un soleil de plomb qui séchait les foins mais épuisait les corps. Ils avaient besogné sans relâche de l'aube au coucher du soleil, mangeant sur le pouce dans les gamelles que leur apportait en plein champ le régisseur, avec un attelage, et que distribuaient les jeunes bonnes. Ils avaient demandé à se reposer à l'ombre des arbres pendant une heure, après leur casse-croûte, au moment où la température était la plus étouffante. Le patron s'était montré inflexible : pas de faveurs. En réponse, ils avaient annoncé unanimement qu'ils ne reprendraient pas le travail et n'achèveraient pas la fenaison, emportant leur matériel et réclamant leurs salaires. Ils s'étaient ensuite regroupés sous un grand tilleul, dans l'enceinte du domaine, les baluchons à leurs pieds, en attendant le règlement de leur quinzaine.

Marianne séjournait à ce moment-là au château. Réfugiée dans sa chambre du deuxième, elle préparait pour *La Guerre sociale* des chroniques sur le mouvement socialiste dans la péninsule ibérique, après un déplacement au Portugal, quand Célestin l'avait prévenue que le régisseur demandait à la rencontrer. « C'est urgent : il est en colère ! » avait-il précisé. Comme elle travaillait à son bureau dans une simple chemise, pour affronter la fournaise, elle s'était habillée et était descendue. Dans le grand salon où Célestin l'avait introduit, le régisseur patientait nerveusement en marchant à travers la pièce et en tortillant son chapeau entre ses mains. Édouard Molinier était l'homme de confiance des Cancelier. Son père l'avait engagé dans les années 1890 pour exploiter, de conserve, le domaine avant que la vieillesse ou la maladie l'en empêche. Depuis sa disparition, elle l'avait conservé dans ses fonctions et n'avait pas eu à s'en plaindre jusqu'à présent. Édouard Molinier avait expliqué que les journaliers refusaient de travailler s'il ne leur accordait pas une heure de repos au moment où les rayons du soleil étaient les plus ardents, après la collation ou le casse-croûte de la mi-journée. Une heure de repos ? Il n'en était pas question. Le régisseur avait souhaité l'informer qu'il n'accéderait pas à leur requête, considérant qu'il appliquait depuis une quinzaine d'années les mêmes conditions d'embauche pour le personnel saisonnier et qu'elles avaient toujours été respectées. Il était donc dans l'obligation de chercher de nouvelles équipes pour terminer la fenaison. Mais où les trouverait-il ? Il s'en inquiétait. Les meilleurs hommes étaient déjà employés. On ne rencontrait que de mauvais faucheurs dans les ultimes foires de la loue du Ségala, du Lévézou, des villages de la vallée de l'Aveyron et même de Rodez. À moins de pousser jusqu'aux contreforts de l'Aubrac où il pourrait certainement en rencontrer dans des hameaux ou villages pauvres. Marianne l'autorisait-elle à rejoindre ces contrées pour ramener des journaliers et reprendre la fenaison ? Car le temps pressait ! Qu'en pensait-elle ? La conduite de ce domaine avait toujours reposé sur une bonne entente entre le régisseur et les Cancelier.

Par avance, il supposait qu'elle partagerait son point de vue et ses décisions, le soutiendrait dans son initiative.

Elle se souvenait de leur discussion comme si c'était la semaine précédente. Elle s'était accoudée au manteau de la cheminée pour l'entendre, n'ayant même pas songé à l'inviter à s'asseoir tellement elle était déconcertée par ces difficultés imprévues et absorbée par ses chroniques. Il se dressait avec son mètre soixante-dix au milieu du grand salon. Habillé d'une chemise grossière, ample et grisâtre, et d'un pantalon d'étoffe épaisse, protégé des refroidissements par une ceinture de flanelle, chaussé de souliers montants alors qu'elle était descendue sans prendre de sandales pour mieux apprécier la fraîcheur des marches en pierre de l'escalier et du parquet, il s'était exprimé sèchement comme à son habitude. Elle l'avait écouté sans l'interrompre, attentive à ses propos, mais n'avait répondu qu'après un grand moment de silence. Elle avait expliqué alors au régisseur qu'elle considérait comme légitime la revendication des journaliers. Il avait aussitôt protesté mais elle l'avait arrêté d'un geste ferme de la main pour souligner que ces hommes travaillaient sans renâcler pendant treize à quinze heures dans des conditions difficiles et méritaient de bénéficier d'une heure de repos au moment où les rayons du soleil écrasaient de chaleur les prairies. C'était justifié et même humain ! avait-elle affirmé. La journée légale n'était que de dix heures depuis 1900 mais elle n'était que rarement respectée dans les campagnes et Marianne l'avait toujours regretté. Elle avait donc demandé à son régisseur d'accéder à leur requête ou de renoncer à ses fonctions. L'homme était soudain devenu cramoisi puis d'une blancheur aussi éclatante qu'un linceul. Alors qu'il n'y avait jamais eu entre eux de différend depuis la mort de son père, il ne s'attendait pas à affronter une pareille rebuffade. Son comportement était incompréhensible ! Des propriétaires ne réagissaient jamais à sa manière devant des revendications excessives de journaliers ; ils manifestaient toujours de l'autorité pour résoudre un différend avec leur personnel, le plus souvent à leur avantage, mais ils ne capitulaient pas. Le régisseur ne pouvait pas admettre qu'il en fût différemment.

– Chez les notables de Rodez et d'ailleurs, on me qualifiait déjà d'originale, d'illuminée et même de détraquée ! concéda-t-elle avec humour au rédacteur du *Républicain de l'Aveyron*. Je m'intéressais à l'hypnotisme, au magnétisme et au spiritisme. Comme mon père. Après sa mort, on a affirmé que j'organisais des soirées spéciales à Lagarde pour converser avec l'au-delà, avec mon père et ma mère, avec les défunts des familles de mes invités. Les fantômes… Les tables tournantes… Certains étaient effrayés par ce qu'on racontait. On m'a rapidement surnommée la Femme du diable.

– La Femme du diable ? s'exclama Vincent Chaumes.

– Absolument ! Mes opinions dérangeaient. Je critiquais l'Église, les banquiers, le patronat ; je défendais les ouvriers ; je trahissais mes origines…

– Comme aujourd'hui ! l'interrompit-il.

– Personne ne me ménageait depuis la disparition de mon père qui était un homme contesté mais plutôt respecté. La politique et le syndicalisme sont réservés aux hommes. Malheur aux femmes qui ont la prétention de s'en mêler…

– Ta décision, au moment de cette grève de juillet 1904, n'a pas contribué à apaiser les choses ! surenchérit Maxime. Au contraire ! Tu n'as pas respecté la hiérarchie sur ton domaine, en accordant satisfaction aux journaliers et en désavouant ton régisseur…

– Vous avez désavoué votre régisseur ? s'étonna le journaliste du *Républicain de l'Aveyron*.

– Les journaliers sont des hommes, pas des animaux de travail ! C'était une question de dignité. J'ai toujours combattu l'injustice et l'arbitraire même si je l'ai payé chèrement.

Cet après-midi-là, elle avait chaussé ses sandales aussitôt après que le régisseur eut déguerpi en laissant éclater sa colère, et s'était empressée de rejoindre les journaliers dans l'enceinte du domaine. Elle les avait informés de sa décision et ils l'avaient acclamée avec le même enthousiasme que les mineurs en grève à Decazeville ou dans le Pas-de-Calais lorsqu'elle les soutenait dans les corons ou à l'entrée des puits. Elle leur avait demandé de désigner comme chef le plus compétent d'entre eux pour conduire et terminer la fenaison, distribuer des ordres chaque matin et contrôler le travail de chacun. Désigner l'un d'entre eux comme « patron » ? Interloqués par cette proposition, ils s'étaient regardés avant d'en discuter et d'accorder leur confiance à un homme d'une quarantaine d'années, pointilleux et besogneux mais plutôt renfermé, qui commandait une équipe de faucheurs et faneurs du Lévézou. Marianne leur avait confirmé les conditions que le régisseur leur avait proposées à l'embauche. Alors, ils avaient rapporté les baluchons dans les granges où ils logeaient pour retourner dans la parcelle qu'ils avaient commencé à faucher.

Avant le souper, sous le même tilleul, Marianne avait rassemblé les employés permanents du domaine pour expliquer la situation et appliquer la même mesure qu'aux faucheurs. Les hommes avaient désigné comme chef le maître-valet qui connaissait parfaitement le fonctionnement de l'exploitation et les femmes, la « première » des domestiques qui travaillait à Lagarde depuis une trentaine d'années et secondait l'épouse du régisseur.

– C'est du socialisme, commenta Vincent Chaumes.

– Du saint-simonisme ! corrigea-t-elle. Saint-Simon avait appelé les hommes à se conduire en frères à l'égard des autres et non en patrons.

Marianne s'était souvent demandé si ses devanciers à Lagarde, son grand-père et son père, l'auraient critiquée car ils étaient deux disciples de Saint-Simon, soucieux d'harmoniser leurs décisions à leurs convictions. Toutefois, passionnés par l'élevage, la culture et la conduite de l'exploitation, ils auraient sûrement manifesté plus de vigilance au quotidien.

Comme elle n'avait aucune compétence pour surveiller la bonne marche de la fenaison dans les prairies ni les multiples besognes à effectuer au quotidien sur le domaine, elle avait accordé toute sa confiance à ces trois chefs qu'elle s'était contentée de rencontrer à intervalles réguliers dans la salle commune à l'heure des repas. En compagnie de son père, elle avait souvent partagé les soupers des employés. Personne n'avait été étonnée de la retrouver à l'une des longues tables. Elle avait interrogé le personnel et leurs chefs, leurs réponses à ses questions étaient parfois évasives mais elle ne s'en était pas alarmée. Malgré l'insistance de Maxime, elle ne s'était pas déplacée dans les prairies pour surveiller les travaux et en contrôler l'avancement. Elle l'avait regretté. Lorsque les saisonniers avaient demandé leurs comptes, ils avaient prétendu que la fenaison était terminée puis avaient déguerpi avec leurs salaires. Le lendemain, le maître-valet avait constaté qu'une parcelle de six hectares, la plus excentrée de l'exploitation, n'avait pas été fauchée et que de l'herbe coupée attendait encore le passage des faneurs dans une grande prairie. Comme le personnel du domaine était accaparé par de multiples travaux et ne pouvait pas se substituer aux saisonniers, ce fourrage avait pourri dans le champ. Les propriétaires des environs l'avaient brocardée pour la direction calamiteuse de son domaine, l'accusant pêle-mêle d'être une incompétente, une irresponsable et une communiste.

– Ils me considèrent comme une écervelée ! compléta-t-elle.

– Et ils se sont déchaînés l'année suivante quand tu as appliqué la journée de huit heures à Lagarde, souligna Maxime.

Elle soupira avant d'esquisser un sourire.

– Quelle histoire !

Ils venaient de déguster un gâteau aux pommes et Célestin leur apportait le café.

– Buvons notre café et nous irons jusqu'à Agen, suggéra-t-elle.

– Pourquoi à Agen ? s'étonna Vincent Chaumes.

– Tout a commencé à Agen, un dimanche de juillet 1905, sur le perron de la mairie…

Un quart d'heure plus tard, Maxime manœuvrait la manivelle de la De Dion-Bouton et la mécanique pétaradait. Puis ils s'éloignèrent dans un grand nuage de poussière.

6

Ils arrivèrent à Agen-d'Aveyron au moment même où les cloches appelaient les fidèles pour les vêpres que personne ne manquait à la campagne, excepté les jeunes mères et les vieillards impotents. Les paroissiens déambulaient dans la bourgade, par groupes ou en famille, pour rejoindre l'église. Au passage de la voiture de Maxime, des femmes reconnurent Marianne et se signèrent en détournant le regard, ce qui n'échappa guère à Vincent Chaumes. Il constata que la châtelaine de Lagarde n'était pas appréciée de tous, comme elle l'affirmait, et qu'elle effrayait toujours. Ils se garèrent près du lavoir, marchèrent ensuite en direction du bâtiment dont le premier étage abritait la maison commune. Il comportait un escalier extérieur aux marches de pierre débouchant sur une terrasse que Marianne avait utilisée comme estrade un dimanche de juillet 1905 pour s'adresser à la population d'Agen et de ses environs à propos de la journée de huit heures. Non seulement le premier magistrat l'avait autorisée à s'exprimer publiquement depuis la terrasse de la maison commune mais il en avait informé ses administrés en placardant sur l'affichoir municipal une annonce sur laquelle il n'avait pas hésité à apposer sa signature, comme s'il cautionnait sa présence. Cet homme avait toujours défendu son père qu'il admirait. Marianne se rappelait que, curieusement, l'annonce de la conférence voisinait avec une affiche du cirque américain MacCaddon qui se produisait alors à Rodez ! Elle avait longuement débattu avec Maxime de l'opportunité de son intervention à Agen devant des habitants en majorité conservateurs et des propriétaires dont elle connaissait l'animosité à l'encontre des Cancelier depuis des décennies. Pourtant, elle considérait qu'il était nécessaire de sensibiliser les travailleurs à des revendications légitimes. La condition des hommes et des femmes employés dans les domaines n'était pas plus enviable que le quotidien des ouvriers et des mineurs. Dès 1889, les partisans du socialiste Jules Guesde avaient décrété l'obtention de la journée de huit heures parmi leurs priorités. En septembre 1904, les participants du congrès national corporatif de Bourges avaient proposé une grève générale le 1er mai 1906 pour l'imposer au gouvernement et aux patrons. Pouvait-elle donc demeurer inactive en attendant ? Non, ce n'était pas dans son tempérament. Maxime avait employé différents arguments pour la dissuader d'organiser cette conférence à Agen : elle s'exposerait à des attaques virulentes des propriétaires et à des polémiques dans les journaux, elle ne provoquerait que des réactions négatives. Elle ne pouvait pas se comporter à Agen comme à Decazeville, Aubin, Limoges devant des ouvriers. Elle avait concédé que les arguments étaient pertinents mais elle s'était obstinée et il avait alors proposé de l'accompagner avec Célestin et deux ou trois employés dévoués de Lagarde, d'intervenir si c'était nécessaire.

Devant la maison commune d'Agen, Marianne revoyait la scène. C'était donc un dimanche après-midi de juillet 1905, aussitôt après les vêpres. La fenaison n'était pas achevée. Le temps était orageux mais personne ne travaillait dans les champs : l'Église l'interdisait. Elle s'était installée sur la terrasse de la mairie qui dominait la place où une quarantaine d'hommes s'étaient rassemblés pour l'entendre avant de rejoindre une auberge puis étancher leur soif. Lorsqu'elle haranguait les ouvriers à l'entrée des usines ou des puits de mines, ils entonnaient joyeusement *L'Internationale, La Marseillaise* et *La Carmagnole* avant qu'elle s'exprime. Ce dimanche-là, à Agen, il n'y avait pas eu de tintamarre. C'était préférable pour ne pas indisposer les propriétaires. Elle s'était adressée en premier aux domestiques, prolétaires de l'agriculture, dont certains avaient souhaité l'écouter avant de retrouver les bergeries et les étables de leurs fermes pour s'occuper des animaux. Ils étaient reconnaissables à leurs épaules musclées et carrées, à leurs visages burinés par le soleil et à leurs vêtements rapiécés.

– Les journées de quinze, dix-sept et même dix-huit heures que vos patrons vous imposent à l'époque de la fenaison, des moissons et des battages sont souvent inconnues dans d'autres régions. Ne vous laissez plus tondre comme des moutons, pauvres travailleurs des Causses, du Lévézou et du Ségala. Secouez-vous ! Présentez vos revendications aux régisseurs et aux fermiers. Ne vous laissez plus dominer ! Exigez d'eux la journée de huit heures ! Vous n'êtes pas des esclaves mais des hommes. Les ouvriers agricoles du Midi se mobilisent avec le concours d'un syndicat ; ils ont rencontré les propriétaires des vignobles et des domaines qui les emploient. Des discussions ont commencé. Dans l'Aveyron également, vos patrons doivent entendre vos demandes…

Brandissant le poing, elle avait poursuivi avec flamme :

– N'écoutez pas les charlatans de l'Église qui ont pactisé avec le patronat des usines et les notables ruraux pour mieux profiter des ouvriers. Ils vous promettent le Ciel contre des prières, du travail et de l'argent. Mais ils vous ruinent avec leurs quêtes et leur denier de Saint-Pierre. Vos patrons sont de mèche avec eux. Ils ne manquent pas la grand-messe ni les vêpres ni la confesse ; ils sont généreux avec les œuvres de l'Église mais ils se moquent de leur personnel. Ils l'exploitent honteusement… Mettez-vous en grève ! Les patrons seront obligés de discuter si personne ne s'occupe des troupeaux, des fourrages à engranger, des champs de céréales à moissonner. Mobilisez-vous, serrez les coudes, unissez-vous ! À bas la calotte ! Vive la Révolution !

Des réactions hostiles avaient éclaté :

– À bas l'anarchie !

– À bas la sociale !

– Vive l'ordre !

– Vive les patrons !

Accoudée au parapet de pierre de la terrasse de la mairie, dans la douceur de ce dimanche de septembre, elle se souvenait dans le moindre détail de ce discours mais aussi des ripostes. Comme elle pouvait s'y attendre, les propriétaires en costume trois-pièces et en cravate qu'elle surnommait les messieurs au chapeau rond avaient contesté ses propos. Le premier qui s'était exprimé possédait une exploitation mitoyenne de certaines de ses parcelles de Lagarde. Il avait observé qu'elle attaquait sans vergogne les propriétaires alors qu'elle l'était elle-même avec l'un des plus importants domaines de la vallée de l'Aveyron.

– Ce qui démontre bien que vous êtes irresponsable et que vous ne réfléchissez jamais avant de déblatérer ! avait-il affirmé.

Le deuxième, qui détenait une propriété s'étendant dans la vallée de l'Aveyron et sur les causses, occupait les fonctions de secrétaire général de la Société centrale d'agriculture. L'institution n'avait pas souhaité reconnaître les compétences agronomiques des Cancelier parce que leurs opinions différaient, elle s'était même opposée à ce qu'on les distingue dans les concours. L'animosité de cet homme à l'encontre des Cancelier était connue. Nerveux, les yeux furibonds, il l'avait foudroyée du regard avant de déverser ses rancœurs :

– Depuis toujours, vous vous comportez comme une mécréante. Il n'y a rien d'étonnant à ce qu'on vous appelle la Femme du diable. Vous blasphémez et vous insultez nos pratiques… C'est parce que nous sommes croyants et respectons les traditions de nos anciens que nous nous reposons en cette journée de dimanche et que nous sommes là pour vous entendre alors que l'orage menace et que les fourrages attendent d'être ramassés dans les prairies. Ils attendront parce que c'est dimanche et que notre personnel se repose… Vous réclamez la journée de huit heures ? C'est une foutaise. À l'époque des grands travaux, il est indispensable de travailler pendant treize, quinze ou même dix-sept heures. Il y a ensuite des compensations de la Toussaint au printemps. C'est alors la morte-saison et vous le savez bien. Les journées sont allégées… Vous ne pouvez pas nous reprocher d'exploiter nos employés. C'est un mensonge !

Ne se démontant pas, Marianne avait maintenu ses accusations en entraînant les discussions dans le domaine du logement et de la nourriture du personnel. Les hommes couchaient dans la paille des granges ou sur des paillasses infestées de punaises à l'étable ; ils étaient assaillis par les rats pendant leur sommeil, contractaient les maladies des animaux. Quant aux femmes, elles étaient reléguées dans de minuscules soupentes et des greniers envahis de courants d'air. À Lagarde, la situation était alors différente et Marianne exposa à Vincent Chaumes les changements imposés par son grand-père dès qu'il était revenu d'Algérie. Il avait construit un bâtiment pour le personnel engagé à l'année, comportant des dortoirs séparés pour les hommes et les femmes. C'était novateur dans les grandes fermes à cette époque alors que les propriétaires se préoccupaient plus des rendements et des bénéfices de leur exploitation que du confort de leurs domestiques. Maxime confirma au journaliste que ce bâtiment accueillait toujours son personnel ; il était spacieux, bien éclairé et entretenu. La nourriture ? Elle était souvent misérable, insuffisante et déséquilibrée pour des travailleurs de force qui besognaient sans relâche toute la journée dans les champs. Dans certains domaines, la grande salle commune comportait la table des maîtres et la table des domestiques. Les bonnes n'y servaient pas les mêmes plats. À leurs employés, des maîtresses de maison mesuraient le fromage, le pain et la soupe ; elles préparaient des nourritures roboratives, à l'image des pascades confectionnées avec des œufs, du lait et de la farine, pour ménager leurs réserves de viande de porc salée. À Lagarde, souligna Marianne à l'attention de Vincent Chaumes, son grand-père et son père avaient interdit de pareilles pratiques. Leurs employés n'avaient jamais eu à s'en plaindre et Maxime perpétuait aujourd'hui la tradition. Certes il s'installait toujours chez Marianne, lorsqu'il séjournait aujourd'hui à Lagarde, mais il déjeunait souvent avec le régisseur et son personnel.

– Je suppose que ces messieurs au chapeau n'étaient donc pas les mieux indiqués pour vous attaquer sur la question du logement et de la nourriture ! en déduisit le journaliste.

– Effectivement ! concéda-t-elle avec un sourire qui trahissait la satisfaction qu'elle avait éprouvée alors à mettre en évidence leurs insuffisances et à les moucher. Il n'empêche qu'ils se sont insurgés après ma décision d'octroyer une heure de relâche aux équipes de faucheurs et de faneurs au moment le plus étouffant de la journée contre l'opinion de mon régisseur et de m'en être séparé… J'avais l'impression de me retrouver devant un tribunal. Leur réquisitoire a été impitoyable. Ils m'ont « canardée » sans scrupule devant leurs employés et quelques habitants d'Agen… J'ai l'habitude d'affronter les ingénieurs, les directeurs et les grands patrons des compagnies industrielles lorsqu'une grève éclate. Parce que je suis inflexible, ils ne me ménagent pas davantage. Mais je ne capitule pas.

– Comment la conférence s'est-elle terminée ? demanda alors le journaliste, intrigué. En bagarre ?

– En bagarre ? Non ! rétorqua-t-elle. Ces messieurs au chapeau sont des gentlemen. Ils n'auraient jamais cabossé une femme sans défense.

– Leurs domestiques pouvaient s'attaquer à vos employés.

– Ils n'ont pas bronché.

– Ces messieurs au chapeau ont-ils eu le dernier mot ?

– Ils en ont été persuadés sur le moment mais…

L'un des plus acharnés l'avait sommée d'appliquer elle-même la journée de huit heures au domaine de Lagarde avant de chercher à l'imposer aux propriétaires d'Agen et des environs qui jugeraient en fonction des résultats s'ils pouvaient satisfaire cette revendication.

« Montrez l'exemple, si vous en êtes capable, si vous en avez le courage, si vous ne craignez pas la faillite ! » s'était exclamé avec beaucoup d'ironie Augustin Carrière.

– Qu'avez-vous répondu ? demanda Vincent Chaumes.

– Que je montrerais l'exemple et que je ne me déroberais pas !

– C'était téméraire ! commenta-t-il.

– Et même dangereux ! surenchérit Maxime en soupirant.

Marianne en convenait mais elle ne le regrettait pas, aujourd'hui, malgré la déconfiture que son expérience avait provoquée.

Soudain, elle consulta sa montre puis entraîna les deux hommes en direction de la voiture. Les familles sortiraient bientôt de l'église. Elle n'avait pas l'intention de rencontrer ces messieurs au chapeau, notamment Augustin Carrière qui n'avait pas imaginé une seconde que la puissance de ses convictions puisse surpasser ses intérêts financiers. Ils continuèrent cette discussion dans le grand salon du château autour d'une infusion de menthe sauvage. Certes Vincent Chaumes connaissait par Maxime les résultats de son expérience à Lagarde mais il était pressé de les entendre de la bouche même de Marianne. Après sa conférence, un habitant d'Agen s'était exprimé dans les colonnes de *L'Union catholique* et de son hebdomadaire, *La Croix de l'Aveyron*, pour dénoncer ses outrances à l'égard des propriétaires, des fermiers, de l'Église. Il avait même affirmé qu'elle comptait « brûler la cervelle » de ses contradicteurs et recueillir des témoignages à charge pour les traduire devant le tribunal. L'auteur n'avait pas eu le courage d'indiquer son patronyme, se contentant de ses initiales. La même semaine, un deuxième participant à cette conférence avait demandé à Marianne, dans ces mêmes journaux, d'appliquer la doctrine socialiste à l'exploitation de Lagarde en la partageant entre les différentes familles de sa commune. « Quand on détone à longueur de journée contre la propriété et le capital, on se dépouille en toute logique de sa fortune ! » avait-il proclamé mais sous un pseudonyme pour ne pas être attaqué en justice. Un troisième l'avait pressée de mettre en œuvre, à Lagarde, la journée de huit heures comme elle l'avait promis. Le 1er septembre, après les grands travaux des champs, Marianne avait alors annoncé dans les journaux et par des affiches apposées à Agen, dans les villages des environs et jusqu'à Rodez, que les journées de travail dans son domaine ne dépasseraient plus huit heures entre le 1er octobre et le 15 juin. Révolutionnaire ! Les journaux de droite l'avaient critiquée violemment ; les journaux républicains l'avaient applaudie, heureux de découvrir une nouvelle pomme de discorde avec les « blancs ». Les jeunesses socialistes de Rodez s'étaient enflammées pour son initiative, publiant un manifeste de soutien. L'un de ses animateurs, Paul Ramadier, s'était même présenté à Lagarde par un après-midi de septembre pour la connaître et la féliciter.

– Comment l'oublierais-je ? confessa-t-elle, soudain rêveuse. Ce jeune homme n'avait que dix-sept ans mais une culture humaniste, traditionnelle, littéraire, historique qui était étonnante pour son âge. Le latin et le grec le passionnaient… La politique également…

Il avait terminé sa première année de licence de lettres et droit à l'université de Toulouse, consacré ses vacances d'été à l'analyse du *Manifeste du parti communiste* de Marx et Engels. Tous deux en avaient débattu pendant près de deux heures. Adepte de la justice sociale, Ramadier admirait le parcours de militant de Marianne.

– Comme vous, Vincent ! observa-t-elle avec humour.

Les pommettes de l'intéressé devinrent écarlates.

– C'est amplement justifié ! trancha Maxime.

Quelques secondes s'écoulèrent puis Vincent Chaumes ramena la conversation sur la journée de huit heures.

– Vous insistez ? soupira-t-elle.

– Oui.

Marianne regarda alors fixement son petit-cousin ; elle ne voulait pas détailler ses déboires et préférait qu'il réponde.

– Il est bien difficile de respecter des horaires dans l'agriculture ! expliqua-t-il au journaliste. Un domaine n'est pas une fabrique ! Les hommes doivent s'occuper des animaux chaque jour de l'année, y compris le dimanche et les jours de fête, puis les surveiller dans les bergeries ou les étables à la période des naissances en écourtant leur sommeil si c'est nécessaire pour soulager les mères. Dans ces moments-là, on ne compte pas les heures…

Marianne s'était bien efforcée d'être présente plus souvent sur le domaine pour essayer d'encadrer et de contrôler le personnel pour les semailles de l'automne mais certains champs n'avaient pas été emblavés avant les premiers froids. Les bouviers s'étaient montrés trop négligents, écourtant les journées sans raison sous le prétexte de respecter la journée de huit heures et n'appliquant pas toujours les instructions du maître-valet dont l'autorité avait été contestée. À l'époque des vêlages et de l'agnelage, certains employés s'étaient comportés comme des fonctionnaires ; ils n'avaient pas secouru les vaches ou les brebis qui étaient en difficulté pour mettre bas. Une mortalité bien plus importante qu'à l'ordinaire avait frappé les veaux et les agneaux. Les comptes du domaine avaient déjà souffert, en 1904, de l'absence d'un régisseur et de certains relâchements dans le quotidien, malgré la vigilance du maître-valet. L'application de la journée de huit heures, sans encadrement efficace, avait accentué rapidement les difficultés financières. Marianne avait bien demandé à Maxime d'être souvent présent à Lagarde pendant ses voyages en dehors de l'Aveyron, mais il avait été impuissant à intervenir et à redresser la situation tellement l'exploitation et le personnel étaient ingouvernables. Alors que la période hivernale s'achevait, elle était retournée à Lagarde après un déplacement de plusieurs semaines en Angleterre qu'elle avait consacré au combat des « sans-travail » de Londres. Elle avait alors découvert avec effarement l'ampleur de la déconfiture et proposé à son petit-cousin de racheter le domaine pour qu'il demeure dans la famille et puisse échapper aux appétits de quelques propriétaires des environs qui attendaient comme des rapaces le moment propice pour s'en emparer dans des conditions avantageuses.

– Je suppose que votre décision a été difficile à prendre, indiqua Vincent Chaumes. Votre grand-père et votre père s'étaient investis dans ce domaine, l'avaient transformé et embelli…

Le visage fermé, elle confirma en hochant le menton.

Certes elle n'avait éprouvé aucune hésitation à transmettre cette proposition à Maxime parce qu'elle estimait que c'était la meilleure pour Lagarde. Mais elle avait été partagée entre deux sentiments : le soulagement et la culpabilité. Elle admettait qu'elle n'avait pas de compétence pour assumer la direction et la charge de ce domaine, qu'elle ne s'était jamais intéressée aux cultures et à l'élevage. Que Maxime ait accepté de le reprendre l'avait soulagée : il avait allégé son fardeau. Dans le même temps, elle reconnaissait qu'elle avait une responsabilité dans ce désastre, n'ayant peut-être pas préparé suffisamment ses décisions puis réfléchi à leurs conséquences. Elle s'était demandé avec angoisse ce que son grand-père et son père en pensaient dans leur tombe. Elle avait imaginé qu'ils enrageaient parce qu'ils avaient dépensé du temps et de l'énergie au domaine, se montrant modernes, ingénieux, efficaces pour qu'il devienne un modèle. Elle avait dilapidé leur héritage et anéanti en deux années ce qu'ils avaient patiemment construit en plusieurs décennies. Elle avait regretté que les deux expériences n'aient pas été couronnées de succès. Considérant qu'elles étaient toujours pertinentes et qu'il était nécessaire d'améliorer les conditions de travail des prolétaires de l'agriculture, elle en avait ressenti de l'amertume. La semaine de la signature de l'acte de vente, elle avait découvert que les ouvriers agricoles de l'Hérault et de l'Aude avaient arraché à leurs patrons, grâce aux actions des syndicats, la journée de huit heures avec un salaire minimum de quatre francs. Elle s'en était félicitée. Ses idées cheminaient lentement. Aujourd'hui l'habitait cette même certitude quoique la situation de la France et la mobilisation des hommes ne s'y montrent guère favorables. Dès que la guerre se terminerait, les revendications retrouveraient leur légitimité. Peut-être même avant.

7

Marianne se serait dispensée de rencontrer à nouveau Augustin Carrière, l'un de ces messieurs au chapeau qui profitaient de toutes les occasions pour l'attaquer, la dénigrer et l'humilier même. Mais elle s'y résigna pour défendre Marthe, l'une de ses « protégées » et créancière de ce sinistre fesse-mathieu. Comme elle le craignait, il augmentait l'intérêt de l'emprunt qu'il avait accordé à la famille et il imposait à sa débitrice de se présenter à son domicile le vendredi 9 octobre à dix heures sonnantes, en précisant qu'il n'accepterait pas la moindre minute de retard à ce rendez-vous sinon il doublerait la somme dont elle avait à s'acquitter ce trimestre ou même prendrait possession de la parcelle achetée avec son argent. Ces exigences étaient scandaleuses et révoltaient Marthe. Comment pouvait-on se comporter d'une manière aussi abjecte ? Certes ses beaux-parents affirmaient que les Carrière s'étaient autrefois enrichis grâce à ces pratiques, saisissant tous les terrains dont ils pouvaient s'emparer si leurs débiteurs ne respectaient pas leurs conditions. Mais Marthe n'imaginait pas qu'Augustin continuerait à les perpétrer aujourd'hui, cyniquement, dans une période si difficile pour nombre de familles. Après son passage, elle s'était précipitée au château pour prévenir Marianne. Effondrée, elle se demandait comment elle parviendrait à honorer son échéance. La commission cantonale d'attribution des secours aux ménages des mobilisés ne s'était pas toujours pas manifestée et ses économies diminuaient. Ce jour-là, rejoignant les équipes qui ramassaient les feuilles mortes dans les sous-bois pour compléter les réserves de paille destinées à renouveler la litière des troupeaux en période hivernale, Marthe travaillait au domaine. Elle avait rencontré la châtelaine lorsqu'elle avait eu terminé sa journée. Indignée par l'attitude des Carrière, Marianne s'était engagée à intervenir rapidement auprès de la commission cantonale ainsi que d'Augustin Carrière quoiqu'elle redoutât, par avance, leur entrevue. Le lendemain, Maxime qui séjournait alors au château l'emmena à Laissac où elle comptait demander au juge de paix si les dossiers transmis dans la deuxième quinzaine d'août avaient été examinés ou s'ils étaient toujours en souffrance. Grâce au premier magistrat d'Agen, elle avait été informée que la préfecture avait envoyé des consignes aux juges de paix pour apprécier la situation de chaque famille en s'appuyant sur les circulaires élaborées par les différents ministères. Le juge de paix de Laissac l'accueillit très aimablement mais reconnut que les demandes étaient si nombreuses qu'il n'était pas encore parvenu à les instruire toutes pour que les membres de la commission puissent délibérer. Méthodique, il avait procédé à un classement par commune de l'ensemble de ces documents qui se comptaient par dizaines. Il retrouva facilement la requête de Marthe et la parcourut rapidement avant de confirmer à Marianne que cette femme toucherait bien les secours auxquels elle pouvait prétendre. Marianne l'interrogea ensuite sur Thérèse qui traversait également des difficultés financières. Toujours aussi serviable, le juge de paix compulsa et analysa son dossier avant d'en conclure que Thérèse en bénéficierait de la même manière. D'ores et déjà, il exhortait ces deux femmes à la patience. Le percepteur prévoyait d'effectuer une tournée dans chaque commune du canton pour les paiements mais la commission ne prendrait pas de décisions avant la mi-novembre et les intéressés devraient attendre la Saint-André, et peut-être les dernières semaines de l'année, avant d'obtenir leurs allocations. Il était le premier désolé de ce contretemps, conscient que certaines familles avaient des besoins urgents ; il comprenait leur embarras. La guerre l'affectait comme une majorité de la population même s'il n'avait pas de problèmes matériels. Ses deux fils étaient mobilisés et avaient charge d'enfants.

Que pouvaient-ils pour Marthe et même pour Thérèse qui étaient à la recherche de rentrées d'argent ? Marianne et son petit-cousin en discutèrent entre Laissac et Lagarde. Maxime accorderait aux deux femmes une avance de salaire sur leurs journées de novembre et de décembre, insisterait auprès du régisseur et de son épouse pour qu'ils les emploient plus souvent. Marianne était décidée à frapper au domicile d'Augustin Carrière pour essayer de le raisonner. Dans son parcours de militante, elle avait affronté des hommes puissants et intimidants, à l'image du directeur général de la compagnie des houillères d'Anzin. Elle avait débattu avec eux librement et sans le moindre complexe. Toutefois, elle craignait cette confrontation avec Augustin Carrière qui était un homme sournois, rancunier et entêté. La situation de Marthe l'exigeait : elle ne pouvait abandonner cette femme sans défense entre les griffes de ce fesse-mathieu. Maxime avait bien compris ses appréhensions. Il proposa de l'accompagner en expliquant que la présence d'un avocat l'amènerait peut-être à rabaisser ses prétentions. Augustin Carrière le respectait même s'il était républicain et s'appelait Cancelier. Elle s'y opposa, décidée à s'y rendre seule. Que risquait-elle ?

Le lendemain, dans la matinée, elle prépara Ivanhoé et disparut ensuite sur les chemins. Cinq kilomètres séparaient Lagarde de la propriété des Carrière aux Agassons. La journée était ensoleillée et agréable. Marianne s'accorda le loisir d'observer des animaux aux jumelles, notamment les rapaces qui tournoyaient au-dessus d'elle, de ramasser des champignons à son passage dans les sous-bois, d'apprécier des parfums de fougères et de noisettes. À son arrivée aux Agassons, on entendait l'angélus dans les lointains. À dessein, elle avait souhaité débarquer à l'improviste au moment du déjeuner pour être certaine d'y rencontrer Augustin Carrière. Si elle l'avait prévenu par courrier, il aurait peut-être éprouvé la tentation de se dérober. La famille Carrière occupait une grande maison de maître du XVIIIe siècle que les habitants des hameaux voisins désignaient sous l'appellation pompeuse de château. La demeure s'élevait à une centaine de mètres des bâtiments de l'exploitation, une clôture, des tilleuls et des chênes dessinant comme une enceinte pour bien en délimiter l'espace. Marianne s'arrêta en bordure du chemin puis attacha la bride de son cheval à la branche basse d'un arbre. Deux molosses accoururent dans l'instant, se dressèrent contre la clôture et accrochèrent leurs pattes de devant au chevron supérieur avant de découvrir des crocs acérés dans des babines blanches de bave et d'aboyer furieusement, la dissuadant de pousser la barrière pour rejoindre le « château » des Carrière. N'appréciant pas leur accueil, Ivanhoé se déchaîna également en hennissant et en frappant le sol de ses sabots. Elle s'attacha à l'apaiser, caressant son encolure et murmurant des paroles douces à son oreille alors que les molosses persistaient. Ils attirèrent bientôt l'attention du maître de maison qui apparut sur le seuil. Il reconnut alors Marianne et leur ordonna d'un sifflement de regagner leur niche. Ils s'exécutèrent en poussant des grognements. Nullement disposé à la recevoir, surtout à l'heure du déjeuner, il traversa la pelouse pour la retrouver derrière la clôture. Dans la précipitation, il avait emporté sa serviette de table mais pas de chapeau. Marianne ne l'avait pas rencontré depuis ce dimanche de juillet 1905 où il l'avait apostrophée à Agen. Depuis, il avait vieilli et grossi. Ses cheveux et sa moustache avaient blanchi tandis que sa bedaine avait doublé de volume. Il marchait avec difficulté et sa respiration rappelait le mouvement d'un soufflet de forge. Le visage de plus en plus couperosé et les joues pleines, il avait les prunelles toujours aussi tranchantes qui en intimidaient beaucoup. Il balança la serviette sur l'épaule et s'accouda au chevron de la clôture avant de la regarder fixement. Lorsqu'elle montait à cheval, elle s'habillait comme Maxime avec un pantalon, une chemise et une veste ; elle chaussait des guêtres et n'oubliait jamais le foulard rouge, célèbre dans les meetings, qu'elle nouait autour du cou.

– La châtelaine de Lagarde... Quelle surprise ! Je ne m'attendais pas à ce que vous m'honoriez de votre passage... Il y a des années que vos promenades ne vous ont pas conduite sur les chemins de mon domaine ou jusqu'aux Agassous... Que vous arrive-t-il ? Votre cheval aurait-il tombé un fer ?

– Les chevaux de Lagarde sont en général bien ferrés et nous y veillons ! répondit-elle avec la même ironie.

Mouché, il se rembrunit.

– Que me voulez-vous alors ? demanda-t-il sèchement.

Elle expliqua la situation de Marthe, la mobilisation de son époux et ses difficultés financières.

– Vous ne pouvez pas vous acharner sur cette pauvre femme.

– Comme d'habitude, vous vous laissez abuser ! rétorqua-t-il en balayant ses critiques. Je ne m'acharne pas…

– Vous profitez de la guerre pour réclamer plus.

– Tout augmente !

– Même les intérêts d'emprunt ?

Soudain nerveux et plissant le front, il ne répondit pas.

– Lorsque vous avez accordé cet emprunt, vous vous êtes entendus sur les conditions de remboursement ! Aujourd'hui, sous le prétexte que c'est la guerre, vous ne pouvez pas les modifier et exploiter la détresse de Marthe.

– Exploiter ? Je ne vous permets pas…

Quelle insolence ! Il essayait de contenir sa colère, devenant de plus en plus écarlate. Cette femme le narguait et il l'aurait sûrement souffletée si la barrière ne les avait pas séparés.

– Son époux est au front ! précisa-t-elle.

– Deux de mes enfants y sont aussi.

– Mais vous pouvez subvenir aux besoins de leurs deux familles en leur absence ! Vous en avez largement les moyens… Marthe ne peut compter que sur elle-même.

– Et ses beaux-parents.

– Ils sont impotents.

– Deux de ses enfants travaillent ! souligna-t-il, bien renseigné sur cette famille. Elle profite de leurs salaires…

– Leurs salaires de berger ? C'est une misère. Vous le savez bien.

– Vous l'aiderez donc. Quand on est communiste, on partage…

– Socialiste, monsieur Carrière ! corrigea-t-elle.

– C'est bonnet blanc et blanc bonnet.

– Communistes et socialistes sont différents, monsieur Carrière. Vous ne connaissez rien en politique !

– Comme vous ne connaissez rien en agriculture.

Les répliques se succédaient à un rythme soutenu, l'escalade se poursuivait entre les deux bretteurs.

Marianne ramena la discussion à la situation de Marthe.

– N'accablez pas cette femme qui est méritante et a du courage : soutenez-la ! conseilla-t-elle. Vous y gagnerez.

– Si elle est si nécessiteuse que vous le prétendez, elle touchera une allocation de l'État !

– Elle est nécessiteuse et a demandé l'allocation, elle l'obtiendra certainement mais elle ne la percevra pas avant des semaines.

– Qu'elle se débrouille pour rembourser ! tempêta-t-il, contrarié. Je n'attendrai pas…

– Elle respectera ses échéances si vous respectez votre parole d'avant la guerre.

– Tout augmente ! Je ne peux pas…

– Et la charité chrétienne ? L'amour du prochain ? Le secours du pauvre ? Et tout ce que racontent les chanoines à la grand-messe du dimanche ? Vous les oubliez ?

Cette mécréante l'attaquait sur la religion ? Quelle effrontée ! En réponse, Carrière marmonna des phrases inaudibles que Marianne imagina peu charitables à son encontre.

– Ne vous amusez surtout pas à l'escroquer ! poursuivit-elle tout en manipulant sa cravache entre ses mains comme si elle comptait l'employer. Sinon je vous dénoncerai dans les journaux...

– Vous oseriez ?

– Bien sûr !

– Personne ne publiera votre courrier.

– Les journaux de gauche le publieront.

– Ces torchons anticléricaux et orduriers...

– Que les familles de droite dévorent pour s'informer !

– Je vous traînerai devant le tribunal.

– Maxime me défendra ! Vous y laisserez sûrement des plumes. Réfléchissez à votre réputation !

Sur ces paroles, elle détacha Ivanhoé puis grimpa sur la selle et disparut sur le chemin sans un regard pour Auguste Carrière qui ne décolérait pas. Jamais on ne l'avait attaqué avec autant de hargne.

Lorsque Marianne la retrouva, la semaine suivante, Marthe était plus détendue. Elle avait eu des nouvelles de Gabriel qui se battait avec le 122e régiment d'infanterie près de Saint-Mihiel, dans la Meuse, où les premières tranchées avaient été aménagées. Grâce à l'avance accordée par le régisseur sur les journées qu'elle effectuerait sur le domaine en novembre et en décembre, elle s'était acquittée de son versement trimestriel auprès d'Augustin Carrière. Elle avait éprouvé un profond soulagement en constatant qu'il n'avait pas augmenté le montant de son échéance comme il l'avait annoncé. Marianne s'en réjouissait également, satisfaite de son intervention. Ses menaces avaient été efficaces. Même s'il l'avait brocardée sur ses initiatives désastreuses pour le domaine de Lagarde et persistait à dénoncer la dangerosité de ses opinions politiques, il la redoutait. Toutefois, elle demanda à Marthe de redoubler de vigilance à son encontre. À l'inverse de ce que les journaux avaient prétendu au moment de la mobilisation, la guerre s'enlisait. Elle durerait. Les profiteurs étaient en embuscade. À Rodez, Louis Lacombe s'était résigné à prendre un arrêté municipal pour limiter la hausse des prix du pain, de la farine et de la viande. On reprochait déjà aux boulangers et aux bouchers tout comme aux chapeliers et aux marchands de charbon d'engranger des bénéfices rondelets grâce à l'arrivée d'une nouvelle population. Augustin Carrière était à surveiller. Marianne s'en chargerait, si elle ne rejoignait pas Glasgow et l'Écosse cet automne pour reprendre ses conférences. Ou Maxime. Ils ne le lâcheraient pas.

8

Lorsqu'elle séjournait en Aveyron pendant la première quinzaine d'octobre, Marianne honorait toujours l'invitation de la belle-famille de Maxime à participer aux vendanges dans le Vallon de Marcillac où les Combes possédaient un vignoble et une maison de maître. Elle connaissait la famille Combes depuis une trentaine d'années, avant même le mariage de son petit-cousin avec Élisabeth. Comme de nombreux notables de la préfecture, les Combes la recevaient à Rodez adolescente en compagnie de ses parents. Marianne avait rapidement sympathisé avec Élisabeth qui était sa cadette de deux années seulement. Elle l'avait amenée à découvrir les chants, les traditions et la littérature russes qui la passionnaient. Son mariage avec Maxime avait consolidé leur amitié. Sa disparition, après une courte et cruelle maladie à quarante ans, n'avait point distendu les bonnes relations qu'elle entretenait avec les Combes même s'ils ne partageaient pas ses positions politiques et ses combats contre le patronat. Les parents d'Élisabeth étaient aujourd'hui décédés. Mais leur héritière Béatrice et son époux Onésime renouvelaient chaque automne l'invitation. Le Vallon était tellement différent du causse et de la vallée de l'Aveyron que Marianne attendait avec impatience la période des vendanges pour y revenir. Elle regrettait son absence lorsqu'elle était en voyage à l'étranger ou en déplacement. Équipée d'un sécateur et d'un panier, elle grossissait les groupes joyeux de femmes et d'hommes coupant les raisins dans les vignes plantées en terrasses sur des parcelles escarpées.

Cet automne 1914, les journées avaient été ensoleillées depuis septembre et les vendanges promettaient d'être meilleures que les premières prévisions, équivalentes à la récolte de 1913 en quantité et en qualité. Toutefois, comme pour les battages, il manquerait de la main-d'œuvre et, plus que jamais, les Combes comptaient sur sa présence pour renforcer les équipes de coupeurs même si elle était moins chevronnée que nombre d'hommes et de femmes du Vallon. Ils habitaient une élégante demeure construite en pierre du causse, d'une couleur presque blonde, qui s'enorgueillissait de posséder un pigeonnier-tourelle où se réunissaient et roucoulaient une quantité de pigeons. Sa charmille, ses terrasses moussues, ses ormes, ses prairies, ses bancs de pierre et ses saules pleureurs contribuaient à composer une atmosphère romanesque que Marianne appréciait. Comme elle n'avait pas participé aux vendanges ni séjourné dans le Vallon depuis des années, elle retrouva avec bonheur la maison et ses maîtres. Béatrice et Onésime avaient trois enfants : Bernard, Philippe et Juliette. Le premier était magistrat à Limoges, marié et père de famille ; le deuxième, célibataire, terminait ses études de médecine à Clermont-Ferrand quand la guerre avait éclaté et il était mobilisé dans le service de santé de l'armée. Quant à Juliette, elle avait convolé l'année précédente avec un centralien qui construisait des barrages hydroélectriques dans les Alpes. Aussi le passage de Marianne et de Maxime les comblait. Il permettait surtout à Béatrice d'échapper à la monotonie de son quotidien qu'avaient engendré le mariage de Juliette et son départ de Rodez, les absences répétées d'Onésime que sa filature accaparait.

Le vignoble, qui s'étendait sur cinq hectares, était exploité par un propriétaire du Grand-Mas de Marcillac qui avait éprouvé quelques difficultés à constituer des équipes, comme le régisseur de Lagarde au moment des battages. Dès la première journée des vendanges, Marianne remarqua que la guerre, les combats, les soldats étaient omniprésents dans les conversations. Entre les rangées, personne ne plaisantait ni n'entonnait de chansons d'amour ni ne cherchait à barbouiller les pommettes d'adolescentes et de jeunes femmes des plus gros raisins rouges, comme il était de tradition. On échangeait quelques nouvelles des mobilisés et des blessés ; on s'apitoyait sur la situation des familles des premières victimes, de jeunes veuves qui avaient la charge d'enfants. C'était la même ambiance lugubre et soucieuse qu'à Lagarde pendant les battages. Les ressources, la ténacité et le courage étaient les mêmes. Stupéfaite de constater à Lagarde que des septuagénaires continuaient à charrier d'énormes sacs de grains, ventrus et lourds, elle observa avec admiration ces hommes qui avaient combattu les Prussiens en 1870 soulever sans grande difficulté les paniers porteurs – les *carrejadors* – contenant plus d'une trentaine de kilos de vendange pour les transporter sur un coussin protégeant la tête jusqu'en bordure du chemin où ils les chargeraient sur une charrette. Sans ces vieillards encore musclés, ces femmes vaillantes que les tâches éreintantes et salissantes ne rebutaient pas, ces adolescents maladroits mais volontaires, elle se demandait ce que deviendrait l'agriculture… Lorsque les cuisinières embauchées par Béatrice apportèrent au milieu de la matinée de la chicorée-café, du soleil de Marcillac, de la fouace et du mansois, ils restèrent silencieux en mangeant leur gâteau et en buvant leur vin avant de revenir à leur poste. Ils ne se plaignirent d'aucune douleur alors qu'elle marchait à demi courbée comme une vieille paysanne, les mains gonflées par le maniement du sécateur, des élancements dans les reins et des entailles aux doigts. Elle en avait honte ! Tout en reprenant son travail, une idée traversa son esprit. Pourquoi ne proposerait-elle pas des chroniques sur les femmes en guerre dans l'Aveyron au directeur de *La Guerre Sociale* ou du *Républicain de l'Aveyron* ? Elle connaissait la situation des paysannes de Lagarde et du Vallon de Marcillac. Un syndicaliste millavois l'avait informée récemment des difficultés que rencontraient les gantières touchées par le chômage après une diminution des commandes auprès des manufactures, intervenue au lendemain de la mobilisation. Elles se comptaient par centaines dans la capitale du gant au point que des soupes populaires étaient organisées. Dans le bassin industriel de Decazeville-Aubin, les activités subissaient aussi un ralentissement depuis quelques semaines qui affectait l'emploi des trieuses et des laveuses de charbon. Ces femmes qui besognaient durement pour des salaires bien modestes, elle les avait rencontrées à l'occasion de conférences. Quant aux cabanières de Roquefort, elle les avait défendues devant leurs employeurs en 1907 pour permettre à leurs revendications d'aboutir et elle y était parvenue avec succès. Elle imaginait qu'elles traversaient également une période délicate dans les fromageries que la mobilisation n'avait pas épargnées et dont le fonctionnement dépendait désormais d'elles. Plus que jamais, les femmes étaient indispensables à l'économie et Marianne redoutait, comme pour l'agriculture, que les fromagers de Roquefort, les directeurs de houillères et les patrons des ganteries de Millau ne respectent pas leurs droits élémentaires sous le prétexte que l'union sacrée avait été décrétée. Malgré la guerre, on ne pouvait pas ignorer les questions sociales et les journaux ne pouvaient pas se contenter de reprendre les communiqués de l'état-major ou des ministères. À l'occasion, elle en parlerait avec Vincent Chaumes et son directeur. De pareilles chroniques ne pourraient qu'intéresser les lecteurs du *Républicain*. Si son initiative n'était pas appréciée, elle s'adresserait à *La Guerre Sociale* qui les publierait sûrement. Marianne était même disposée à en débattre avec les membres du Cercle Broussy, d'une manière informelle comme toujours, dès qu'elle disposerait de suffisamment d'informations en sollicitant ses correspondants dans les différents syndicats. Oubliant ses douleurs et les chauds rayons du soleil qui l'avaient encouragée à se débarrasser de son foulard rouge puis à déboutonner sa chemise, elle y réfléchit en coupant les raisins et en remplissant son panier jusqu'au moment où résonna la trompe pour appeler les équipes de coupeurs à déposer leurs sécateurs. Elle y songeait toujours en marchant entre les rangées de ceps alors que deux attelages emportaient les paniers porteurs à la cave.

Béatrice avait consacré la matinée à la préparation du déjeuner, avec les cuisinières. Marianne la retrouva dans la grande remise où les vendangeurs se réunissaient autour de longues tablées et d'une spécialité du Vallon de Marcillac, l'estofinade, qui était méconnue à Lagarde. Un grand tablier blanc recouvrant sa robe, elle renouvelait les consignes aux serveuses. Marianne ne chercha pas à s'installer en compagnie de Maxime qui avait également participé à la récolte des raisins mais d'un groupe de femmes pour mieux les connaître et entamer une discussion. Des carafes de vin de noix circulèrent. Il était de tradition de trinquer avant que l'on apporte le bouillon et les poules farcies. Onésime n'y dérogea pas malgré la guerre. Comme tous les automnes, il remercia l'exploitant et les journaliers pour les attentions dont ils avaient entouré le vignoble depuis les dernières vendanges. L'assistance applaudit. Puis, imitant le maître des lieux, les convives levèrent leur verre.

– À nos soldats !

– À la France !

Un homme aux cheveux blancs et au visage parcheminé ajouta ensuite d'une voix cassée par l'émotion :

– Au retour de nos enfants et à la paix !

Lorsque le soleil disparut derrière les collines et qu'un souffle de fraîcheur parcourut les rangées de ceps, Marianne était exténuée. Les vendangeurs se dispersèrent puis disparurent sur les chemins ; ils reviendraient le lendemain. Dès qu'elle rejoignit la demeure des maîtres, elle s'effondra dans un fauteuil et demanda discrètement à Béatrice un massage avec du vieux marc ou une vieille eau-de-vie : il permettait d'atténuer les douleurs musculaires. C'était une recette transmise par la cuisinière de Lagarde dont elle avait déjà éprouvé l'efficacité lors des vendanges antérieures. Son massage terminé, elle s'endormit. Lorsqu'elle se réveilla, il était déjà vingt heures. Alors, elle rejoignit Béatrice, Onésime et Maxime qui l'attendaient dans le salon. Elle était reposée, détendue, assouplie. Ils dînèrent aussitôt, parlèrent de la filature familiale et des commandes de l'intendance qui maintenaient les activités, de la situation des femmes au travail mais pas seulement à la campagne ou dans les centres industriels. Béatrice admirait les infirmières et gardes-malades qu'elle côtoyait à l'hôpital Combarel où elle proposait ses services plusieurs journées par semaine pour accueillir les familles, rédiger des lettres pour des blessés illettrés ou qui ne pouvaient pas manipuler une écritoire, les distraire avec la lecture d'un roman, effectuer des toilettes quand le personnel était débordé, et il l'était souvent, fabriquer de la charpie avec de vieux draps lorsque le matériel adéquat manquait. Soudain elle s'adressa à Marianne. Pourquoi ne l'y accompagnerait-elle pas quelques journées par semaine ? N'avait-elle pas travaillé dans un hôpital à Bruxelles ? Marianne accepta, s'engageant à renforcer les équipes de bénévoles après la Toussaint dès qu'elle quitterait son château pour s'installer à Rodez. Certes elle souhaitait retourner en Écosse pour continuer ses conférences interrompues par la guerre mais elle attendait de recevoir des informations plus précises sur la situation politique, économique, sociale en Grande-Bretagne avant d'embarquer. Elle avait envoyé des courriers à ses correspondants – syndicalistes et hommes politiques – à Glasgow, à Liverpool et à Londres. Ils n'y avaient pas encore répondu alors que les dépêches d'agence diffusées par les journaux, en France, l'éclairaient peu. Marianne ne pouvait qu'imaginer les réactions des habitants à la décision adoptée par la Chambre des Communes d'augmenter les effectifs de l'armée pour que le corps expéditionnaire britannique puisse rassembler un million deux cent mille soldats. L'inquiétude et l'angoisse dévoraient certainement les familles comptant de jeunes volontaires qui s'engageaient pour affronter les Allemands en Belgique et en France. Aussi Marianne se demandait-elle si ses interventions sur le naturalisme de Zola et les combats de la classe ouvrière étaient bien opportunes en ce moment tellement la guerre accaparait tout et étouffait tout.

Les vendanges terminées, elle séjourna à Rodez, chez Maxime, pour rencontrer le directeur du *Républicain de l'Aveyron* avant de retrouver son château de Lagarde. Un immeuble proche de la place du Bourg abritait les bureaux et l'atelier effectuant des travaux pour les particuliers et les entreprises en supplément de l'impression du bihebdomadaire. Il se dressait à une quarantaine de mètres de l'un de ses concurrents, *L'Aveyron Républicain*, qui avait renoncé à ses convictions politiques en 1901 pour défendre les religieux expulsés et ou menacés d'expulsion. Néanmoins, depuis août 1914, il n'était plus un véritable concurrent. La famille Loup-Forveille qui en était le propriétaire avait espacé de plus en plus ses parutions qu'elle avait quasiment interrompues en cet automne 1914, mais elle conservait son imprimerie. La disparition de ce quotidien réjouissait Marianne. « Un journal de droite en moins ! » s'était-elle exclamée quand son petit-cousin l'avait informée de la décision des patrons. *Le Journal de l'Aveyron*, *L'Union catholique* et *La Croix de l'Aveyron* suffisaient amplement, estimait-elle.

Elle rejoignit les bureaux du *Républicain* un mercredi, journée de marché à Rodez mais également de parution du bihebdomadaire. Elle n'avait à traverser que la place du Bourg pour gagner la rue de la

Barrière. L'espace était encombré par les étalages des paysans des environs de Rodez qui avaient apporté de la volaille, des œufs, des légumes et des fruits, ainsi que des marchands ambulants. Les ménagères étaient nombreuses à comparer la qualité des produits, à commenter les arrivages qui ne souffraient pas pour l'heure d'un quelconque rationnement, à discutailler les prix. Des bénévoles de La Croix-Rouge organisaient une collecte au bénéfice des réfugiés. Marianne se procura des pommes qu'elle déposa dans une caisse, sur leur charreton.

Une clochette tintinnabula lorsqu'elle pénétra dans l'immeuble du *Républicain*. Vincent Chaumes accourut aussitôt, marqua un temps de surprise. Comme elle ne l'avait pas prévenu de son passage, il se confondit en excuses : il n'était pas disponible, ce mercredi, pour continuer leurs entretiens. Elle expliqua alors qu'elle n'en avait pas l'intention et demandait à rencontrer le directeur pour lui proposer des chroniques. Une collaboration de Marianne Cancelier ? C'était tellement inattendu et improbable qu'il demeura sans voix, presque pétrifié.

– Monsieur Vergne est-il là ? insista-t-elle.

Répondant par un simple hochement du menton tellement il était troublé, il disparut en direction de l'imprimerie dont on entendait le cliquetis des machines. L'instant d'après, il réapparut avec Anatole Vergne qu'elle connaissait bien puisqu'il était l'un des membres du Cercle Broussy, participant toujours à leurs soirées-débats. C'était un grand échalas d'une soixantaine d'années, aux cheveux drus et d'une blancheur superbe, à la pomme d'Adam proéminente. Il avait endossé une longue blouse bleu marine, sûrement pour surveiller l'impression du *Républicain* que Marianne supposait achevée en ce milieu de matinée puisque les Ruthénois, autrement plus chanceux que les habitants de Villefranche, Decazeville, Millau, Saint-Affrique et Espalion pourraient se procurer le journal à onze heures et demie dans les kiosques ou, tout au moins, après le déjeuner.

– Vous nous proposez des articles ? demanda-t-il, incrédule.

Elle confirma avant d'indiquer le contenu des chroniques qu'elle avait l'intention de consacrer aux femmes dans la guerre, inspirées par des rencontres avec des journalières et paysannes de Lagarde et de Marcillac.

– Excellent ! Excellent ! s'exclamèrent-ils.

Brusquement, Anatole Vergne se rembrunit.

– Nous ne pouvons pas vous rémunérer comme *L'Humanité* ou *La Guerre Sociale*, objecta-t-il. Notre budget est d'autant plus limité que les annonces publicitaires sont de plus en plus en régression. Il n'y en aura bientôt plus. Nous sommes dans l'obligation, comme la majorité des journaux, de restreindre notre pagination… Vous l'avez sûrement constaté : nous avions quatre pages avant la guerre mais nous n'en avons plus que deux.

– Je ne réclame pas d'argent !

Les deux hommes se regardèrent, interloqués.

– Je voudrais que l'on connaisse mieux la situation des femmes confrontées à la guerre, leurs difficultés et leurs angoisses dans le quotidien lorsque leurs époux sont mobilisés, leurs initiatives quand elles les remplacent sur l'exploitation, leur courage ! précisa-t-elle.

– Les femmes méritent qu'on s'intéresse à elles : nous publierons vos chroniques ! l'approuva Anatole Vergne. C'est un honneur de vous accueillir dans nos colonnes. Mais…

Il s'accorda quelques secondes de réflexion avant de continuer :

– Nous les publierons mais peut-être sous un pseudonyme pour ne pas provoquer de polémiques. Nos concurrents catholiques sont tellement acharnés après nous et ils ne vous apprécient pas. Qu'en pensez-vous ?

Marianne en convenait. Un pseudonyme était préférable. Déjà, elle proposait Justine Bastille. Justine était son deuxième prénom que personne ne connaissait, excepté Maxime. Pourquoi Bastille ? Elle considérait que les femmes étaient prisonnières des préjugés et des contraintes de la société, de la violence des hommes et de leur toute-puissance qui constituaient autant de bastilles à prendre pour leur permettre de vivre librement. Bastille était, par ailleurs, le patronyme d'un syndicaliste de Courrières, dans le Pas-de-Calais, dont la combativité l'avait marquée.

– Même en choisissant un pseudonyme comme signature, nous n'éviterons pas les polémiques ! expliqua-t-elle. Non seulement les grenouilles de bénitier n'applaudiront pas ces chroniques mais elles s'indigneront de constater que c'est une femme qui les a rédigées. Dans les journaux de l'Aveyron, y compris chez les républicains, on ne retrouve la signature d'aucune femme.

Cramoisi, Anatole Vergne le reconnut.

– Vous me publieriez malgré les risques ? insista-t-elle.

– Personne ne vous traînera devant les tribunaux ! À moins que vous dénonciez nommément les exploiteurs de main-d'œuvre mais nous nous y retrouverons ensemble puisque je suis le responsable de la publication.

– Maxime vous défendra ! suggéra Vincent Chaumes, amusé.

Marianne s'engagea à la discrétion ; elle n'attaquerait personne en particulier même si elle signalerait par exemple les agissements répréhensibles de quelques propriétaires-prêteurs comme Augustin Carrière.

– Et s'il y a polémique, nous vendrons bien plus de journaux que d'habitude ! enchaîna Anatole Vergne.

– Vous pensez déjà aux ventes ?

– J'imagine surtout les réactions des lecteurs. Ils seront étonnés. Nos chroniqueurs débattent surtout d'économie et de politique…

– Et ils ne mentionnent jamais les femmes ! l'interrompit-elle.

Il ne le contesta pas.

– Si vos papiers leur plaisent, je suis convaincu que nos lecteurs en parleront autour d'eux. Les femmes y gagneront sûrement.

Marianne l'espérait.

Elle emporta la dernière édition du *Républicain* qu'elle parcourut sans plus attendre, devant l'immeuble, avant de rejoindre Maxime. Elle y découvrit des nouvelles de la Belgique dont le gouvernement était dorénavant installé au Havre, avec l'accord de la France, mais dont le souverain – Albert 1er – continuait à défendre le territoire en encourageant ses régiments et la population à la résistance devant la progression allemande. Certes Anvers avait capitulé, après des combats héroïques, mais les soldats belges se battaient avec les Français et les Anglais dans les Flandres où était engagée une difficile bataille pour conserver l'accès à la mer du Nord. Marianne songea aux deux « blouses blanches » qu'elle avait rencontrées à Bruxelles, Blandine et Hortense. Que devenaient-elles ? Comment acceptaient-elles l'occupation de la capitale ? À quelles contraintes les Allemands les soumettaient-ils au quotidien ? Muselaient-ils les journaux ? Limitaient-ils les libertés des citoyens ? À ces questions, elle obtiendrait des réponses rapidement puisque Maxime recevrait dans l'après-midi une famille de réfugiés d'Anvers qu'il avait décidé d'accueillir. Il avait maintenu la proposition qu'il avait transmise dès septembre alors que certaines familles rechignaient toujours à les accepter.

Le marché s'achevait. Des femmes ramassaient les fruits gâtés et les légumes abîmés que les marchands et les paysans avaient abandonnés sur le pavage. Elles se les disputaient presque. Quelle tristesse ! Quelle misère ! La municipalité de Rodez avait demandé au

Fourneau économique de préparer des soupes populaires et de les distribuer aux indigents, aux chômeurs, aux femmes, enfants et familles des mobilisés qui ne pourraient bénéficier de l'allocation du gouvernement. Le Fourneau en confectionnait près de cinq cents ! La paupérisation de certains Ruthénois, la présence des réfugiés et son rendez-vous au *Républicain* alimentèrent sa conversation avec Maxime pendant le déjeuner. Ensuite, Marianne se retrancha dans sa chambre pour élaborer le questionnaire qu'elle voulait envoyer à des syndicalistes du Bassin, de Roquefort et de Millau en prévision de la rédaction de ses chroniques. Elle cherchait leurs adresses dans le carnet qu'elle emportait toujours avec ses papiers au moment où les réfugiés belges arrivèrent. Maxime les ramenait de la gare. Ils étaient harassés après trois journées de voyage depuis Anvers, de multiples changements, des attentes répétées. Gaillard d'une trentaine d'années, aux prunelles bleues et douces mais à la musculature impressionnante, Antoine était contremaître dans une tannerie d'Anvers. La silhouette élancée, le regard charmeur et les prunelles turquoise, Eugénie se distinguait par des cheveux longs et blonds retombant sur les épaules. Leurs deux fillettes, Mireille et Michelle, avaient également les cheveux très blonds ; leurs tresses élégantes soulevèrent l'admiration de Madeleine qui les embrassa avec beaucoup d'affection, comme si elles étaient ses petites-filles. Dans la matinée, Maxime avait ressorti les poupées de Clothilde et d'Émeline des armoires. Les fillettes les serrèrent contre elles puis s'installèrent dans un fauteuil et s'endormirent, conscientes qu'elles étaient désormais protégées dans cette demeure. C'était touchant. Madeleine apporta une infusion de verveine et une fouace. Antoine et Eugénie racontèrent les combats et la résistance d'Anvers, son occupation par les troupes, la discipline imposée aux citoyens et la privation des libertés, les contrôles incessants, les menaces et les exactions. Comment supporter l'omniprésence des Allemands, leur attitude inadmissible et inhumaine qui rappelait parfois la barbarie ? Ils avaient traversé un cauchemar… Leur témoignage correspondait à ce que plusieurs familles de blessés avaient rapporté à Marianne, en août. Si les combats s'éternisaient et si la Belgique ne pouvait pas retrouver son indépendance, Antoine et Eugénie ne comptaient pas y retourner. Ils n'y possédaient rien. Certes ils s'étaient séparés de leurs proches parents mais ils préféraient sans hésitation s'installer en France. Pourquoi ne s'établiraient-ils pas en Aveyron ou à Rodez ? Impatients de travailler à nouveau, ils chercheraient un emploi puis un logement.

Un moment de silence s'écoula ensuite, que rythma la pendule. La jeune femme essayait de refouler ses larmes mais sans succès. Ses joues étaient mouillées. Antoine les essuya avec son mouchoir en manifestant une délicatesse qui n'échappa guère à Maxime et à Marianne. Les Cancelier se regardèrent, bouleversés, éprouvant de la compassion pour ce ménage et leurs fillettes qui avaient souffert, admiratifs devant leur volonté de reconstruire leur existence ailleurs. Ils les aideraient.

9

Le lendemain, dans sa boutique de la place de la Cité, Marianne rencontrait la chapelière qui fabriquait la majorité de ses modèles depuis une trentaine d'années. Elle n'avait pas l'intention d'acheter mais souhaitait connaître la situation des chapelleries ruthénoises. Comment se portaient-elles ? La patronne confirma les affirmations des journaux, admettant qu'elles bénéficiaient de l'augmentation de la population depuis la mobilisation, grâce aux arrivées régulières de familles de réfugiés. Cherchait-elle une employée ? demanda Marianne. La chapelière embaucherait sûrement après la Toussaint pour répondre à une activité toujours plus soutenue dès qu'approchait la période des fêtes de Noël et de la Saint-Sylvestre. Les circonstances ne favoriseraient pas les réjouissances mais elle était convaincue que les femmes de la bonne société tiendraient à conserver leur élégance pour paraître, avec leur famille, à la messe de minuit en la cathédrale

Notre-Dame ou en l'église Saint-Amans. Rassurée, Marianne s'enhardit alors à la solliciter pour sa protégée. Eugénie avait travaillé dans une chapellerie à Anvers, en Belgique. Accepterait-elle de l'engager pour les semaines de « presse » ? La jeune modiste était installée chez Maxime avec sa famille ; elle était disponible dès maintenant. Esquissant une moue qui trahissait son embarras, la chapelière s'octroya un moment de réflexion avant de répondre mais de manière trop évasive et qui manquait de sincérité pour Marianne. Pourquoi hésitait-elle si elle avait à engager une ou deux modistes à Toussaint ? Parce qu'Eugénie était une réfugiée ? Ou même une étrangère ? Ou encore parce qu'elle craignait qu'elle ne respecte pas ses exigences ? Elle ne s'expliqua pas. Contrariée par ses réticences et sa frilosité, Marianne ne capitula pas. Comme lorsqu'elle affrontait les grands patrons de l'industrie, elle s'obstina en proposant qu'Eugénie la rejoigne deux ou trois après-midis dès la semaine suivante et travaille à la confection de plusieurs modèles pour qu'elle puisse contrôler ses qualités de modiste. La discussion qu'elle avait eue avec la jeune femme, ses réponses techniques et passionnées à ses questions, le chapeau qu'elle avait apporté de Belgique et fabriqué elle-même démontraient bien qu'elle avait des compétences. Soucieuse de ne pas froisser une bonne cliente dont elle connaissait le caractère et les jugements abrupts, la chapelière consentit à l'accueillir dans l'arrière-boutique pendant deux ou trois demi-journées mais elle n'abusa guère Marianne sur ses intentions. Elle avait le sentiment que cette femme, préoccupée sûrement par la manière dont les ouvrières et les clientes réagiraient, prisonnière de ses préjugés, ne l'engagerait pas. Mais elle pouvait se tromper. Eugénie pouvait peut-être se surpasser, la surprendre.

La jeune modiste accueillit la nouvelle avec satisfaction et même soulagement ; elle montrerait ce dont elle était capable. Certes elle ne travaillerait que pendant quelques semaines, si la chapelière de Marianne l'embauchait seulement pour la « presse » de Noël, mais elle éprouverait le sentiment que c'était le commencement de cette nouvelle existence tellement souhaitée avec Antoine et leurs filles. Maxime se montra bien plus chanceux avec son mari. Il connaissait des propriétaires de tanneries dont les fabriques étaient implantées en bordure de l'Aveyron, au Monastère ; il en sollicita aussitôt deux. La mobilisation les avait affectés avec le départ de jeunes ouvriers. Ils cherchaient de la main-d'œuvre qualifiée pour pouvoir répondre aux commandes de l'intendance militaire mais pas de contremaître. Antoine était disposé à se contenter d'un emploi d'ouvrier. N'avait-il pas débuté comme simple apprenti à manipuler les peaux, travailler et patauger dans les puanteurs de la carnasse avant d'obtenir une promotion ? Les deux patrons, Maxime les avait rencontrés dans la matinée. Après le déjeuner, il s'empressa d'accompagner Antoine dans leurs bureaux. L'un d'eux l'engagea pour la semaine suivante, pleinement satisfait de ses réponses aux multiples questions sur le traitement des peaux auxquelles il ne manqua pas de le soumettre. En l'apprenant, Eugénie pleura de bonheur.

Sans plus attendre, Marianne retrouva son château de Lagarde, Célestin et Adeline, Ivanhoé et leurs promenades sur les chemins. Elle se plongea dans ses archives pour en extraire les reportages qu'elle avait consacrés dans *La Petite République* aux paysannes, aux gardeuses de dindons et d'oies, aux bergères, aux lavandières, aux porchères et aux bonnes à tout faire. Elle retourna chez deux des journalières du domaine, Thérèse et Marthe, les interrogea sur les changements survenus dans leur quotidien puis, à nouveau, sur leurs difficultés. Elle entreprit ensuite la rédaction de ses premières chroniques, alimentées bien plus rapidement qu'elle ne l'avait imaginé par de précieuses informations. La promptitude des syndicalistes à transmettre leurs réponses à son questionnaire démontrait que la situation des femmes les préoccupait également. Elle s'en félicitait. Elle y travailla avec assiduité pendant une semaine, galopant avec Ivanhoé sur les chemins dès le potron-minet malgré le brouillard et même s'il crachinait, s'enfermant ensuite dans sa chambre où elle noircissait des feuilles blanches jusqu'au déjeuner puis l'après-midi. Elle s'accordait des moments de relâche à intervalles réguliers pour recharger la cheminée, renouveler sa provision de billots de chêne lorsque Célestin était occupé à l'extérieur du château, descendre à la cuisine pour quémander auprès d'Adeline une infusion ou même un morceau de gâteau. Elle délaissait parfois sa plume, son encrier et ses feuilles blanches pour écouter le gémissement des branches lorsque l'autan soufflait en rafales, le crépitement de la pluie contre les carreaux de ses fenêtres lorsque les averses s'abattaient sur le domaine, le meuglement des vaches, les bêlements des brebis et les aboiements des corniauds lorsque les employés ramenaient les troupeaux des pâturages à l'approche du crépuscule, le hululement des chouettes lorsque l'obscurité envahissait peu à peu le paysage. Depuis toujours, elle appréciait ce mélange de sonorités familières et mystérieuses qui enveloppait le château quand les bruits et la vie nocturnes reprenaient leurs droits. Non seulement ils ne l'effrayaient pas mais ils la rassuraient, constituant autant de repères auxquels elle s'accrochait entre deux voyages. Après ses journées, Marianne rejoignait Adeline et Célestin. Avant sa disparition, pour faciliter la tâche de la cuisinière et bénéficier d'un minimum de confort pendant les repas en période hivernale, son père avait installé un fourneau plus pratique que la cheminée où rôtissaient autrefois un sanglier ou de grosses pièces de gibier. Personne ne s'en plaignait, surtout pas Marianne qui devenait frileuse avec les années. Avant le dîner, Célestin l'activait toujours pour que la température de la cuisine soit agréable pendant le service. Au cours de ces journées où elle se consacra à ses chroniques, Marianne descendit avec ses feuillets raturés pour les soumettre à leur jugement et à leurs critiques. Exigeante depuis la première enquête qu'elle avait envoyée au *Journal des Débats*, il y avait déjà vingt-trois ans, elle l'était demeurée. Pendant le repas, ils évoquaient le ramassage des feuilles mortes dans les sous-bois du domaine, les dernières récoltes du potager, la rudesse hivernale que promettait l'épaisseur inhabituelle des pelures de gros oignons. Marianne attendait que la cuisinière ait débarrassé pour prendre les feuillets qu'elle avait déposés sur le buffet. Une discussion animée s'engageait alors. Adeline et Célestin n'avaient jamais partagé ses opinions politiques mais l'approuvaient de dénoncer les conditions peu enviables que certains propriétaires imposaient aux femmes, et leur situation souvent difficile à l'intérieur même de leurs familles où les hommes étaient tout-puissants. Ils proposaient des suggestions dont ils débattaient librement et qui s'avéraient souvent judicieuses. Dès qu'elle remontait dans sa chambre, Marianne s'installait à son bureau pour travailler à nouveau. Elle n'éteignait sa lampe qu'à une heure avancée, les paupières lourdes de sommeil, se glissant alors entre des draps tièdes qui avaient été bassinés avant le dîner et qui exhalaient une odeur de caramel quand Adeline ajoutait une pincée de sucre sur les braises. Marianne songeait souvent à Clément qui aurait dû séjourner à Lagarde, cet automne. Certaines soirées, elle ressentait cruellement son absence. Des flots de larmes mouillaient son oreiller dès qu'elle l'imaginait dans sa chambre. Elle l'entendait marcher sur le parquet dont les lames gémissaient à son passage, murmurer tendrement son prénom puis quelques paroles d'amour. Marianne avait l'impression qu'il s'approchait d'elle, que son souffle effleurait son visage et qu'il s'apprêtait même à l'embrasser.

Mais, à ce moment-là, il disparaissait aussi rapidement qu'il avait pénétré dans le château et s'éloignait dans sa mémoire avec une brassée de souvenirs. Elle s'endormait ensuite au milieu des trieuses et des laveuses de charbon avec lesquelles elle avait défilé le 1er mai, des cabanières de Roquefort qu'elle avait haranguées en 1907 pour les encourager à demander aux directeurs de fromageries une hausse des salaires qu'elles avaient obtenue, des gantières millavoises qui s'étaient mobilisées pendant plusieurs semaines, en 1911, avec les coupeurs-gantiers pour pouvoir gagner davantage mais qui avaient été moins chanceuses avec leurs patrons. Clément aurait apprécié qu'elle les défende.

Marianne terminait ses chroniques lorsque Maxime la retrouva à Lagarde. C'était la semaine de Toussaint. Il ne l'avait pas prévenue pour ménager la surprise et elle découvrit avec bonheur qu'il avait emmené Eugénie et les deux fillettes. C'était une matinée agréable et lumineuse, contrastant avec les journées si lugubres, sombres et parfois pluvieuses qui s'étaient succédé quasiment sans relâche depuis que Marianne y était retournée. Elles passeraient quelques journées au château, profiteraient des plaisirs de l'automne et des charmes de la campagne, si le beau temps persistait, puis Maxime les ramènerait à Rodez le 1er novembre. La chapelière de Marianne avait embauché Eugénie à compter du 2 novembre et jusqu'au 31 décembre mais après maintes tergiversations qui l'avaient agacée. Pourtant, pendant les trois après-midis où elle avait travaillé sous sa direction dans l'arrière-boutique, la jeune modiste s'était démenée pour démontrer ses capacités que les ouvrières avaient reconnues sans hésitation dès que la patronne s'était absentée. Ces dernières s'étaient appliquées à dissiper ses angoisses. Marielle Constant avait un caractère bien trempé ; elle était pointilleuse, exigeante, souvent cassante, mais elle ne chipotait point sur les salaires. Elles avaient expliqué à Eugénie qu'elle était généreuse lorsque les commandes imposaient de prolonger les journées pour contenter la clientèle. La jeune modiste n'était, néanmoins, qu'à moitié rassurée. Marianne la rasséréna : elle était persuadée qu'elle s'adapterait facilement aux habitudes et aux fantaisies des Ruthénoises. Comme Antoine avec les méthodes de tannage ! souligna Maxime. L'ancien contremaître appréciait son employeur, l'ambiance familiale de l'entreprise et le comportement de ses collègues.

Avec la présence des deux fillettes, il n'y avait pas eu de pareille animation dans le château depuis longtemps. Tous s'en félicitèrent. On entendait des galopades dans les couloirs et les escaliers, des exclamations joyeuses, des chansons, des rires, parfois même des pleurs mais qui étaient toujours rares et brefs. Quel changement ! À plusieurs reprises, pendant ces journées, Marianne se demanda si elle n'avait pas commis une erreur en décidant de ne pas se marier et de ne pas avoir d'enfants. Aujourd'hui, à presque cinquante ans, elle pourrait être grand-mère. Des regrets l'assaillaient lorsqu'elle regardait Mireille et Michelle s'amuser dans les salons, grimper sur ses genoux pour réclamer une histoire avant de se coucher, couvrir de baisers Adeline et Célestin qui les avaient adoptées rapidement. Toutefois, son époux et ses enfants auraient-ils été heureux ? Elle demeurait sceptique… Ils n'auraient certainement pas supporté ses voyages incessants, ses absences répétées, sa vie militante.

Pendant les quelques journées qu'Eugénie et ses deux fillettes passèrent au château, Marianne constata qu'elles étaient déjà plus détendues qu'à leur arrivée à Rodez et elle s'en réjouissait. Certes les militaires défilaient constamment dans les quartiers de Rodez et effectuaient leurs manœuvres sur l'esplanade du Foirail mais ils ne ressemblaient pas aux casques à pointe dont les chansons, les claquements de bottes sur les pavages, la démarche martiale et les prunelles d'un bleu d'acier les avaient terrorisées en Belgique. Pas de combats ni de patrouilles ni de contrôles dans les rues. Eugénie et sa famille pouvaient s'endormir paisiblement sans redouter d'être dérangées, parfois pour des broutilles, par des occupants braillards et malpolis à deux ou trois heures du matin. Le premier après-midi, Marianne entraîna la jeune modiste et les enfants sur les chemins du domaine à travers les pâturages et les champs de betteraves et de carottes fourragères dont les récoltes s'achevaient. Les enfants coururent, s'arrêtèrent souvent pour observer des oiseaux s'envoler d'une branche, des perdreaux marcher sur le chemin, des animaux s'approcher des clôtures, des merles picorer les baies des houx qui formaient d'épaisses haies. Elles goûtèrent pleinement au grand air, à la nature, à la liberté. Elles étaient heureuses de s'ébattre, de découvrir et d'apprécier les richesses de la campagne, pressant de questions leur mère qui s'adressait à Marianne pour satisfaire leur insatiable curiosité. Les troupeaux pâturaient toujours, malgré la proximité de la Toussaint. Il n'y avait pas eu encore de gelées, ils en profitaient pour savourer l'herbe verte et tendre avant de rejoindre les étables et les bergeries dès que les premiers frimas arriveraient. Citadines, les fillettes s'extasiaient devant les brebis et les vaches dispersées dans les parcelles. Leur promenade transforma également Eugénie dont la timidité, l'effacement et la réserve avaient frappé Marianne l'après-midi où la famille s'était installée chez Maxime. Elle raconta son quotidien en Belgique avant l'invasion allemande, ses journées à la chapellerie, leurs balades du dimanche après-midi sur la grand-place – le Grote Markt –, en bordure de l'Escaut ou du canal reliant la Meuse et l'Escaut, aux beaux jours. Elles ne parlèrent pas de la guerre même si elles y pensaient, ni de ce qu'Eugénie et Antoine avaient abandonné en Belgique, pour pouvoir préserver ce moment de détente. Les fillettes gambadèrent sur les chemins pendant près de deux heures avant de demander avec insistance à quel moment elles goûteraient. Exténuées, les joues rouges et le teint frais, elles avaient soif et faim. Elles rentrèrent presque en courant, pénétrant dans le château en trombe et se précipitant à la cuisine où Adeline les attendait patiemment près du fourneau. Elle avait déjà préparé leur quatre-heures dont Eugénie et Marianne profitèrent également. Les adultes et les enfants dévorèrent alors des tartines de confiture et de fromage sous le regard amusé et attendri d'Adeline. Marianne s'en délecta, les paupières mi-closes et les pensées buissonnières. Elles réveillèrent des souvenirs d'enfance lorsqu'elle s'échappait du château pour retrouver les enfants du régisseur d'alors, s'aventurer dans les granges à la recherche de chatons joueurs transportés par une chatte sur une meule de paille, d'une poule qui avait l'habitude de pondre au sommet des monticules de foin et dont elle gobait les œufs avec gourmandise. Elle ne trompa pas son petit-cousin. Dès qu'il les rejoignit, après avoir inventorié les dernières récoltes avec le régisseur, Maxime remarqua qu'elle était plus épanouie et moins soucieuse qu'à l'ordinaire.

Depuis la mi-octobre, Marianne guettait le passage du facteur et elle se demandait, devant l'absence de courriers en provenance de Londres, Glasgow ou Liverpool, si ses correspondants britanniques daigneraient se manifester. Ils ne l'oublièrent pas. Le lendemain de l'arrivée d'Eugénie et de ses fillettes, le préposé des Postes déposa deux enveloppes pour elle : la première était oblitérée de Londres, la deuxième de Glasgow. Ils me répondent enfin ! s'exclama-t-elle en remontant dans sa chambre pour les décacheter. À l'occasion de la révolte des dix mille « sans-travail » de Londres à laquelle elle avait activement participé en 1905, elle avait rencontré un dirigeant du mouvement travailliste : Ramsay MacDonald. Tous deux avaient longuement débattu des questions sociales, des injustices frappant la classe ouvrière, des méthodes à employer pour permettre à des revendications légitimes d'aboutir. Certes Ramsay MacDonald était un socialiste modéré qui ne partageait pas ses opinions tranchées, notamment sur la nécessité de déclencher une grève générale pour provoquer un rapport de force avec le pouvoir et le patronat, mais il avait reconnu la pertinence de certaines de ses analyses. Depuis, lorsqu'elle séjournait à Londres, ou y était simplement de passage, ils se retrouvaient pour prolonger leurs discussions. Comme elle, il s'était opposé à la guerre mais il avait bien compris aujourd'hui que la Grande-Bretagne et la France étaient condamnées à s'entendre pour repousser les velléités de conquête de l'Allemagne. Marianne l'avait interrogé sans détour : pouvait-elle retourner en Écosse pour reprendre ses conférences ? MacDonald préférait qu'elle attende le printemps ou même l'automne prochain, persuadé que les horizons s'éclairciraient et que les combats navals donneraient l'avantage à son pays sur la flotte du Kaiser ce qui permettrait de naviguer avec davantage de sérénité dans la mer du Nord. Donald Macleod, qui enseignait la littérature à l'université de Glasgow et l'avait sollicitée pour intervenir devant les étudiants, défendait la même position ; il l'exhortait à patienter. Les côtes britanniques n'avaient-elles pas été bombardées par les Allemands ? La sécurité n'était pas totalement garantie pour traverser la mer du Nord ! soulignait Donald Macleod. Marianne en était consciente, consultant les journaux aussi souvent que possible ; elle avait constaté qu'ils l'avaient indiqué à plusieurs reprises. Disparaître torpillée par les Allemands ? Quelle stupidité ! Elle convenait que la poursuite de ses conférences ne répondait à aucune urgence et que la prudence la plus élémentaire s'imposait. Clément aurait approuvé sa décision et sa sagesse. Il avait toujours redouté chacun de ses voyages en Grande-Bretagne, manquant de confiance dans les bateaux qui effectuaient la traversée de Calais à Douvres, se demandant si elle reviendrait. Malgré son insistance, il n'avait jamais accepté de l'accompagner à Londres, à Liverpool ou à Glasgow où il aurait pourtant rencontré des dockers, des ouvriers et des étudiants passionnants. Elle le regrettait encore. Aujourd'hui, respectant les consignes conjointes de MacDonald et de Macleod, elle ne souhaitait pas s'exposer inutilement alors qu'elle avait été si souvent confrontée à des dangers imprévus à Lens, Anzin, Parme, Limoges. Des soldats avaient braqué le canon de leur pistolet ou la pointe de la baïonnette sur sa poitrine pour l'obliger à déguerpir du piquet de grève qui bloquait l'entrée d'une fosse ou d'une fabrique, à rebrousser chemin lorsqu'elle entraînait plusieurs dizaines ou des centaines de manifestants en direction des bureaux des patrons ou de la préfecture… Les lettres de MacDonald et Macleod ravivèrent des souvenirs en l'espace de quelques secondes. Aujourd'hui, tout était différent. C'était la guerre et elle ne faillirait pas à son devoir.

10

La semaine suivante, Béatrice la présentait à la surveillante-chef du pavillon de l'hôpital où elle proposait ses services depuis que les premiers blessés étaient arrivés à Rodez, en septembre. C'était un après-midi venteux, sombre et déjà froid. Reprenant ses habitudes, Marianne s'était installée à l'hôtel Biney dans le deux-pièces qu'elle occupait lorsqu'elle séjournait pendant plusieurs semaines à Rodez et où elle pouvait recevoir librement. Quelques centaines de mètres seulement séparaient le Biney de l'hôpital qu'elle rejoignit après le déjeuner. L'air piquait le visage. Le ciel était chargé de nuages noirs qui couraient sous l'effet du nordet. Des corneilles croassaient près des bâtiments du Carmel. Le quartier était presque désert, lugubre. Marianne parlementa avec le concierge de Combarel qui contrôlait les entrées et les sorties, appliquant les consignes de la préfecture. Le gouvernement redoutait l'intrusion dans les hôpitaux de France d'Allemands, d'Autrichiens et de Hongrois déguisés en visiteurs qui pourraient attaquer le personnel. C'est toujours la même obsession de l'espionnage, s'était exclamée Marianne devant Béatrice lorsque cette dernière l'avait informée des instructions auxquelles elle avait à se conformer. Comme elle n'appartenait ni à la Croix-Rouge ni à une association charitable et que personne de sa famille ne figurait parmi les blessés du front ou les malades, le concierge l'interrogea. Qui était-elle ? Que voulait-elle ? Avait-elle un rendez-vous avec un médecin ou une surveillante-chef ? Son visage s'éclaira lorsqu'elle expliqua qu'elle connaissait Béatrice Combes et comptait épauler les bénévoles travaillant à Combarel. Il appela alors un adolescent qui ramassait des feuilles mortes à quelques dizaines de mètres de la conciergerie à qui il demanda d'accompagner Marianne jusqu'au pavillon des pioupious comme on désignait désormais le service où ils étaient soignés parce que nombre d'entre eux étaient jeunes. Le balayeur la précéda dans un bâtiment à l'escalier monumental que parcourait un courant d'air glacial. Ils croisèrent des religieuses en costume mais Marianne ne manifesta aucune surprise. Certes les gouvernements républicains avaient imposé la laïcisation des soins et de l'enseignement mais les religieuses revenaient en force dans les hôpitaux à la demande des municipalités, y compris des rouges, pour compléter le personnel qui était insuffisant, notamment depuis la mobilisation d'août. L'odeur ne l'étonna pas davantage. Pendant les deux semaines qu'elle avait passées dans cet hôpital bruxellois, elle s'était habituée à l'étrange mélange de désinfectants, d'alcool, de formol, d'éther, de bouillon de légumes et même de putréfaction puisque la gangrène se répandait dans les salles communes aussi rapidement que des chevaux galopant sur les chemins. À proximité du bureau de la surveillante-chef, elle retrouva Béatrice qu'elle ne reconnut pas dans l'instant avec une coiffe blanche retenant ses cheveux et le long tablier blanc qu'elle avait revêtu pour seconder une infirmière dans sa tournée des soins. Sur ces entrefaites, les rejoignit la surveillante-chef. C'est une femme grande et sèche, qui approchait la soixantaine, dont les vêtements sombres accentuaient la sévérité et la tristesse, dont les épaules affaissées semblaient ployer sous le poids d'un énorme et invisible fardeau. Marianne éprouva le sentiment qu'elle se dévouait corps et âme à l'hôpital. Béatrice l'avait déjà prévenue lorsqu'elle l'avait accueillie au moment des vendanges : la surveillante-chef était une religieuse qui avait été destituée de ses fonctions puis réintégrée récemment mais qui ne souhaitait pas apparaître en costume et en cornette pendant le service, contrairement à d'autres religieuses de sa congrégation également présentes à Combarel, pour respecter la laïcisation des hôpitaux. Marianne appréciait cette démarche, ce qui l'avait encouragée à se présenter.

Son bureau et sa cellule étaient confondus. Un rideau séparait la chambre de l'espace où elle recevait le personnel, les médecins et les familles. Il était légèrement entrebâillé et Marianne remarqua la présence d'une table de chevet sur laquelle trônait une statue de la Vierge. L'ensemble respirait l'austérité et le recueillement. Autrefois un grand christ décorait le bureau. Il avait été décroché au moment de la laïcisation mais se décalquait sur le badigeon au lait de chaux qui avait été appliqué sur les murs, qui était déjà ancien et qui était devenu grisâtre. La surveillante-chef convia Marianne à s'asseoir et s'exprima ensuite en toute franchise :

– Madame Combes a dû vous préciser que nous recevons dans cet établissement des blessés du front. Je vous montrerai leur salle commune tout à l'heure... Si vous désirez revenir, bien sûr... Il y a des trépanés, des manchots, des culs-de-jatte, des estropiés, des aveugles, des borgnes. Rien ne nous est épargné. Certains délirent de jour comme de nuit et empêchent leurs voisins de dormir ou de se reposer, appellent leur mère, leur sœur, Dieu ou au secours, se débattent avec les pansements qu'ils arrachent. Nous avons besoin de bénévoles pour nous seconder dans des tâches difficiles et qui réclament du temps : écouter les blessés, les rassurer, leur lire les lettres de leur famille et y répondre lorsqu'ils ne le peuvent pas, leur distribuer des boissons chaudes, seconder les soignants lorsqu'ils sont débordés pour effectuer des tâches souvent rebutantes. Pour nous épauler d'une manière efficace, il est nécessaire d'avoir de la patience, du courage, de l'énergie.

C'était le discours que les surveillantes-chefs imposaient partout aux bénévoles. Marianne ne l'interrompit pas mais expliqua ensuite qu'elle connaissait les exigences de la fonction ; elle avait proposé ses services pendant deux semaines dans un hôpital bruxellois qui accueillait des blessés plus gravement atteints puisque les combats se déroulaient seulement à quelques dizaines de kilomètres de là. Elle souligna qu'elle avait travaillé dans une angoisse permanente ; elle s'attendait chaque jour à ce que les Allemands attaquent puis envahissent Bruxelles.

– Je comprends, madame ! marmonna-t-elle. Mais…

Elle la regarda alors fixement avant de continuer :

– Madame Combes m'a informée que vous étiez journaliste…

– Mais encore militante syndicale, politique et féministe ! déballa Marianne sans complexe. Ou meneuse de grèves à l'occasion ! On m'appelle même la Femme du diable parce que je ne fréquente pas les églises et que je critique l'Église.

Les pommettes de la religieuse, sidérée par des propos si libres, devinrent écarlates.

– À Bruxelles, j'étais une simple bénévole qui essayait de rendre service de son mieux ! poursuivit-elle. Et à Rodez, je n'ai nullement l'intention de me comporter d'une manière différente. Aux pauvres que j'ai secourus, je n'ai jamais demandé leurs opinions politiques. Ou même s'ils en avaient… C'est la guerre. Les balles, la mitraille, les obus ennemis frappent les soldats. Que m'importe qu'ils soient de gauche ou de droite, croyants ou athées… Ils se battent pour la France ; ils ont été blessés ; ils doivent être soignés au mieux et je peux vous y aider…

La surveillante-chef était comme médusée par le bien-fondé, la générosité et la logique des paroles de cette femme qu'elle n'avait accepté de recevoir que sur l'insistance renouvelée de Béatrice et presque à contrecœur. Elle n'avait pas l'intention de l'intégrer à ses équipes. Dans les bonnes familles et les couvents, elle avait une si mauvaise réputation ! Pour beaucoup, elle était vraiment la Femme du diable : une bouffeuse de soutanes, de cornettes, de missels et de catéchismes ! Aujourd'hui, la religieuse découvrait une femme si différente de ce qu'elle avait imaginé. Marianne avait du cœur ; elle était dévouée ; elle mettait son militantisme entre parenthèses. Que vouloir de plus ? L'hôpital avait besoin de tous ! Certes la vigilance s'imposait pour empêcher le moindre dérapage qui ne se produirait peut-être jamais mais elle ne pouvait interdire à Marianne Cancelier de rejoindre les bénévoles de son service.

– Si je comprends bien, nous pourrons donc compter sur vous ! en déduisit-elle avec un sourire timide.

Marianne confirma.

– Nous vous en remercions.

La surveillante-chef proposa alors de la conduire jusqu'à la salle commune.

– Des blessés auront peut-être besoin de vous pour écrire à leur famille… Il y a des urgences. Nous avons du retard…

Marianne l'assura qu'elle pouvait leur consacrer son après-midi.

– C'est bien, c'est bien…

Puis la surveillante-chef multiplia les consignes.

– Même si vous êtes bien informée, madame, puisque vous êtes journaliste, ne répondez pas à leurs questions sur les offensives de nos régiments et la situation militaire. C'est une demande expresse de l'administration... Vous n'ignorez pas que les combats en cours sont toujours incertains.

Une bataille essentielle pour le contrôle du front occidental s'était engagée dans les Flandres autour d'Ypres, le 17 octobre. En cette seconde semaine de novembre, ni les régiments allemands ni leurs adversaires n'étaient toujours parvenus à obtenir des victoires décisives.

Marianne répondit qu'elle n'enfreindrait pas les instructions mais elle souligna qu'elle n'était pas mieux informée que la majorité des Ruthénois même si elle était journaliste, ne consultant les journaux parisiens que d'une manière irrégulière, regrettant que leur livraison dans l'Aveyron intervienne souvent quarante-huit heures après leur parution, n'ayant pas connaissance au quotidien des communiqués du Grand Quartier général ou de l'état-major comme les rédacteurs des journaux ruthénois et aveyronnais puisqu'elle se contentait de collaborations épisodiques avec des journaux nationaux qu'elle ne mentionna pas pour ne pas épouvanter la religieuse peu habituée à la lecture de *L'Humanité* et de *La Guerre sociale*. Par ailleurs, elle expliqua que les rédacteurs en chef ne publiaient pas toujours les informations dont ils disposaient, respectant les directives officielles qui leur conseillaient de ne pas effrayer la population, de maintenir la confiance dans l'armée et ses soldats, de montrer du sang-froid, de rallumer la flamme patriotique dès la première défaillance, de ne pas susciter de panique. Ces directives, le gouvernement les avait transmises aux directeurs de journaux dès le printemps 1914, alors que les hommes politiques et les généraux préparaient la guerre.

– Des directives pour les journaux ? l'interrompit la religieuse.

– Absolument !

Elle paraissait sceptique.

En une poignée de secondes, un souvenir remonta à la mémoire de Marianne. Au printemps 1914, Marianne en avait débattu avec un confrère de *L'Humanité* affichant des opinions pacifistes comme elle. Il prétendait alors que le gouvernement instaurerait la censure dès la première bataille. Au moment où elle séjournait en Belgique, quand le rédacteur en chef de *L'Humanité* l'avait sollicitée pour des chroniques sur Bruxelles et le royaume en guerre, il l'avait poussée à retranscrire tout ce qu'elle remarquait et ce qu'elle entendait sans s'autocensurer. « La vérité, la vérité ! avait-il martelé. Nous devons toute la vérité à nos lecteurs. » Elle s'était exécutée sans scrupule. Aujourd'hui, le pourrait-elle encore ? Elle s'interrogeait.

Soudain, la surveillante-chef arracha Marianne à ses réflexions. On l'attendait certainement à la salle commune. Elles s'y rendirent aussitôt. Cette grande salle au plafond immense, aux murs blancs, possédait de hautes fenêtres qui étaient équipées de rideaux épais tamisant la lumière en période estivale. Comme à Bruxelles, les lits étaient alignés en deux rangées séparées par un couloir central où circulaient les chariots des infirmières et des femmes de service.

Leur présence à peine remarquée, des cris s'élevèrent.

– Madame ! Madame ! s'exclama à deux mètres d'elles un jeune homme qui brandissait désespérément une main. Je vous en prie : enlevez-moi ce gros pansement autour de la tête pour que j'y voie. Je n'en peux plus de rester dans la nuit et dans le noir…

– Ma sœur ! Ma sœur ! implora l'un de ses proches voisins qui n'avait peut-être pas vingt-cinq ans. Apprenez-moi à me servir de la main gauche. Je n'ai plus que celle-là… Quand je mange, je tombe la soupe sur les draps.

– Ma sœur ! Ma sœur ! supplia un troisième blessé. Je voudrais répondre à ma fiancée et à mes parents qui viennent de m'envoyer de leurs nouvelles. Mais je ne peux pas écrire : ma main droite est toujours paralysée. Si quelqu'un pouvait…

La surveillante-chef s'adressa sur-le-champ à Marianne :

– On vous demande déjà !

Marianne s'empara d'une chaise puis s'installa au chevet de cet homme. Elle avait emporté un carnet vierge et un crayon à papier. Elle y consigna ce que ce soldat originaire de la Bretagne, au bras droit inerte et à la poitrine enserrée dans des bandages, souhaitait transmettre à sa fiancée et à ses parents : l'évolution favorable de ses blessures et ses difficultés au quotidien, son transfert prochain dans un hôpital spécialisé pour sa rééducation et la perspective de retrouver une existence presque normale. Elle l'écouta patiemment dans l'odeur de la mort, des chairs putréfiées, du sang, de l'urine et des excréments qui soulevait l'estomac.

Puis elle rejoignit le chevet d'un fantassin d'une quarantaine d'années aux joues amochées et recouvertes de cicatrices, qui avait un bras en écharpe mais qui ne se plaignait pas. Il était plus volubile, racontant ce qu'il avait enduré à Morhange : la pluie, la boue, les rats, les rations de gnôle que les cuisiniers distribuaient avant les assauts, les chevaux et les soldats déchiquetés par les obus, les viscères des animaux dégageant une puanteur insupportable sous le soleil, les mourants qui gémissaient et appelaient leur épouse ou leur mère avant que la Faucheuse les emporte. Un troisième blessé la réclamant, elle interrompit bientôt cette interminable « confession » au grand désespoir du troufion.

Lorsqu'elle entreprit de rédiger les trois lettres, on approchait de dix-sept heures. Déjà ? s'exclama-t-elle en consultant sa montre. Et maintenant où pouvait-elle disposer d'une table, d'une chaise, d'une écritoire et de feuilles de papier ? Marianne s'adressa à nouveau à la surveillante-chef qui l'accompagna jusqu'à une grande pièce que les infirmières utilisaient comme bureau et, surtout, comme réserve de matériel. Elle baignait dans une température glaciale qui obligea Marianne à remettre son manteau. Elle alluma une lampe à pétrole, dégagea un modeste espace sur le sous-main envahi de papiers et de buvards usagés, s'assura que le niveau de l'encre était suffisant dans le réservoir de porcelaine, exhuma le carnet de son sac et sa plume crissa sur le papier. Les courriers terminés, elle les transmit à la surveillante-chef qui les relirait avant de les expédier. Marianne comprit qu'elle avait l'intention d'exercer une forme de contrôle ou même de censure, ne souhaitant pas que les blessés s'étendent sur les combats auxquels ils avaient participé et au cours desquels ils avaient été blessés pour ne pas alarmer leurs familles. Mais elle ne manifesta aucun étonnement en apprenant qu'elle procéderait à une relecture des trois courriers, convaincue que la religieuse avait des instructions.

Béatrice l'attendait devant le bureau et elles quittèrent ensemble le bâtiment. La belle-sœur de Maxime et sa famille habitaient une demeure ancienne de la place de la Cité, à quelques centaines de mètres de Combarel. Elles remontèrent l'avenue sans se presser et Béatrice accabla Marianne d'une cascade de questions, impatiente de connaître ses impressions.

– C'est bien moins angoissant qu'en Belgique ! concéda-t-elle. À Bruxelles, on redoutait à chaque instant que les casques à pointe envahissent les quartiers, débarquent à l'hôpital, nous braquent et emmènent les blessés comme prisonniers. Et peut-être même nous abattent… Les familles des blessés racontaient tellement d'horreurs qu'on se préparait à être attaqués… À Combarel, c'est très différent mais…

– Qu'est-ce qui te dérange ?

– Les détonations des exercices des troufions sur l'esplanade du Foirail. Ils pourraient s'entraîner ailleurs pour ne pas traumatiser les blessés qui revivent des scènes horribles du front. Ils s'agitent ; ils pleurent ; ils hurlent…

Béatrice ne contesta pas. Elle les entendait lorsqu'elle s'occupait des malades au moment des repas et pour les toilettes.

– Un champ de tir a été aménagé à Sainte-Radegonde : certains militaires s'y déplacent, souligna-t-elle.

– On pourrait les y expédier tous ! grommela-t-elle. Les blessés des hôpitaux et les Ruthénois seraient plus tranquilles.

– Les religieuses te dérangent également ? enchaîna Béatrice.

– Non ! Si elles ne prêchent pas la religion…

– Elles sont d'un dévouement exemplaire. Elles mangent et elles dorment à l'hôpital. Elles y travaillent dimanche et semaine, de jour et de nuit. Elles veillent les malades dès que les infirmières laïques ont terminé leur service. Qui pourrait les critiquer ? Si elles n'étaient pas revenues, malades et blessés s'en plaindraient ! Le personnel ne pourrait pas s'occuper d'eux d'une manière correcte.

Les deux femmes se séparèrent sur la place d'Armes. Alors que Béatrice regagnait la place de la Cité, Marianne s'engagea sur les boulevards qui délimitaient l'ancienne enceinte médiévale. Malgré le mauvais éclairage, la fraîcheur et le vent, elle éprouvait le besoin de marcher avant de rejoindre son deux-pièces à l'hôtel Biney. Ses pensées la ramenèrent aux blessés qu'elle avait rencontrés, à leur infortune et aux malheurs de la guerre, aux décisions insensées de quelques belliqueux qui avaient précipité des millions d'hommes et de femmes dans un cauchemar dont personne ne pouvait préciser quand il s'arrêterait.

11

Le lendemain, Marianne retrouva Béatrice à l'hôpital. Reprenant son carnet et son crayon, elle se consacra à la correspondance des militaires blessés, manchots et illettrés, dont les familles attendaient avec angoisse des nouvelles depuis la Toussaint. En les écoutant, elle observa les allées et venues incessantes des infirmières et des bénévoles, les attentions dont elles entouraient chaque patient et la délicatesse de leurs gestes, l'extrême patience qu'elles déployaient devant l'énervement de certains malades qui souffraient malgré les calmants et qu'elles ne pouvaient soulager, les sourires et la bonne humeur qu'elles essayaient de conserver malgré les rebuffades des ronchonneurs. Compléter ses chroniques s'imposait pour souligner leur compétence, leur engagement, leur dévouement que d'aucuns n'imaginaient peut-être pas s'ils ne comptaient pas de blessés dans leur famille. Certes Béatrice affirmait que les hôpitaux ne pourraient fonctionner sans des religieuses gardes-malades. C'était une réalité. Mais Marianne prétendait que leur fermeture deviendrait inéluctable s'ils ne bénéficiaient pas d'une présence massive de femmes parmi le personnel et les bénévoles. On ne rencontrait dans les couloirs que peu d'hommes en blouse blanche. Quelques médecins avaient même interrompu leur paisible retraite pour reprendre une activité à la demande de l'administration devant l'acheminement à Rodez de plusieurs centaines de blessés.

Après la remise des courriers à la surveillante-chef, elle rejoignit les bureaux du *Républicain* et l'expliqua à Anatole Vergne. C'était un mercredi. La dernière édition du journal était dans les kiosques ruthénois depuis le début de l'après-midi, les numéros destinés aux abonnés avaient été déposés à la Poste, les exemplaires réservés aux marchands de journaux du département avaient été emportés par les diligences qui desservaient les principales localités. À cette heure de la journée, l'effervescence était retombée. Le directeur du *Républicain de l'Aveyron* était d'autant plus disponible qu'il habitait dans les étages supérieurs avec sa femme et travaillait jusqu'à une heure tardive. Il l'accueillit avec une charmante bonhomie comme à l'habitude. Elle avait déjà transmis les cinq chroniques qu'elle avait rédigées sur les journalières agricoles, les paysannes, les trieuses et les laveuses de charbon, les cabanières du Sud-Aveyron et les gantières millavoises. Anatole Vergne les avait appréciées comme Vincent Chaumes, même s'il redoutait des réactions hostiles parmi les fidèles lecteurs de son journal. Marianne n'y ménageait pas les employeurs de main-d'œuvre ni même les hommes en général, ce que certains ne goûteraient sûrement pas. Toutefois, il la défendrait si on l'attaquait violemment. Compléter l'ensemble par une nouvelle chronique sur les infirmières et bénévoles des hôpitaux ? Pourquoi pas ! Seulement si c'était justifié, souligna-t-il. Elle rapporta alors ce qu'elle avait entendu et remarqué à Combarel, y compris l'attitude des religieuses qui soulevait son admiration.

– Vous comptez en témoigner ?

– Du dévouement des religieuses ? demanda Marianne.

Anatole Vergne confirma.

– L'honnêteté l'imposerait.

– Certainement.

– Je comprendrais que vous ne me le permettiez pas.

Il était embarrassé. Connaissant les opinions de Marianne, il en concluait que le dévouement des religieuses dans les hôpitaux était incontestable pour qu'elle souhaite le souligner dans des colonnes où on bouffait de la soutane chaque semaine ou quasiment. Avant de prendre une décision, il préférait y réfléchir avec sérénité et bien analyser les conséquences d'une pareille publication. Cependant, il reconnaissait qu'une chronique sur les infirmières et les bénévoles des hôpitaux l'intéressait. Les lecteurs pourraient ainsi la comparer à un reportage très optimiste et élogieux de *L'Union catholique* sur le fonctionnement de l'hôpital auxiliaire de la Croix-Rouge qui avait été aménagé dans les dépendances du couvent du Sacré-Cœur de Jésus, sur le boulevard, en association avec la clinique du docteur Bonnefous. Le tableau que le journaliste, Louis Serin, avait brossé de l'hôpital et des blessés qui y étaient soignés paraissait bien trop idyllique pour refléter les réalités. *L'Union catholique* prétendait que les blessés n'étaient pas traumatisés par les combats et qu'ils ne ressentaient pas de désespoir, que leurs blessures étaient souvent légères, que le dévouement des infirmières était relayé de manière très intelligente par « une escouade de jeunes infirmiers organisés militairement ». Anatole Vergne se demandait si le rédacteur s'était contenté d'un passage rapide dans cet hôpital pour répondre à une invitation du docteur Louis Bonnefous, chirurgien, propriétaire d'un domaine sur le Lagast et conservateur. Peut-être… Ou s'il cherchait à appliquer à l'extrême les consignes des ministères en abusant de la crédulité de ses lecteurs : mettre en confiance la population et la rassurer. Une chronique de Marianne sur le quotidien à Combarel permettrait de présenter les réalités de l'hôpital avec leurs ombres et leurs lumières sans essayer de les masquer. Il s'interrogeait sur la nécessité d'évoquer le dévouement des religieuses réintégrées à l'hôpital. Certes l'honnêteté l'exigeait, comme l'affirmait Marianne, mais de simples allusions habilement glissées suffiraient peut-être à empêcher les polémiques de proliférer chez les républicains. À *La Petite République*, au *Journal des Débats*, à *L'Humanité*, à *La Guerre Sociale*, Marianne avait suffisamment démontré de qualités et de finesse dans ses enquêtes ou ses chroniques pour y parvenir sans trop de difficultés. Il y réfléchirait donc ; ils en reparleraient.

Ils terminaient leur discussion sur les hôpitaux ruthénois lorsque Vincent Chaumes les rejoignit pour leur soumettre l'éditorial que *Le Républicain* comptait consacrer aux femmes dans la guerre pour la présentation des chroniques de Marianne. Il y avait déjà travaillé en compagnie de son directeur mais il l'avait encore modifié après une dernière relecture à laquelle ils avaient procédé séparément. Tous deux désiraient connaître l'opinion de Marianne avant de le publier la semaine suivante, dans le numéro du mercredi 18 novembre qui annoncerait la parution de ses chroniques à compter du samedi 21 novembre. Le bureau baignait dans une douce chaleur diffusée par le poêle à bois que le directeur avait rechargé régulièrement depuis le déjeuner. Frigorifiée après son après-midi à Combarel, Marianne l'avait appréciée. Bientôt, elle s'était débarrassée de son manteau, de son chapeau et de ses gants mais elle avait conservé sa place à proximité du tuyau qui rougeoyait. Elle chercha ses lunettes dans le fouillis de son sac, les chaussa et parcourut l'éditorial proposé par les deux hommes. La déception l'envahit aussitôt, ne le jugeant pas suffisamment accrocheur et percutant. Pourquoi ne soulignaient-ils pas que la situation des femmes avait évolué récemment, qu'elles justifiaient amplement qu'on s'intéressât à elles, en pleine guerre, pour démontrer qu'elles remplaçaient les hommes avec courage et assumaient pleinement leur rôle de chef de famille ? Et de mentionner deux des avancées intervenues en cette année 1914, dont elle se réjouissait, qui s'ajoutaient à une décision de 1907 autorisant la femme mariée à disposer librement de son salaire sans rendre des comptes à son époux. Au printemps dernier, des professeurs de l'université de la Sorbonne avaient attribué un doctorat en philosophie à une jeune étudiante alsacienne. Il y avait déjà une femme docteur ès lettres et il y aurait dorénavant une femme docteur en philosophie. C'était important. En janvier, le gouvernement avait accordé aux femmes un congé de maternité de quatre semaines après la naissance de leur enfant. Toutes n'y pourraient prétendre, notamment à la campagne et dans les familles paysannes, mais c'était une première victoire.

Les deux hommes se regardèrent, déconfits et même écarlates. Ils ne contestaient pas la pertinence de ses arguments. Toutefois, cet éditorial engageait *Le Républicain* et ne pouvait pas froisser les lecteurs qui étaient des hommes dans leur majorité. Ils acceptèrent des modifications mais persistèrent à prétendre que la modération était souhaitable. Ils y planchèrent pendant une heure. Elle chicana sur une expression, une tournure de phrase ou une métaphore. Ils s'accordèrent, non sans difficultés, sur une nouvelle mouture même si Marianne n'y adhérait pas entièrement. Cependant, elle éprouva la satisfaction de préserver l'essentiel de ses chroniques. Elle était bien consciente qu'elle provoquerait des critiques chez les hommes mais elle considérait qu'il était primordial de les prévenir déjà de ce qui les attendait au lendemain de la guerre : ils ne traiteraient plus les femmes de la même manière dès que les batailles cesseraient et que les soldats rentreraient.

– Vraiment ? demanda Vincent.

– C'est une évidence ! rétorqua Marianne. La guerre impose aux femmes de prendre des initiatives et elles ne se défaussent pas. En revanche, elles s'émancipent et je les approuve.

– Les hommes reprendront le pouvoir, ils ne toléreront pas qu'on le leur confisque ! expliqua alors Anatole Vergne. Ils sont bien trop habitués à décider, à diriger.

– En réaction, les femmes se révolteront pour gagner plus, pour défendre leur dignité, pour obtenir plus de liberté et le droit de vote.

– Le droit de vote ? Mais les députés le leur ont déjà refusé cette année ! répondit-il.

– Ils devront le leur accorder après la guerre : les femmes votent dans une dizaine d'États aux États-Unis, en Australie, en Finlande, en Norvège. Pourquoi pas en France ? Si les députés rechignent à nouveau, elles se battront…

Marianne n'y avait guère été favorable jusqu'alors. Elle redoutait que les bourgeoises, les plus instruites des femmes, confisquent le pouvoir au détriment des ouvrières et des paysannes qui subiraient l'influence des hommes au moment des élections. Depuis quelques semaines, remarquant que certaines d'entre elles n'acceptaient pas la soumission aux hommes et défendaient leurs opinions, elle avait assoupli sa position.

– Une révolution de femmes alors qu'on comptera les victimes de la guerre et qu'on les pleurera ? demanda Vincent, incrédule.

– Cette révolution est possible ; elle est même souhaitable si les hommes ne respectent pas les femmes qui ont tout à y gagner.

Jusqu'à présent, Anatole Vergne et Vincent Chaumes n'avaient jamais eu l'occasion d'assister à l'un de ses meetings. Toutefois, ils se la représentaient à une tribune d'un congrès ou devant plusieurs centaines de manifestants rassemblés à Limoges, Londres, Parme, Decazeville, Glasgow, Lens, Anzin ou Lille, martelant son discours, s'obstinant à rabâcher ses arguments pour emporter leur adhésion. Tous deux étaient admiratifs devant cette femme de caractère et de conviction, redoutable derrière ses sourires.

Il était vingt heures. Ils ne pouvaient se séparer sur ces paroles. Avant qu'elle se regante, Anatole Vergne exhuma d'un placard une bouteille de gentiane et des verres. Ils trinquèrent.

Dès le lendemain, après son après-midi à l'hôpital, elle retourna dans les bureaux du *Républicain*. Elle ne réclama pas de nouvelles modifications à l'éditorial du 18 novembre mais demanda à Vincent Chaumes s'il souhaitait l'accompagner au château dans la matinée de samedi. Maxime qui avait l'intention de rencontrer son régisseur les y emmènerait. Ils rentreraient à Rodez le dimanche après-midi. Leur discussion sur la situation des femmes avait rallumé la flamme du combat. Elle l'encourageait à replonger dans ses souvenirs pour qu'il puisse découvrir la manière dont des centaines de cabanières de Roquefort avaient arraché aux fromagers une hausse de salaire au printemps 1907. Elle avait conservé les coupures de *L'Humanité* et de *La Voix du Peuple*, organe de la CGT, les seuls journaux qui avaient soutenu le mouvement alors que *Le Courrier de l'Aveyron* et *Le Républicain de l'Aveyron* s'étaient contentés à l'époque d'un entrefilet. Quant à *L'Union catholique*, ce n'était guère une surprise, elle s'était acharnée à dénoncer les agissements de Marianne, ses « provocations » et son intransigeance à l'encontre des directeurs et propriétaires des fromageries, l'atmosphère « insurrectionnelle » qu'elle avait suscitée à Roquefort. Avant d'accepter cette invitation, Vincent sollicita auprès de son directeur l'autorisation de s'absenter aussitôt après l'impression du *Républicain* qui s'achevait toujours aux environs de neuf heures le samedi. Anatole Vergne y consentit sans difficultés. Un grand sourire illumina dans l'instant le visage de Vincent. La proposition inattendue de Marianne le comblait. Depuis leur première rencontre, cette femme l'intriguait et le fascinait. Il cherchait à mieux la connaître mais sans imposer sa présence ni se montrer indiscret. Que Marianne se présentât dans les bureaux du journal et propose qu'ils reprennent très rapidement leurs entretiens après plusieurs semaines d'interruption démontrait bien l'importance qu'elle leur accordait. Il constatait par ailleurs qu'elle préférait l'accueillir pendant deux jours à Lagarde plutôt que de le recevoir à Rodez dans son salon au Biney. Certes ses archives se trouvaient au château et Vincent Chaumes pourrait donc consulter les coupures de journaux mais il n'y entrevoyait qu'un prétexte pour l'entraîner à Lagarde. Il avait l'impression qu'elle avait renoncé à la distance qu'elle avait affichée à l'occasion de leurs deux premiers rendez-vous. Il avait remarqué, la veille, qu'elle ne campait plus sur sa réserve. En sa présence, elle avait été plus détendue, souriante, spontanée. Ils avaient à peine trinqué que le directeur avait disparu pour rejoindre son épouse. Tous deux avaient continué à bavarder dans le bureau d'Anatole, tout en sirotant de la gentiane. Ils avaient plaisanté sur les mesures de sécurité que la préfecture et l'autorité militaire imposaient aux automobilistes, sommés de disposer d'une autorisation administrative pour pouvoir circuler et de se soumettre aux contrôles effectués par des soldats aux différents barrages qui avaient été installés aux entrées de Rodez. Ils s'étaient demandé si on n'arrêterait pas bientôt les passants pour pouvoir s'assurer de leur identité. C'était toujours la même psychose de l'espionnage qui assaillait l'administration et le gouvernement qui n'avait pas encore réintégré la capitale… Marianne l'avait taquiné sur sa gourmandise qui n'avait échappé à personne à l'occasion de ses deux passages à Lagarde. Ils avaient échangé sur leurs préférences culinaires puis comparé les spécialités bordelaises et aveyronnaises. Marianne, qui s'était beaucoup déplacée à travers la France, connaissait le lillet et les cannelés de Bordeaux. Vincent en avait été flatté.

Il n'avait fermé les bureaux qu'à une heure tardive et l'avait regardée s'éloigner en direction de la place du Bourg puis disparaître. Il était demeuré un moment devant l'immeuble avant de regagner son proche domicile, tremblant, s'accrochant des deux mains au pommeau de sa canne tellement il était chamboulé.

12

Marianne continua de l'étonner lorsqu'il la retrouva chez Maxime avec son bagage pour rejoindre Lagarde. Tous deux l'attendaient à proximité de l'immeuble des Cancelier devant la De Dion-Bouton et elle l'informa fièrement qu'elle les conduirait elle-même au château. Lorsque son petit-cousin avait acheté cette voiture, il avait accepté sans difficulté qu'elle puisse l'utiliser à l'occasion. Elle était souvent en voyage et n'avait pas l'intention d'acquérir un cabriolet ni même une torpédo pour n'accomplir que quelques dizaines de kilomètres dans l'année. Avec Maxime qui avait déployé beaucoup de pédagogie et surtout de patience, elle s'était familiarisée avec la mécanique puis le pilotage sur la grand-route de Rodez-Sévérac et sur les chemins des environs de Lagarde avant de se présenter devant un fonctionnaire de la préfecture sur l'esplanade du Foirail à Rodez qui était habilité à délivrer les certificats de capacité à conduire un véhicule à moteur. Ils étaient descendus à La Croix-Grande puis à La Mouline avant d'effectuer une promenade dans Rodez. Il l'avait félicitée pour sa prudence ; elle avait obtenu son certificat. Depuis, elle conduisait de temps en temps la voiture de son petit-cousin. En chemin, elle chantonna tellement elle était soulagée de s'échapper de Combarel et de son ambiance morbide. Toujours au chevet des soldats pour rédiger du courrier, elle avait assisté ces deux derniers après-midis à l'agonie de deux blessés. Ils étaient jeunes, ils avaient combattu les Allemands avec courage, ils avaient des épouses ou des fiancées et des parents qui les pleureraient longtemps. Elle ne supportait pas cette injustice, impatiente de retrouver le château et ses souvenirs, de se promener autour du domaine et d'observer les animaux gambader dans des paysages préservés des combats et des horreurs de la guerre. Qu'elle chantonnât réjouissait Maxime. C'était une première depuis qu'il l'avait accueillie à sa descente de l'express en septembre.

Ils arrivèrent à Lagarde à l'instant où les sonneries de l'angélus résonnaient dans les lointains. Le soleil était revenu et la journée était splendide quoique fraîche. Dans la grande cuisine, le fourneau ronronnait. Adeline s'affairait autour d'une cocotte dont elle remuait le contenu qu'elle goûtait. À l'odeur de gibier et d'aromates qui s'en dégageait, Marianne l'identifia dans l'instant ! C'était une daube de sanglier. La cuisinière confirma. Le régisseur et son équipe avaient rapporté trois sangliers de leurs battues dans les forêts de Lagarde. La maisonnée s'en régalerait. Célestin avait déjà dressé la table. Ils déjeuneraient dans la cuisine même si Vincent Chaumes passerait deux journées au château ; la salle à manger était bien trop difficile à chauffer. Avant qu'Adeline commence le service, Marianne conduisit le journaliste du *Républicain* jusqu'au premier étage. Il occuperait la chambre que les Cancelier avaient toujours appelée la chambre de la Baronne car l'ancêtre de Marianne y avait découvert, au moment d'emménager dans le château, un portrait de la baronne Laurette de Morlhon. Elle était l'épouse du seigneur de Lagarde sous Louis XIII. C'était l'unique tableau qui n'avait pas été emporté par les Morlhon. Jean-Baptiste Cancelier l'avait conservé puis ses descendants, ce qui ne manquait de cocasserie pour de farouches républicains. Une odeur d'encaustique flottait dans la pièce où des flammes vaillantes s'attaquaient à un billot de hêtre, dans la cheminée. L'avant-veille, dès que Vincent avait donné son accord, Marianne avait téléphoné à Adeline pour la prévenir qu'il passerait deux journées au château. À Lagarde, elle disposait du téléphone pour qu'on puisse la joindre facilement quand elle y séjournait.

Marianne consacra leur déjeuner à exposer à Vincent comment fonctionnait l'industrie du roquefort, disposant de laiteries qui étaient dispersées à travers un immense territoire s'étendant de l'Albigeois à l'Aveyron, la Lozère, le Gard et l'Hérault. Elles collectaient le lait de brebis produit dans les fermes et fabriquaient le fromage avant de l'expédier à Roquefort pour l'affinage dans les caves du village. Il l'accabla de questions, parfois techniques, auxquelles répondirent Maxime et Célestin qui s'y étaient toujours intéressés. Dès les années 1880, le domaine avait aménagé une laiterie pour transformer le lait des brebis de Lagarde. Les caissettes de pains étaient acheminées à Bertholène et chargées sur des wagons convoyés ensuite jusqu'à Tournemire par Sévérac et Millau. Marianne avait abandonné cette production fermière après le décès de son père. Maxime ne l'avait pas relancée en rachetant l'exploitation et il l'avait regretté parce qu'elle procurait un revenu régulier mais il s'en félicitait, aujourd'hui, devant le manque de main-d'œuvre qualifiée depuis la mobilisation.

L'industrie était dominée par la puissante Société des caves qui représentait 70 % des volumes écoulés, s'ingéniait à absorber ses principaux concurrents parfois avec réussite, était cotée à la Bourse de Paris et distribuait des dividendes intéressants aux actionnaires. Une entreprise capitaliste ! souligna Marianne. Depuis la tribune de la Chambre des députés, Jean Jaurès avait dénoncé l'attitude des grosses sociétés de Roquefort qui cherchaient à dévorer les petites pour contrôler le négoce et imposer leurs prix du lait.

– Et exploiter le personnel ! surenchérit Vincent Chaumes.

Elle confirma.

Maxime s'était déjà éclipsé pour rejoindre le régisseur lorsqu'elle entreprit d'expliquer ce qu'étaient les cabanières, ces adolescentes et jeunes femmes de 20 à 25 ans qui travaillaient dans les caves à l'affinage des fromages et à leur emballage pour les expéditions en France ou à l'étranger. Certaines habitaient dans les villages ou les hameaux des environs où elles retournaient, la journée terminée, à l'inverse des plus éloignées de Roquefort que les patrons logeaient dans des dortoirs souvent insalubres sur des paillasses minables et infestées de punaises, et confiaient à la surveillance d'une poignée d'anciennes cabanières ou de religieuses à l'extrême sévérité qui ne toléraient pas la moindre incartade.

– Du paternalisme à l'aveyronnaise ! s'exclama Vincent.

– Ces fromagers sont des grenouilles de bénitier mais bien peu généreux pour leur personnel ! ajouta-t-elle. Comme les directeurs de compagnies industrielles ou de houillères…

Habitués aux paroles souvent abruptes de Marianne, Célestin et Adeline sourirent. Célestin avait rechargé le fourneau. Son épouse avait débarrassé et préparait le café avant de s'attabler à nouveau pour l'écouter. Ils avaient si peu d'occasions de l'entendre rapporter les manifestations et les combats auxquels elle avait participé qu'ils se délectaient de ses paroles. Vincent s'en régalait également. Elle avait une manière de raconter, de mettre en scène, de camper des personnages et parfois même de les caricaturer, de dramatiser une situation, d'employer les bonnes formules aux moments opportuns qui l'impressionnait. Jusque dans ses inflexions de voix à la gamme étendue, comme les comédiennes, elle était une femme de théâtre même si elle avait peu pratiqué et si elle s'en défendait.

Les cabanières besognaient durement dans la demi-pénombre, la fraîcheur et l'humidité des caves aménagées dans les fleurines – anfractuosités d'énormes éboulis – où les courants d'air circulaient en permanence. Elles grelottaient malgré leurs bas de laine et leurs sabots fourrés de paille. Leurs mains étaient crevassées et rougies, attaquées par le sel et douloureuses. Elles ne se reposaient que le dimanche mais seulement parce que la journée était sacro-sainte pour les propriétaires et les exploitants de caves qui ne manquaient jamais la grand-messe et les vêpres. Ce jour-là, les surveillantes ne relâchaient pas leur emprise sur les employées ; elles contrôlaient leur participation aux célébrations religieuses, leurs fréquentations. La présence à Roquefort de centaines d'adolescentes et de jeunes femmes constituait une attraction pour les hommes de la bourgade et des environs. Les plus entreprenants leur donnaient rendez-vous à proximité du cimetière, dans un bosquet suffisamment touffu pour les préserver des indiscrétions, dont l'herbe était si tendre et verte qu'ils s'y roulaient sans scrupule aux beaux jours. C'était l'unique moment de la semaine où les ouvrières oubliaient le saloir et leurs gardes-chiourmes à moustache ou à grande cornette, s'autorisaient une coquetterie dans leurs toilettes, chantaient, riaient, chahutaient sans retenue. Cette compensation était médiocre pour des longues journées et des salaires misérables amputés par les dépenses pour la nourriture quotidienne que fournissaient, à Roquefort même, des gargotières imposées par les patrons.

– Elles ne s'étaient jamais rebellées avant 1907 ? l'interrompit le rédacteur du *Républicain* devant cette description édifiante de leurs conditions de travail et d'accueil.

– Elles s'étaient déjà révoltées en 1903 et elles avaient échoué ! À l'époque, elles n'étaient pas organisées, solidaires, déterminées, combatives.

– Elles subissaient !

– Elles se contentaient de détourner les cantiques religieux pour brocarder les surveillantes des dortoirs, les patrons de caves, les contremaîtres dont certains ne se gênaient pas pour les peloter dans les recoins avec leurs pattes de vieux porcs. Puis elles ont compris qu'elles n'auraient pas de résultats avec des chansons…

– Elles ont constitué un syndicat ? Elles vous ont sollicitée ?

Marianne ne répondit pas. Adeline apportait la cafetière brûlante et remplissait les tasses d'où s'échappa un délicat parfum de café. Maxime et sa petite-cousine buvaient toujours du café aussi bien à Lagarde qu'à Rodez, ce qui ne tarderait pas à devenir un privilège dès que le gouvernement rationnerait certains produits alimentaires notamment d'importation comme le café et le sucre.

Elle savoura lentement son café avant de continuer :

– Les cabanières ne m'ont pas sollicitée, je les ai « bousculées » et encouragées à revendiquer…

Ce mouvement n'avait été programmé par personne mais s'était déclenché de manière spontanée grâce à Marianne. Au printemps 1907, elle séjournait dans l'Aveyron et à Lagarde. À l'occasion du 1er mai, elle s'était adressée aux ouvriers et aux mineurs du Bassin qu'elle avait retrouvés à Viviez. Puis elle avait participé, à Rodez, à une conférence sur le prolétariat avec un responsable de la CGT, Pierre Monatte. Elle y avait rencontré les dirigeants de la fédération socialiste de l'Aveyron qui l'avaient persuadée d'assister le secrétaire national à la propagande, Pierre Renaudel, dans ses déplacements dans le bassin de Decazeville, à Rodez, à Sévérac, à Millau, dans le Sud-Aveyron pour y multiplier des sections de la SFIO. Elle avait accepté sans renâcler même si elle ne partageait pas toujours leurs positions sur les questions sociales.

Le mercredi 29 mai, au lendemain de son intervention à Rodez, Marianne avait emprunté l'express en compagnie des responsables socialistes pour rejoindre Sévérac-Gare où on les attendait dans le quartier des cheminots. Lorsqu'ils avaient débarqué, ils avaient été prévenus que la conférence avait été annulée. Marianne avait alors convaincu ses compagnons de reprendre un express pour parvenir jusqu'à Tournemire qui était une plaque tournante ferroviaire entre Béziers et Clermont, où les cheminots seraient sûrement réceptifs à leur présence et à leurs discours. Elle ne s'était pas trompée : ils avaient esquissé les fondations d'un groupe avec des mécaniciens de la compagnie du Midi. Un militant, Paul Blancard, les avait alors informés qu'ils pourraient peut-être intervenir à Roquefort même si c'était une citadelle catholique et conservatrice. Sa compagne était cabanière pour le compte de la Société des caves.

Elle pourrait les entretenir des conditions de travail qui ne cessaient de se dégrader et des demandes insatisfaites de ses camarades. Trois kilomètres seulement séparaient les deux localités. En marchant, Marianne et les responsables socialistes avaient poursuivi avec Blancard cette discussion sur les cabanières et les fromagers de Roquefort qu'elle avait découverts, une journée de printemps 1888, en compagnie de son père. Comme son domaine fabriquait du roquefort depuis deux « campagnes » pour la Société des caves, Jean-Jacques Cancelier avait demandé à l'un des directeurs s'il pouvait le recevoir avec son régisseur pour qu'il leur explique les opérations d'affinage et de conditionnement des fromages mais également comment améliorer leur production à Lagarde. Marianne les avait accompagnés. Après une expérience malheureuse avec son époux en Argentine et deux années de mariage, elle était revenue seule au château. Ce jour-là, elle avait pénétré dans les entrailles du Combalou où les fromages mûrissaient lentement et observé les cabanières travailler sans se préoccuper de leurs conditions de travail et de vie. Elle n'était alors ni journaliste ni militante. Elle avait regretté des années plus tard de ne pas s'être intéressée à ces femmes qui étaient autant exploitées que les ouvrières des métiers de la mode à Paris…

Ce mercredi 29 mai 1907, grâce à la compagne de Blancard qui s'était empressée de prévenir ses collègues cabanières mais aussi les employés à la réception, au conditionnement et aux expéditions des fromages, les charretiers et les commis de la Société et de ses concurrentes, une foule impressionnante s'était rassemblée dans la Grand-Rue quand les cloches de l'église avaient sonné huit heures. La bourgade de Roquefort, construite à flanc de coteau, s'appuyant contre la montagne calcaire du Combalou qui possède une myriade de fleurines, est traversée par la Grand-Rue qui dévale la pente et à laquelle se raccordent des ruelles. Combien étaient-ils dans cette Grand-Rue et ses ruelles pour entendre Marianne ? *L'Humanité* et *La Voix du Peuple* précisèrent qu'ils étaient 1 500 à 1 800, hommes et femmes, jeunes et anciens.

– 1 500 ou 1 800 ? Je ne me souviens plus ! reconnut Marianne. C'était une marée humaine qui avait envahi la Grand-Rue en moins d'une heure ! Il y avait beaucoup de femmes.

Depuis une terrasse d'où elle pouvait dominer son auditoire, elle avait dénoncé l'exploitation du prolétariat par le patronat, appelé les cabanières à se rassembler dans un syndicat et à transmettre des revendications à leurs employeurs. Elle leur avait expliqué qu'elles n'obtiendraient pas d'amélioration de leurs conditions de travail, de logement et de nourriture si elles ne se regroupaient pas. Comme à l'habitude, elle s'était exprimée simplement pour mettre en avant la nécessité qu'elles avaient à défendre la justice sociale, la liberté, la dignité humaine et leurs droits. Ces centaines d'ouvrières l'avaient longuement applaudie. Elles ne connaissaient pas cette femme qui se distinguait par un chapeau décoré d'une belle plume rouge, une ceinture rouge et un discours révolutionnaire que l'on n'avait jamais entendu à Roquefort. Mais ses paroles les avaient touchées. Elles l'avaient acclamée comme si elle était leur libératrice. Marianne avait alors suggéré aux ouvrières de se retrouver à Tournemire où le premier magistrat avait proposé qu'elles se réunissent sous le grand préau des écoles publiques pour constituer leur syndicat.

– Ce soir-là, si je le leur avais demandé, les plus costaudes et les plus grandes m'auraient emmenée à Tournemire sur leurs épaules tellement elles étaient heureuses que l'on se préoccupe d'elles.

À Tournemire, leur soirée avait été bien remplie et animée. Près de cinq cents cabanières avaient accepté d'adhérer au syndicat et désigné des déléguées pour les représenter auprès des exploitants et propriétaires de caves. Ensuite, elles s'étaient accordées sur leurs revendications prioritaires : un meilleur couchage dans les dortoirs, une augmentation mensuelle de salaire de 90 francs pour percevoir 360 francs et une hausse de 17 francs pour l'indemnité mensuelle de nourriture.

– Et elles ont décidé de se mettre en grève ! compléta-t-elle.

Passionnés par la manière dont Marianne rapportait ce chapitre de son militantisme sur lequel elle était toujours demeurée discrète, Célestin et Adeline ne se lassaient pas de l'écouter. La vaisselle du déjeuner attendait dans la souillarde ; elle pouvait patienter encore. Quant au fourneau, il était surveillé par Célestin qui le rechargeait à intervalles réguliers pour que la chaleur ne faiblisse pas.

– Elles se sont prononcées à l'unanimité, souligna Marianne. Il y avait un enthousiasme et une détermination qui m'époustouflèrent. Elles ne supportaient plus leur situation, l'attitude des surveillantes, les brimades de certains contremaîtres et la faiblesse des salaires, les dortoirs insalubres où s'amusaient les rats et où proliféraient les punaises. Elles voulaient que les choses bougent et changent.

La solidarité s'était organisée sur-le-champ pour les cabanières qui n'habitaient pas Roquefort, Tournemire ou les environs mais ne pouvaient pas retourner dans les dortoirs des patrons, à Roquefort. Le règlement leur interdisait de réintégrer les couchages après neuf heures sinon elles étaient renvoyées aussitôt avec leurs baluchons. À toutes celles qui s'inquiétaient déjà, Marianne et leurs déléguées s'étaient engagées à intervenir auprès des directeurs en présentant leurs revendications, à demander que personne ne les sanctionne. Mais comment héberger les deux cents ou trois cents ouvrières qui se retrouvaient après cette assemblée générale, à minuit passé, à l'hôtel des Courants d'air, pour reprendre l'image de Marianne qui ne manqua pas d'amuser Célestin et Adeline ? Des cheminots, des militants de la CGT et des familles de Tournemire avaient proposé de les accueillir, le temps nécessaire, à leur domicile. Des paysans les avaient autorisées à s'installer dans les granges qui offraient de l'espace disponible alors que la fenaison n'avait pas encore débuté. Elles dormiraient dans les dernières provisions de fourrage. Malgré l'absence de confort, aucune d'entre elles n'avait protesté tellement elles étaient heureuses de constater qu'elles étaient soutenues.

Au moment où les sonneries joyeuses de l'angélus de sept heures s'étaient répandues dans la bourgade, les cabanières hébergées à Tournemire s'étaient regroupées autour de Marianne pour rejoindre Roquefort avec leurs camarades qui habitaient dans les environs et s'étaient déplacées par dizaines. Les paupières encore lourdes de sommeil, l'estomac tenaillé par l'angoisse, les mâchoires crispées, elles s'étaient retrouvées plusieurs centaines devant les bâtiments de la compagnie du Midi. Depuis leurs machines, des mécaniciens les avaient encouragées en répétant les coups de sifflet. Grévistes, les cabanières de Roquefort l'étaient aujourd'hui. C'était si nouveau qu'elles s'en remettaient à Marianne.

– C'était logique ! On vous appelle bien la meneuse de grèves ! plaisanta Vincent Chaumes.

Marianne ne répondit pas mais souligna qu'elle était entourée du socialiste Pierre Renaudel et du secrétaire du syndicat des mineurs du Bassin. Elle avait participé à leurs conférences de propagande ; ils ne l'avaient pas lâchement abandonnée en chemin, désireux de l'appuyer dans le mouvement qu'elle s'ingéniait à organiser.

Des centaines de cabanières avaient déambulé dans Roquefort, ce matin-là, tout en brandissant des drapeaux rouges et entonnant *L'Internationale* dont elles ne connaissaient ni les couplets ni le refrain avec lesquels elles s'étaient familiarisées grâce à Marianne et aux militants de la CGT. C'était provocant ! Sur leur passage, des fenêtres s'étaient ouvertes devant le tintamarre ; elles s'étaient aussitôt refermées. Scandalisées et angoissées par cette agitation, les grenouilles de bénitier s'étaient claquemurées. Après la messe, les deux mains accrochées à sa soutane pour accélérer la marche, le desservant avait accouru pour raisonner les grévistes. Il avait été accueilli par des parodies paillardes de cantiques religieux et avait déguerpi, offusqué. De minuit à sept heures du matin, le message du nouveau syndicat s'était répandu comme une traînée de poudre chez les ouvrières. Dans les caves, elles étaient peu nombreuses à s'être présentées devant les contremaîtres pour travailler. Marianne et les déléguées du syndicat avaient sollicité une entrevue avec les directeurs des diverses sociétés qui avaient consenti à les recevoir mais repoussé leurs requêtes sans discussion.

– Ce sont des coriaces ! souffla Marianne. Ils étaient habitués à exploiter les cabanières sans vergogne ; ils s'imaginaient sûrement qu'elles reculeraient dès les premières menaces comme en 1903 et qu'elles réclameraient leur réintégration. Ils se trompaient…

– Ils n'ont pas négocié ?

– La première matinée, ils ne voulaient pas.

Ils avaient téléphoné à la sous-préfecture de Saint-Affrique pour demander sa protection, redoutant des dégradations puisque des carreaux de certains bureaux avaient été cassés. Une quinzaine de gendarmes à cheval avaient débarqué à Roquefort.

– Dans la journée, les patrons ont vite compris que les ouvrières n'étaient plus seules, qu'elles ne céderaient pas aux menaces et au chantage du licenciement, que je ne les lâcherais pas.

– Et ils ont accepté de discuter !

– C'était un dialogue de sourds les deux premières journées ! Les cabanières manifestaient en permanence devant les bureaux, brocardaient les directeurs et les contremaîtres ; elles entonnaient *L'Internationale, La Carmagnole* et même des chansons paillardes… Elles étaient déchaînées ! Les fromagers, terrifiés, m'accusaient de les assiéger pour leur extorquer une hausse de salaire. Constatant que la situation était vraiment bloquée et qu'ils n'en sortiraient pas, ils ont appelé le sous-préfet qui s'est déplacé le troisième jour pour proposer sa médiation. On a négocié jusque dans la soirée. C'était le samedi 1er juin au coucher du soleil. Je me souviens du moment où nous avons retrouvé les ouvrières dans la Grand-Rue pour leur annoncer la bonne nouvelle. Les patrons accordaient quasiment ce qu'elles réclamaient pour leurs salaires mensuels et l'indemnité de nourriture. Ils avaient capitulé pour ne pas aggraver les pertes ! On était en pleine saison dans les caves et l'affinage des fromages ne pouvait pas attendre…

– Trois journées de grève seulement et…

Marianne l'interrompit :

– Les patrons avaient également reconnu le syndicat et s'étaient engagés à conserver les meneuses de la grève parmi le personnel pendant une année.

– Trois journées seulement ? Quelle efficacité !

Marianne se souvenait de certains combats ouvriers du Nord et du Pas-de-Calais qui s'étaient enlisés pendant des semaines sans que les grévistes obtiennent des résultats.

– Je les ai conseillées mais ces femmes étaient bien organisées. Il y a eu une solidarité exemplaire autour d'elles : des collectes, des dortoirs improvisés et des soupes populaires à Tournemire. Si leurs employeurs s'étaient enfermés dans leur attitude du premier matin, je suis persuadée aujourd'hui qu'elles auraient été capables de les affronter pendant une semaine ou même davantage. Je l'ai souvent constaté : le patronat ne connaît que les rapports de force ! Sinon il n'entend rien et ne négocie rien.

Le lendemain, elles avaient joyeusement accompagné Marianne à Tournemire où elle comptait emprunter un express pour regagner Sévérac et Rodez. Elles avaient entonné *L'Internationale* dont elles avaient découvert la justesse des paroles pour des ouvrières qui se battaient pour leurs droits.

– Satisfaite de cette victoire ? demanda Vincent à Marianne.

– Sur le moment, oui !

Avant le déjeuner, elle avait recherché dans l'armoire d'archives les reportages que *L'Humanité* de Jaurès et *La Voix du peuple* de la CGT avaient consacrés au mouvement des cabanières, avec un passage élogieux sur la manière dont elle l'avait encadré et conduit avec succès, mais également les chroniques virulentes de

L'Union catholique. Elle les exhuma précieusement d'une enveloppe pour les transmettre à Vincent.

– Vous jugerez !

Il les parcourut avant de la féliciter :

– C'était du beau travail.

– Les lendemains ont été difficiles pour les ouvrières : c'était une victoire tronquée ! soupira-t-elle en n'essayant pas de dissimuler sa déception.

Certes elles avaient bénéficié d'une hausse de salaire et de leur indemnité de nourriture mais les principales meneuses avaient été licenciées dès le printemps 1908. Les patrons de caves avaient eu leur revanche. Le syndicat des cabanières avait périclité peu à peu malgré les interventions renouvelées et de multiples déplacements des responsables de la Bourse du travail de Millau.

Pour autant, Marianne ne regrettait pas les trois journées qu'elle avait partagées avec ces ouvrières à Roquefort et à Tournemire, si différentes des combats auxquels elle avait participé dans le Nord, à Londres, en Italie ou en Écosse. Elle persistait à prétendre que le mouvement avait marqué l'histoire des luttes sociales même si les cabanières de Roquefort n'étaient que des centaines et comptaient tellement peu dans la classe ouvrière par comparaison aux milliers d'ouvrières de fabriques de textile ou de laveuses et de trieuses de charbon. Modeste, Roquefort n'était pas un centre ouvrier ordinaire parce qu'il était étroitement associé à la paysannerie. Les ouvrières des caves étaient les femmes, les filles, les petites-filles, les nièces et les cousines des nombreux éleveurs fournissant du lait de brebis aux dizaines de laiteries qui fabriquaient le fromage et travaillaient pour l'industrie. Il n'y avait pas de cloisonnement entre le prolétariat des caves et les centaines de paysans aux propriétés étriquées qui se soumettaient à contrecœur aux exigences des grosses sociétés.

Soudain, la pendule les ramena à la réalité. Il était cinq heures. Le soleil avait déjà disparu et la pénombre envahissait peu à peu la grande cuisine. Célestin et Adeline s'éclipsèrent. Ils avaient de quoi s'affairer avant le dîner. Vincent restitua les coupures de journaux à Marianne qui s'empressa de les replacer dans l'enveloppe, comme si elle était impatiente de les rapporter dans l'armoire d'archives ou si elle persistait à regretter que cette victoire justifiée ait été tronquée. Leurs regards se croisèrent alors dans la demi-obscurité, un sourire effleura leurs lèvres.

13

C'était la première offensive hivernale. Il neigeait en ce vendredi 21 novembre. Lorsqu'elles quittèrent l'hôpital, Marianne et Béatrice constatèrent que les trottoirs et la chaussée étaient déjà blancs. En remontant l'avenue Victor-Hugo, elles affrontèrent des bourrasques qui soulevaient de gros flocons, serrés, dont les cristaux piquaient leurs pommettes comme des fléchettes acérées. Marianne essayait de maintenir son chapeau de la main gauche pour qu'une rafale ne l'emporte pas et elle s'agrippait, de la main droite, à l'avant-bras de Béatrice. Les trottoirs étaient glissants, l'avenue peu éclairée. Elles étaient mal chaussées au point de marcher lentement comme des tortues pour ne pas tomber. Les sonneries de l'angélus de sept heures n'avaient pas encore résonné aux clochers du Carmel et de Notre-Dame mais les passants s'étaient raréfiés. Les deux femmes n'en croisèrent que deux, pressés, abrités sous un grand parapluie, entre l'hôpital et la place de la Cité. Marianne abandonna Béatrice devant son immeuble et l'embrassa avant de s'éloigner avec autant de prudence en direction de la place du Bourg. Après sa journée à Combarel, toujours difficile, elle rejoignait souvent Maxime pour ne pas ressasser de trop sombres pensées au Biney qu'elle regagnait toutefois après le dîner. Elle était heureuse de retrouver également Antoine et Eugénie, d'échanger des nouvelles de Belgique qui leur parvenaient d'une manière irrégulière et partielle mais complétaient les informations plus officielles qu'elle pouvait recueillir auprès de Vincent Chaumes. Eugénie s'était bien adaptée aux exigences de la chapelière de Marianne et à l'ambiance de la maison. Elle était soulagée de constater que ses compétences étaient reconnues par sa patronne qui la sollicitait pour la décoration de certains modèles. La garderait-elle en janvier ? Peut-être. Eugénie l'espérait. Quant à Antoine, il était apprécié pour son expérience, la pertinence de ses suggestions et la diversité de ses connaissances. Le ménage avait toujours l'intention de s'installer à Rodez avec ses deux fillettes et cherchait un logement au désespoir de Madeleine qui souhaitait les conserver dans l'immeuble le plus longtemps possible tellement ils avaient transformé son quotidien. Qu'en pensait Maxime ? Il ne les encourageait pas à déménager rapidement. La présence des deux fillettes le ravissait, illuminant ses journées par des sourires et des chansons comme autrefois Émeline et Clothilde à une époque où il s'imaginait que personne ne pourrait leur dérober le bonheur dont ils jouissaient en famille. Marianne partageait ce sentiment, chérissant également Michelle et Mireille qui avaient rallumé une flamme dans cette vénérable demeure et chez les Cancelier. Lorsqu'elle pénétra dans l'immeuble, se débarrassant dans le vestibule de la neige qui s'était amoncelée sur son chapeau de feutre et qui saupoudrait son manteau ainsi que des bourrelets déjà formés autour des semelles de ses chaussures, elle songea à leur déception au moment où elle leur annoncerait qu'ils ne sortiraient pas dimanche. Elle souhaitait, avec Maxime, les emmener pour la journée au château où Célestin et Adeline les réclamaient. Tout leur entourage s'était attaché à ces gamines comme si elles étaient des petites-cousines Cancelier. Ce changement de temps, si inattendu, modifiait leur programme et les condamnerait à se claquemurer. Il la contrariait d'autant plus qu'elle prévoyait de rencontrer Thérèse et Marthe, dans leur hameau, pour remettre à chacune un exemplaire du *Républicain de l'Aveyron* qui publierait dans son édition de samedi sa première chronique sur les journalières dans la guerre que leurs difficultés, leur quotidien, leurs confidences, leur courage avaient inspirée. Elle était impatiente de connaître leurs réactions. S'y retrouveraient-elles ? S'estimeraient-elles réhabilitées dans leur dignité de femmes ? Marianne reporterait son déplacement à Lagarde d'une semaine si l'autan chassait le nordet et si la neige fondait, ce qu'elle espérait ; elle pourrait apporter ainsi à Thérèse et Marthe les derniers numéros du *Républicain* avec les deux chroniques suivantes.

Comme elle l'imaginait, les deux fillettes pleurèrent en apprenant qu'elle ne les conduirait pas à Lagarde dimanche mais applaudirent leurs parents lorsqu'ils s'engagèrent à consacrer leur après-midi du dimanche à construire avec elles – et peut-être même Maxime – un bonhomme de neige sous les arbres de la place du Bourg ou dans le quartier. Pendant le dîner, les humeurs hivernales en Belgique et en Aveyron alimentèrent les conversations. Comme chaque soir, la cuisinière prépara une infusion avant que Marianne regagne son pied-à-terre. Entre-temps, les flocons gros et serrés avaient continué de tomber. Derrière une fenêtre de la salle à manger, Maxime observa la place où toute activité avait disparu. Il n'y avait pas le moindre passant. Il s'opposa fermement à ce que Marianne s'aventure au-dehors avec ses chaussures encore mouillées pour retourner au Biney même si quelques centaines de mètres seulement les séparaient. La couche de neige s'était épaissie. Marianne s'inclina sans discussion pour le plus grand bonheur des deux fillettes qui la supplièrent de leur raconter une belle histoire de son enfance avant qu'elles s'endorment. Comme la guerre, les soldats blessés et leurs angoisses, les grèves d'avant 1914, les combats pour les droits des femmes et même l'absence de Clément étaient irréels à cet instant. Les deux fillettes assoupies, Marianne retrouva la chambre qu'elle était habituée à occuper quand elle séjournait chez Maxime. Avant d'éteindre la lampe, elle continua la lecture de l'un des volumes des Rougon-Macquart de Zola, *La Joie de vivre*, qu'elle avait entamé à la Toussaint et qu'elle emportait toujours à l'hôpital pour proposer des passages à des blessés si elle disposait de quelques moments de liberté dans l'après-midi.

Deux chapitres suffirent et elle sombra dans un profond sommeil dont l'horloge de l'église Saint-Amans l'arracha brusquement dans la matinée. Marianne consulta sa montre. Il était dix heures ? Déjà ! s'écria-t-elle en se levant d'un bond. La chambre baignait dans une lumière grisâtre, tamisée par des rideaux de cretonne qu'elle écarta des deux mains pour pouvoir observer la place du Bourg derrière la fenêtre aux vitrages embués. La neige ne tombait plus mais le vent soufflait encore et le ciel était bas. Chaque samedi, les étalages du marché envahissaient les places de la Madeleine, du Bourg et de la Cité ainsi que le carrefour Saint-Étienne. Les marchands de quatre saisons, les ambulants, les paysans du Ségala et des Palanges ne s'étaient pas déplacés. Ils étaient absents de la place du Bourg où il n'y avait pas le moindre passant même si la chapellerie Cablat, la quincaillerie, la boucherie, l'agence bancaire étaient ouvertes. Elle endossa un peignoir puis descendit à la cuisine. Sagement assises, les deux fillettes regardaient Madeleine préparer une pascade pour le déjeuner, la soumettant à une cascade de questions auxquelles elle répondait avec gentillesse et précision. Quoique inscrites depuis leur arrivée, Michelle et Mireille n'allaient toujours pas à l'école. Les familles de réfugiés étaient présentes en si grand nombre que tous les enfants ne pouvaient pas être scolarisés. Eugénie et Antoine le regrettaient, s'appliquant de leur mieux à remédier à cette situation. Maxime s'était procuré des livres de classe avec lesquels Michelle et Mireille travaillaient dans la journée sous la surveillance attentive de Madeleine. Les parents corrigeaient ensuite leurs devoirs quand ils rentraient. Tous deux soulevaient l'admiration de Marianne par leur courage, leur ténacité et leur capacité d'adaptation. Ils ne se plaignaient jamais, tellement heureux d'échapper à l'occupation de la Belgique, de disposer d'un logement confortable même s'il n'était que provisoire et d'un emploi. Soucieuse de les soutenir, Marianne s'improvisait préceptrice auprès des fillettes lorsqu'elle ne terminait pas trop tard à l'hôpital.

Antoine n'avait pas rechigné ce samedi-là à rejoindre la tannerie malgré l'épaisse couche de neige et le refroidissement nocturne qui l'avait recouverte d'une pellicule de glace. Après son embauche, le directeur l'avait encouragé à commander des chaussures ferrées et montantes pour se déplacer sans trop de difficultés lorsqu'il gèlerait ou neigerait. Ce matin, il les avait certainement appréciées. Dans la soirée, Eugénie avait éprouvé de l'angoisse en constatant que les flocons ne cessaient de s'accumuler. Pourrait-elle se rendre à son atelier ? avait-elle demandé à Maxime. Elle n'était pas habituée à la neige et au verglas alors que sa patronne se montrait stricte sur les horaires, n'acceptant point de retard même s'il était justifié. Maxime l'avait rassurée. Les habitants déblayaient les devants de porte dès qu'il neigeait ; les commerçants embauchaient leurs employés pour manipuler la pelle et permettre ensuite aux ménagères d'accéder à leurs boutiques. Il avait encore expliqué à Eugénie qu'il se joindrait aux hommes du quartier pour dégager les trottoirs. Non seulement il n'avait pas manqué à sa parole mais, redoublant de galanterie, il avait accompagné Eugénie chez sa patronne. Lorsqu'il réapparut à l'approche du déjeuner, Marianne observa qu'il avait les pommettes écarlates avant de remarquer en l'embrassant qu'il avait le front et les joues glacés. Dès que l'équipe de déblayage s'était séparée, il s'était empressé de retrouver Vincent Chaumes dans son bureau et avait quémandé la dernière édition du *Républicain de l'Aveyron* qui avait été imprimée dès les premières heures de la matinée, comme tous les samedis. Il souhaitait que Marianne découvre sa première chronique avant que les commis terminent la livraison des journaux dans les kiosques du centre. Elle apprécia l'attention et le remercia vivement puis constata, avec satisfaction, que le directeur ne l'avait pas reléguée dans la deuxième page avec les rubriques locales : il l'avait présentée en première page sur trois colonnes.

– Comme *L'Humanité* pour les chroniques de guerre que j'avais envoyées de Bruxelles ! s'exclama-t-elle.

Elle se demanda ensuite comment les lecteurs réagiraient.

– Nous le saurons bientôt ! répondit Maxime.

Il était convaincu que Louis Lacombe et des membres du Cercle Broussy passeraient au *Républicain* cet après-midi ou appelleraient Anatole Vergne. Certains

Ruthénois qui soutenaient *Le Républicain* depuis sa création se déplaceraient également dans les bureaux la semaine prochaine pour transmettre leurs commentaires ou leurs critiques. Ils s'étaient déjà manifestés après l'annonce de mercredi qui les avait intrigués. Anatole Vergne avait reconnu qu'ils l'avaient accablé de questions sur Justine Bastille, y compris ses collègues du Cercle Broussy, mais vainement ! Il s'était refusé à dévoiler son identité. Pour l'heure, personne n'avait réprouvé son initiative. Tous attendaient la publication des chroniques avant de se prononcer.

– Attendons ! avait-il soupiré. Mais vous n'ignorez sûrement pas, Marianne, que les jugements des lecteurs peuvent être terribles…

Elle en était bien consciente. Quand elle travaillait pour *La Petite République*, des lecteurs l'avaient attaquée avec virulence à propos de ses positions politiques qui s'écartaient de la ligne du journal.

Louis Lacombe téléphona dans l'après-midi, demanda Marianne et la complimenta. Membre du comité de direction du *Républicain*, il était dans la confidence pour l'identité de Justine Bastille mais il promettait de redoubler de discrétion. Anatole Vergne ne l'en aurait pas informé qu'il l'aurait reconnue à ses tournures de phrases, à sa manière énergique de défendre les femmes et à ses arguments, à son vocabulaire. Ils se côtoyaient depuis une vingtaine d'années. Il l'avait défendue dans les moments difficiles même s'il ne partageait pas forcément ses opinions, bien plus à gauche que les siennes, ni ses jugements qu'il considérait parfois trop tranchants. S'il l'avait démasquée, il redoutait que les « bretteurs » de la droite, comme il surnommait les rédacteurs de *L'Union catholique* et de *La Croix de l'Aveyron* qui le vilipendaient à longueur de semaine, y parviennent également et la brocardent ou la suspectent d'être Justine Bastille et la harcèlent. Elle pouvait déjà s'y préparer. Habituée aux joutes, elle l'était. Qu'ils la calomnient, la rabaissent ne l'effrayait pas. Les combats et les années l'avaient cuirassée.

Elle avait consacré son après-midi à Michelle et à Mireille. Après des exercices de grammaire et de conjugaison que Louis Lacombe avait abrégés en téléphonant, elles se plongèrent dans les *Contes d'enfants et du foyer* des frères Grimm, puis disputèrent des parties de jeu de l'oie. À la demande insistante des fillettes, elle accepta de prolonger son passage chez Maxime et de ne pas retourner encore au Biney. Dès qu'ils rentrèrent, Antoine et Eugénie affirmèrent que la température s'était radoucie et que le froid n'était plus aussi mordant. Le vent avait peut-être changé. Madeleine le prétendit, en précisant que le fourneau de la cuisine et les différents poêles de la maison ne rougeoyaient plus comme dans la matinée ; elle les avait activés énergiquement depuis le milieu de l'après-midi, mais ils fumaient et peinaient à chauffer. L'autan aurait-il chassé le nordet ? Sûrement. Marianne en eut la confirmation dans le courant de la soirée. Alors qu'elle continuait la lecture de *La Joie de vivre*, bien au chaud sous son édredon de plumes, elle entendit l'eau goutter dans le chéneau et résonner sur le zinc. C'était bien le souffle chaud de l'autan qui desserrait l'étau de l'hiver. Comme le ciel s'était chargé de nuages sombres dans l'après-midi, elle supposa même qu'il pleuvait.

Elle ne trompait guère ! Le lendemain, c'était la raspoutitsa pour reprendre l'expression de Catherine Griboïedov qui avait intrigué la famille Cancelier lorsque les parents de Marianne avaient débarqué dans l'Aveyron et à Lagarde, au moment de la Commune de Paris. Depuis, dès que la neige fondait rapidement sous l'effet de la pluie ou de l'autan, Maxime, Madeleine, Adeline, Célestin et Marianne ne résistaient pas à la tentation de l'employer pour qualifier la gadoue dans laquelle on pataugeait aussi bien dans les quartiers de Rodez que dans l'enceinte du domaine à Lagarde. Ce matin-là, en ouvrant les rideaux pour constater qu'il pleuvait, Marianne demeura un moment devant la fenêtre, en chemise, alors qu'une brassée de souvenirs de sa mère remontait de sa mémoire. Elle avait souhaité l'emmener à travers l'empire des Romanov pour découvrir Saint-Pétersbourg, Vladivostok, les bouleaux rabougris, les immenses steppes enneigées avant qu'elles se transforment en bouillasse au moment de la raspoutitsa.

Les deux fillettes étaient dépitées. Ce dimanche, il n'y aurait pas de bonhomme de neige ni de promenade avec leurs parents. Elles occupèrent leur journée à des lectures et à des exercices scolaires puis à des jeux de société avec leur mère. Avant que la nuit tombe, les averses s'étaient espacées. Marianne retourna alors au

Biney à leur grande déception. Elles en pleurèrent... Le lendemain, après le déjeuner, Béatrice l'attendait à la réception comme souvent le lundi et elles rejoignirent ensemble l'hôpital.

– Connaîtrais-tu Justine Bastille ? demanda-t-elle.

Marianne s'ingénia à dissimuler son embarras.

– Pourquoi donc ?

– Entre journalistes, vous vous connaissez tous ou presque. Les femmes sont si peu nombreuses dans votre profession...

Comme elle ne répondait pas, Béatrice enchaîna :

– Elle a du courage d'aborder la situation des paysannes et des journalières de la campagne mais Onésime...

– Il s'imagine peut-être qu'elle exagère ! l'interrompit Marianne.

– Oui.

– Onésime se trompe ! Nous en connaissons, avec Maxime, qui travaillent au domaine et dont les époux se battent depuis le début de la guerre. Elles besognent comme des forcenées à longueur de semaine pour pouvoir survivre.

Les réactions d'Onésime ne l'étonnaient pas. Propriétaire d'une manufacture de draps à Rodez, il avait toujours été conservateur et le proclamait. Marianne s'était renseignée discrètement auprès des syndicats sur la manière dont il dirigeait sa fabrique et le personnel. Jusqu'à présent, personne ne s'en plaignait.

Brusquement, Béatrice l'arracha à ses réflexions.

– Cet article, tu aurais pu l'écrire ?

– Sûrement.

– C'est que nous pensons.

– C'est criant de vérité.

– Tu l'aurais proposé sous ta signature ou…

– Je n'ai jamais employé de pseudonyme : j'assume pleinement ce que j'affirme ! rétorqua-t-elle sans sourciller malgré le mensonge puis en la regardant fixement.

Pourtant, elle avait eu recours à des signatures d'emprunt quand *La Guerre Sociale* l'avait envoyée dans des congrès anarchistes en Allemagne ou aux Pays-Bas, soucieuse de brouiller les pistes avec les inspecteurs de la Sûreté en France qui épluchaient les journaux et s'appliquaient en permanence à compléter leurs renseignements ou à les réactualiser.

Comme elles arrivaient à l'hôpital, la discussion s'arrêta là. Dans l'après-midi, absorbée par les blessés et entraînée à nouveau dans les horreurs du front, Marianne n'y songea plus mais elle s'en ouvrit à son petit-cousin dès qu'elle le retrouva. Onésime avait téléphoné à Maxime pour le soumettre aux mêmes questions que Béatrice à Marianne : il s'était contenté de réponses évasives. Personne ne la démasquerait, prétendait-il. Elle ne mentionnait pas Lagarde ni les Palanges dans sa première chronique.

Elle avait demandé à Vincent Chaumes de la prévenir dès que *L'Union catholique* réagirait, elle répugnait à l'acheter. Il l'appela au Biney dans la matinée du mercredi et proposa qu'elle le rejoigne au *Républicain* après la fermeture des bureaux puis qu'ils déjeunent à l'auberge du Cheval Blanc. Anatole Vergne l'accueillit lorsqu'elle se présenta puis Vincent Chaumes accourut lorsqu'il entendit sa voix. Sur-le-champ, ils l'entraînèrent à l'imprimerie pour qu'elle découvre la dernière édition du *Républicain* avec sa deuxième chronique. Sur la longue table où s'entassaient les morasses les plus récentes, le directeur avait abandonné le dernier numéro de *L'Union catholique* qu'il avait parcouru en surveillant le tirage. Sous la plume de Louis Serin, le quotidien conservateur s'insurgeait après Justine Bastille. « Depuis quand les femmes s'expriment-elles dans les journaux et cherchent-elles à démontrer que les journalières souffrent plus que les mobilisés qui combattent les Allemands ? écrivait-il. On ne peut pas comparer le quotidien des femmes dans les campagnes même s'il est parfois difficile, nous ne le contestons pas, à tout ce que nos troufions subissent dans les tranchées. C'est de la provocation ! Ils pataugent dans la neige et la gadoue, ils souffrent du froid, ils sont assaillis par des armées de rats qui rongent les capotes alors qu'ils dorment, ils se battent à la baïonnette contre les féroces Pruskos, ils défendent la France avec courage. Il est normal que les femmes travaillent durement pour les remplacer… Qui est Justine Bastille ? Une révolutionnaire, une provocatrice ? Assurément. Essaierait-elle de rassembler les journalières sous sa bannière pour réclamer une hausse de salaire à travers la grève ? Peut-être. On se souviendra que Marianne Cancelier était parvenue au printemps 1907, avec un discours semblable, à mobiliser les cabanières de Roquefort contre les industriels fromagers et qu'ils avaient dû s'incliner devant leurs revendications... Que se passera-t-il avec Justine Bastille ? Nous l'ignorons encore mais nous redoutons déjà que l'anarchie s'installe dans nos campagnes si laborieuses et tranquilles. Qui est vraiment Justine Bastille ? On peut s'interroger avec angoisse tellement ses chroniques nous rappellent la littérature de Marianne Cancelier qui séjourne à nouveau depuis quelques semaines dans son château de Lagarde et à Rodez. Vous la croiserez peut-être à Rodez. Elle a proposé ses services comme bénévole à l'hôpital pour assister les militaires blessés lorsqu'ils écrivent à leurs familles. Pour mieux les endoctriner ? Ce n'est pas impossible ! Il est conseillé à la direction de l'hôpital de la surveiller ! À moins que... Elle est protégée par le premier magistrat de Rodez, Louis Lacombe, qui préside le conseil d'administration de l'hôpital. C'est sûrement peine perdue ! Vous la rencontrerez certainement dans Rodez en compagnie du rédacteur du *Républicain de l'Aveyron*, Vincent Chaumes... Ils sont devenus inséparables ou quasiment. Toutefois, personne ne s'en étonnera ! *Le Républicain* a toujours défendu des opinions extrémistes... »

– Il est drôlement bien informé ! s'exclama-t-elle en reposant sur la grande table la feuille catholique.

– Il a des mouchards partout ! répondit Anatole Vergne. Comme autrefois Fouchet...

– Même à l'hôpital ?

– Partout !

Ses insinuations, ses attaques amusaient Marianne plus qu'elles ne la révoltaient. Ses chroniques constituaient un excellent prétexte à polémiquer avec son concurrent.

– Et vos lecteurs ? enchaîna-t-elle. Qu'en pensent-ils ?

En dehors de Rodez, les réactions mettraient du temps avant de leur arriver. Les chutes de neige survenues samedi avaient retardé l'acheminement des journaux dans les points de vente habituels et la distribution aux abonnés. En revanche à Rodez, en ce mercredi de marché, certains lecteurs s'étaient déplacés jusqu'aux bureaux du journal après avoir effectué leurs emplettes pour discuter avec Anatole et Vincent. Pour le moment, ils n'avaient pas de critiques à formuler, satisfaits de constater que *Le Républicain* ne publiait plus uniquement des communiqués du gouvernement et de l'état-major. Le quotidien de l'arrière les intéressait autant que les batailles alors qu'une signature féminine ne les heurtait pas.

– Une femme nous parlera mieux des paysannes, des ouvrières, des gantières ou des infirmières des hôpitaux qu'un homme ! avait souligné fort justement l'un d'entre eux.

C'était le meilleur compliment.

14

Avec la permission de l'épouse du régisseur, Thérèse et Marthe se précipitèrent au château dès que le casse-croûte des employés se termina au domaine. Célestin les avait prévenues que Marianne souhaitait les rencontrer avant qu'elles repartent dans leur hameau. En ce samedi 28 novembre, elles participaient à la dernière journée du sacrifice des volailles grasses que la patronne avait programmé depuis la Toussaint. Marianne qui s'en était souvenue était certaine de les retrouver à Lagarde qu'elle était impatiente de rejoindre. La De Dion-Bouton l'y avait emmenée, pour l'heure du déjeuner, avec Maxime et Vincent Chaumes. Les deux fillettes, enrhumées, ne les avaient pas accompagnés à la grande déception d'Adeline. Maxime avait rendez-vous avec son régisseur pour la dernière sélection des animaux qu'il amènerait au marché aux bestiaux de la Saint-André qui se déroulerait le 1er décembre à Rodez. C'était l'un des quatre plus importants de l'année.

Marianne comptait remettre à Marthe et à Thérèse les exemplaires du *Républicain* où elles trouveraient ses trois premières chroniques. Quant à Vincent Chaumes, il comptait à l'occasion de ces deux journées à Lagarde continuer ses entretiens avec la maîtresse de maison.

Lorsque les deux femmes arrivèrent, Marianne, Maxime, Vincent Chaumes étaient attablés dans la cuisine avec Célestin et Adeline, dégustant un gâteau aux pommes. Les vêtements de Marthe et de Thérèse empestaient tellement la graisse chaude que Marianne en eut l'estomac soulevé. Depuis le matin, affrontant les flammes de la cheminée et baignant ou presque dans la graisse qui bouillait dans un chaudron de cuivre, elles confisaient les volailles qui avaient été sacrifiées l'avant-veille. Marianne leur proposa aussitôt de s'asseoir pour partager avec eux du gâteau et du café. L'attention les toucha. Un sourire éclaira leur visage. Avant le déjeuner, elle avait déposé sur la desserte les journaux qu'elle avait rapportés de Rodez ; elle s'empressa de les reprendre pour remettre à chacune d'elles un exemplaire des dernières éditions du *Républicain,* en soulignant que ses deux premières chroniques consacrées aux journalières et aux paysannes découlaient de leurs conversations ainsi que de ses observations pendant les vendanges à Marcillac.

– Vous jugerez !

Thérèse et Marthe regardèrent les journaux puis se regardèrent, perplexes. Ensuite, elles se tournèrent vers Marianne.

– Madame, si vous pouviez…

Marianne supposa qu'elles avaient des difficultés de lecture et peu fréquenté les salles de classe dans leur enfance comme nombre de fillettes des campagnes qui participaient aux travaux des champs à l'automne et au printemps, manquant souvent l'école. Elle chaussa ses lunettes et déclama ses chroniques comme si elle se trouvait à la tribune d'un congrès. Quelle conviction ! C'était une découverte pour Vincent Chaumes qui ne l'avait jamais entendue s'exprimer en dehors du Cercle Broussy ; il l'imaginait s'adressant à des grévistes ou à des militants, comprenant pourquoi on l'avait souvent sollicitée dans les bassins industriels à travers la France et à l'étranger.

Lorsqu'elle termina la lecture des chroniques, Thérèse et Marthe laissèrent s'écouler une poignée de secondes avant de l'applaudir. Elles exultaient, les battements de leur cœur résonnaient dans leur poitrine, des larmes mouillaient leurs joues. Elles étaient heureuses de constater que leurs difficultés étaient exposées publiquement et que c'était une femme qui les défendait.

Brusquement, Marthe se rembrunit.

– Que se passe-t-il, Marthe ? s'inquiéta aussitôt Marianne.

– Les gendarmes m'ont interrogée cette semaine.

– Les gendarmes ?

– C'est pour l'allocation que le gouvernement donne aux familles des mobilisés… Ils m'ont demandé la superficie de l'exploitation, si mes beaux-parents m'aidaient dans les champs et aux étables, si je travaillais en dehors de la ferme et combien je gagnais, combien j'avais d'enfants, combien étaient placés, quelle somme d'argent ils me ramenaient chaque année… Ils ont compté le nombre de brebis et de vaches que nous avons…

– Ils se sont également déplacés chez vous, Thérèse ?

La journalière répondit par la négative avant de préciser :

– J'ai plus de chance, madame. On m'a prévenue cette semaine que je toucherais l'allocation à la mi-décembre avec l'arriéré depuis la mobilisation…

– Pourquoi s'acharner sur vous, Marthe ? s'indigna Marianne. Je ne comprends pas. Votre époux est mobilisé, vos beaux-parents ne peuvent pas vous seconder, vous devrez prendre un journalier pour la fenaison que vous payerez et c'est logique. Vous l'avez expliqué aux gendarmes ?

– Oui, madame !

– Je ne comprends pas pourquoi il y a une enquête sur vous. On ne peut pas vous refuser ce secours. Le juge de paix avait regardé votre dossier ; il m'avait assuré que…

– Madame ! l'interrompit Marthe. J'oubliais… Les gendarmes ont également questionné le régisseur.

Se confondant en excuses auprès de Vincent qui avait l'intention de reprendre leurs entretiens après le déjeuner, Marianne rejoignit le domaine sur-le-champ, en compagnie de son petit-cousin et des journalières. Le régisseur leur confirma que les gendarmes avaient demandé le registre de compte pour calculer le montant des gages de Marthe depuis la mobilisation d'août ; ils l'avaient ensuite assailli de questions, parfois indiscrètes, sur sa situation familiale et même personnelle. L'une d'elles l'avait heurté. Connaissait-il à Marthe un godelureau qui l'entretiendrait en l'absence de son époux ? Marthe, infidèle ? Haussant les épaules devant la stupidité de leur question, il leur avait répondu que c'était l'honnêteté et la droiture incarnées. Cette enquête intriguait de plus en plus Marianne. La commission douterait-elle de l'intégrité de Marthe dont le premier magistrat de la commune avait contresigné la déclaration avant de l'envoyer au président ? Ou quelqu'un cherchait-il à l'empêcher de bénéficier de cette allocation alors qu'elle ne pourrait pas « boucler » son année si elle ne la percevait pas ? Avant de s'adresser au juge de paix qui pourrait certainement répondre à ses questions, s'il y était autorisé, Marianne préférait solliciter le premier magistrat de la commune de Montrozier où habitait Marthe.

Un instant plus tard, elle s'habillait chaudement et empruntait la De Dion de Maxime pour s'engager dans la direction de Montrozier. Propriétaire d'une belle exploitation et d'une montagne sur l'Aubrac où transhumait son troupeau, Baptistin Bousquet était un notable. Il appartenait à la catégorie des messieurs au chapeau rond dont elle n'appréciait pas la prétention. À la différence d'Augustin Carrière et même s'il ne partageait pas ses opinions, il ne l'avait pas brocardée au moment de la déconfiture du domaine. Il avait toujours entretenu d'excellentes relations avec Jean-Jacques Cancelier, son père. Les deux hommes se passionnaient pour l'agriculture, l'élevage. Il avait souvent déjeuné au château où elle l'avait rencontré dès l'enfance. Ce septuagénaire aux cheveux très épais et blancs, élégant avec sa chemise blanche, sa lavallière et son gilet aux coutures tendues à craquer par la bedaine, l'accueillit chaleureusement. Il la conduisit jusqu'à son bureau où ronronnait un poêle. Ils évoquèrent quelques souvenirs des Cancelier puis il la regarda fixement et gravement.

– Que se passe-t-il, ma chère ? Des ennuis ?

Marianne expliqua pourquoi elle s'était permis de le déranger un samedi après-midi à son domicile.

Enfoncé dans son fauteuil, les mains agrippées aux accoudoirs, Baptistin Bousquet s'accorda quelques secondes de réflexion avant de répondre doucement comme si on les écoutait derrière la porte :

– Je ne devrais pas mais…

Il soupira longuement avant de raconter, toujours à voix basse, comment la rapacité avait encouragé Augustin Carrière à détourner à son bénéfice les dispositions de la loi d'août 1914 accordant des allocations aux familles nécessiteuses. Il avait convaincu ses deux belles-filles qui habitaient dans son « château » des Agassous avec leurs enfants respectifs de les demander pour leur ménage puisque leurs époux étaient mobilisés. Supposant – « Fort justement ! » ne manqua pas de souligner Baptistin avec un sourire timide – que le premier magistrat les transmettrait avec une opinion défavorable, il s'était adressé directement au président de la commission. Le juge de paix de Laissac, instruisant leurs dossiers, s'était étonné que les belles-filles d'Augustin Carrière sollicitent des secours : leur famille n'était pas nécessiteuse. Il en avait informé le secrétaire général de la préfecture qui avait diligenté une enquête sur ces deux femmes. Le brigadier et un gendarme s'étaient déplacés aux Agassous pour constater leur situation ; ils avaient également consulté les registres cadastraux au secrétariat de la mairie, les documents d'imposition chez le percepteur. Puis ils avaient envoyé un rapport au secrétaire général de la préfecture qui avait répondu aux deux belles-filles de Carrière que l'État ne pouvait attribuer d'allocation aux épouses de mobilisés recueillies par leurs beaux-parents ou leurs parents dont les ressources étaient suffisantes pour leur permettre de traverser la période de la guerre sans difficulté matérielle. Baptistin Bousquet avait été destinataire de ce courrier et s'était félicité de ne pas avoir cautionné une manœuvre aussi honteuse d'Augustin Carrière. Mais le fesse-mathieu, qui n'acceptait pas la décision et ne capitulait pas, s'était acharné après Marthe qu'il avait dénoncée à la préfecture. Il considérait qu'elle se trouvait dans la même situation que ses deux belles-filles puisqu'elle habitait chez ses beaux-parents et disposait de revenus complémentaires, deux de ses enfants travaillant déjà et ramenant un salaire.

– Scandaleux ! s'exclama Marianne.

Comme ses menaces l'avaient dissuadé de réclamer davantage pour les échéances de Marthe, il essayait d'aggraver ses difficultés pour prendre sa revanche.

– Carrière est vraiment une ordure ! ajouta-t-elle.

Ne s'emballant pas facilement, Baptistin se contenta de sourire.

– Vous comprenez maintenant pourquoi il y a enquête. C'est la procédure.

Puis il s'empressa de souligner :

– Ne vous inquiétez pas, ma chère ! Tout rentrera dans l'ordre… C'est le plus important. Marthe touchera bien cette allocation, elle y a droit et elle la mérite, mais sûrement pas avant la Noël. Peut-être seulement dans le courant janvier ! Il y a toujours des lenteurs dans l'administration et l'État n'est jamais pressé de payer…

Il s'engagea à l'informer de la décision de la commission lorsqu'il la connaîtrait. Elle le remercia.

Lorsqu'elle retourna à Lagarde, l'après-midi était bien avancé et la lumière déjà blafarde de novembre déclinait. Tout en conduisant, Marianne ne décolérait pas après Augustin Carrière. Sa cupidité et ses agissements étaient honteux. Comment pouvait-il se comporter d'une manière abjecte et assister à la grand-messe le dimanche en se proclamant le meilleur des chrétiens ? Quelle hypocrisie ! Quelle ignominie ! Elle ne supportait pas que des individus de son espèce cherchent à profiter de la guerre. Ils méritaient l'opprobre.

Retranché dans la cuisine, près du fourneau, Vincent Chaumes l'attendait. En son absence, il avait accablé de questions les deux employés sur l'enfance de Marianne, le quotidien à Lagarde quand ils avaient été embauchés, les réceptions, les relations de la famille

Cancelier, le domaine à l'époque de ses parents. Le rejoignant, elle se débarrassa de son manteau, de son feutre et de ses gants avant de claironner :

– Carrière est vraiment une ordure !

Son indignation n'était pas retombée. Toujours aussi emportée, elle leur rapporta sa conversation avec Baptistin Bousquet. Vincent Chaumes découvrit, à cette occasion, une facette encore différente de Marianne : détestant l'injustice, agressive, accusatrice, inflexible sur l'intégrité, l'égalité et la fraternité. Maxime les retrouva alors qu'Adeline préparait une infusion de menthe sauvage, et ne manifesta aucun étonnement devant le comportement d'Augustin Carrière. Ils parlèrent des profiteurs. Cette semaine, dans *Le Républicain*, Louis Lacombe avait dénoncé les manœuvres malhonnêtes de quelques possesseurs de grosses et de moyennes propriétés qui spéculaient sur les céréales. Détenteurs de bonnes réserves accumulées grâce aux deux ou trois dernières récoltes, ils n'avaient rétrocédé que des quantités modestes à la commission de ravitaillement cet automne, persuadés que les cours allaient flamber et qu'il était préférable de patienter. Comme les grands producteurs de céréales en France se retrouvaient dans les territoires où se déroulaient les combats ou à proximité, le gouvernement avait été dans l'obligation d'en importer pour que les hommes mobilisés et les Français, surtout les citadins, puissent manger du pain. C'était scandaleux ! Il y avait déjà eu une hausse de 15 % depuis septembre qui se répercutait sur les prix de la farine et du pain.

D'autres suivraient certainement avant Noël et dans le courant de l'hiver. Louis Lacombe s'en préoccupait pour les Ruthénois, demandait au gouvernement des mesures coercitives à l'encontre des propriétaires qui préféraient revendre des céréales à des négociants à de meilleures conditions. Carrière appartenait-il à cette catégorie ? Marianne le supposait.

– S'il a des stocks, il ne se gênera pas !

Leur discussion ne s'éternisa pas. Vincent Chaumes la détourna habilement pour demander, à la cantonade, si la bourgade de Pont-de-Salars était éloignée de Lagarde. Une vingtaine de kilomètres ! répondit Maxime, en précisant qu'il était nécessaire d'emprunter de mauvais chemins.

– Pourquoi Pont-de-Salars ? rétorqua Marianne.

– C'est la commune de naissance d'Émile Pouget ! expliqua le journaliste du *Républicain*.

Elle se détendit puis esquissa un sourire. Qui ne connaissait pas Émile Pouget, rédacteur du sulfureux *Peine Peinard*, camarade de Louise Michel, cofondateur de la CGT et corédacteur de la charte d'Amiens, anarchiste, antimilitariste, incarcéré à maintes reprises, toujours surveillé par la police ? Avec son physique à la d'Artagnan, on le remarquait facilement ! Ils s'étaient rencontrés au tournant du XXe siècle dans des congrès socialistes lorsqu'elle était journaliste à *La Petite République* puis dans des rassemblements anarchistes à Amsterdam, à Bruxelles et à Berlin alors qu'elle travaillait pour *La Guerre sociale, Le Journal du Peuple* ou *La Voix du Peuple* – des journaux d'extrême gauche – auxquels Émile Pouget collaborait ou dans lesquels il occupait des fonctions à la rédaction en chef.

– Quelle curieuse destinée ! souligna Vincent Chaumes.

Il avait grandi dans une famille bourgeoise, comme elle, puisque Jean-Joseph Pouget, son père, était notaire à Pont-de-Salars, bien modeste bourgade du Lévézou. Le jeune Émile n'avait que six ans quand il était décédé, et le remariage de sa mère avait bouleversé son existence. Elle avait épousé en secondes noces un conducteur des Ponts-et-Chaussées qui était un républicain convaincu, comme Jean-Jacques Cancelier. Cet homme n'avait pas été étranger à sa formation politique ; il l'avait emmené en 1871 au tribunal de Rodez pour assister au procès en appel des communards de Narbonne et le jeune Émile, âgé de onze ans, en avait été à jamais marqué. Son beau-père décédé, sa famille s'était retrouvée sans ressources et il s'était expatrié à Paris pour y gagner sa vie, à l'âge de quinze ans. Le témoignage de Marianne intéressait le rédacteur du *Républicain de l'Aveyron* qui avait l'intention, la guerre terminée, de consacrer un portrait à Émile Pouget dans son journal même s'il ne comptait guère de soutiens en Aveyron.

Brusquement, Vincent Chaumes demanda à Marianne :

– Vous le connaissiez avant de rencontrer Clément Broussoux ?

– Seulement de réputation.

Les questions suivantes ne concernèrent que Clément et elle ne les esquiva pas. Elle s'exprima même avec émotion, heureuse d'évoquer sa mémoire.

– Votre meilleur souvenir de combat commun ?

– Mon meilleur ? Non ! Le plus marquant.

– Comme vous voudrez...

– Les grèves de 1906 dans le Pas-de-Calais et le Nord...

– Au lendemain de la catastrophe de Courrières ?

– Exactement.

Tous se rappelaient la tragédie. Aux houillères de Courrières, une explosion avait enseveli mille deux cents mineurs en détruisant une centaine de kilomètres de galeries le matin du 10 mars 1906. Il y avait eu également plusieurs dizaines de blessés, arrachés à la fournaise de l'incendie par des centaines de sauveteurs qui avaient poursuivi les recherches sans discontinuer pendant deux semaines avant de les abandonner à la demande de la direction. Dès que les journaux avaient répandu, à travers la France, l'effroyable nouvelle, une immense émotion s'était emparée des familles aussi bien dans les centres industriels que dans les villages, chez les ouvriers et les paysans que chez les notables. Elle avait persisté. À ce moment-là, Marianne séjournait en Aveyron après un déplacement de plusieurs semaines en Angleterre et elle découvrait la déconfiture qui frappait le domaine. Ses confrères de *La Guerre Sociale* l'avaient informée par télégramme dans l'après-midi même. Elle examinait alors avec Maxime les possibilités de soustraire l'exploitation à la convoitise et même à la rapacité de quelques messieurs au chapeau rond qui se proposaient de la racheter. Il insistait beaucoup pour la reprendre à son compte, en rétablissant la hiérarchie et l'autorité, en engageant un régisseur compétent et dynamique, en s'ingéniant à restaurer la réputation de Lagarde. Ce programme ne pouvait que la satisfaire. Il n'éclipsait pas ses errements qu'elle admettait en toute franchise, mais il la soulageait. Débarrassée de ces contingences matérielles qu'elle avait toujours exécrées, Marianne s'était intéressée dès lors à la situation des mineurs du Pas-de-Calais et du Nord à travers ce qu'elle pouvait recueillir dans les journaux nationaux dont elle avait toujours regretté qu'ils parviennent avec autant de retard à Rodez. *L'Humanité, La Guerre sociale* et *La Voix du Peuple* mettaient en lumière leur indignation. Les gueules noires accusaient la direction d'avoir privilégié les rendements, la rentabilité et les bénéfices des actionnaires au détriment de la sécurité, critiquant l'insuffisance des systèmes d'aération pour se prémunir du gaz d'éclairage, du grisou et de la combustion des poussières. Le changement en urgence de ces équipements, qui était intervenu une semaine après l'accident, ne les avait pas apaisés. La colère grondait dans les corons et les fosses des autres puits. Marianne était convaincue qu'elle éclaterait bientôt dans un mouvement spontané, que les mineurs refuseraient de descendre puis exigeraient des comptes aux ingénieurs et aux directeurs.

– C'était inévitable ! expliqua-t-elle à Vincent Chaumes alors que Maxime, Célestin, Adeline l'écoutaient avec attention. Personne ne les arrêterait tellement ils étaient déchaînés. Je les comprenais. Le monde de la mine avait rarement affronté pareille tragédie.

Ce mouvement s'était déclenché dans le bassin de Lens dès le lendemain des funérailles des victimes qui s'étaient déroulées dans une dizaine de localités proches de Courrières. Clément s'y trouvait alors depuis une semaine. Il avait emprunté un express pour Lens, après l'annonce de la catastrophe, pour rencontrer les mineurs et connaître avec exactitude leurs conditions de travail. Il prévoyait de constituer un syndicat d'extrême gauche et de contester la position dominante du Syndicat des mineurs du Pas-de-Calais que présidait le député-maire socialiste de Lens, Émile Basly, qu'il accusait déjà de ne pas avoir suffisamment défendu les gueules noires contre les houillères. Deux jours après son arrivée à Lens, il avait expliqué à Marianne ses intentions dans un courrier.

– Dans un courrier ? C'était insensé ! l'interrompit le journaliste. Il était sûrement surveillé… La Sûreté était peut-être au courant de son voyage à Lens…

– Il était surveillé depuis des années, je l'étais également. Ce qui ne nous empêchait pas de correspondre, même si j'étais à Londres ou à Bruxelles. On utilisait un codage que personne n'était capable de déchiffrer et que personne n'a jamais découvert ! Nous n'avons jamais été inquiétés…

Ses lèvres s'ourlèrent alors d'un sourire malicieux. À cet instant, elle souleva l'admiration de Célestin et d'Adeline : ils en conclurent qu'elle était bien plus roublarde qu'ils ne le pensaient.

Le matin où les mineurs ne s'étaient pas présentés pour prendre le premier poste de la journée et s'étaient rassemblés devant les bâtiments, Clément avait demandé à Marianne de le rejoindre. Son télégramme était laconique mais elle avait compris qu'il cherchait à retourner la situation au bénéfice de son syndicat en canalisant les revendications et le mécontentement puis en provoquant une grève générale dans les houillères et les hauts-fourneaux. Cette stratégie, Marianne la connaissait bien ; ils en avaient souvent débattu. Elle avait aussitôt imaginé ce qu'il attendait d'elle : qu'elle s'adresse aux mineurs et les persuade qu'ils n'obtiendraient satisfaction qu'avec la grève générale. Dès le surlendemain, elle l'avait retrouvé à Lens. Elle l'avait accompagné sur les piquets de grève. L'hiver s'achevait avec ses cortèges de brume, de pluie, de grésil, de froid et de vent. Elle avait pataugé des heures à l'entrée des puits dans une gadoue noirâtre pour expliquer aux mineurs pourquoi ils avaient intérêt à ce que le mouvement s'étende pour instaurer un rapport de force avec les directions et négocier plus facilement mais il était indispensable qu'ils attendent le moment opportun pour leur arracher davantage : les compagnies céderaient lorsque le charbon ne remonterait plus. Le temps jouait pour eux ! avait-elle affirmé. Leurs revendications ? Les salaires, les caisses de secours et de retraite, les pouvoirs des délégués ouvriers. Clément et sa fédération syndicale des mineurs les soutenaient activement, demandant huit francs pour huit heures de travail alors que la journée était toujours de dix heures pour un salaire dérisoire de six francs. Marianne ne s'était pas contentée de débattre avec les mineurs et de participer à leurs défilés. Elle s'était déplacée dans les quartiers où habitaient les grévistes et elle s'était présentée dans les logements pour discuter avec les femmes.

– Certaines d'entre elles étaient déchaînées, raconta-t-elle. Elles m'accusaient de tournebouler leurs hommes, de les débaucher, de les empêcher de travailler. Ils ne causaient plus dans leurs familles que de la femme au chapeau rouge. Elles leur reprochaient depuis toujours de dépenser bêtement en chopines dans les estaminets, à longueur de semaine. Maintenant qu'ils chômaient, elles n'avaient plus d'argent pour les enfants qui ne mangeaient plus à leur faim… L'épouse d'un camarade de Clément m'avait accompagnée. Si elle n'avait pas été présente, les plus acharnées m'auraient arraché les cheveux… Et peut-être même plus… Il y avait dans leurs regards de l'exaspération, de l'hostilité, même de la violence. C'était effrayant ! Il y avait eu la catastrophe de Courrières qui les avait endeuillées. Il y avait l'exploitation permanente des hommes par les compagnies. Il y avait désormais la grève générale, la bagarre impitoyable entre les syndiqués et les jaunes qui cherchaient à casser la grève, les compagnies de dragons qui patrouillaient dans les rues, la menace que leurs époux perdent leur logement et leur emploi si la direction décidait de les licencier avec les meneurs, le boulanger, l'épicier et le boucher qui rechignaient à leur accorder une ardoise parce qu'ils redoutaient que leur histoire tourne au vinaigre et qu'ils perdent leur argent… L'avenir était de plus en plus sombre et ces femmes n'en pouvaient plus. Leurs yeux étaient rouges et secs, tellement elles avaient pleuré, mais brillants de colère… Je les comprenais mais il était important qu'elles admettent que la grève générale permettrait d'obtenir des résultats…

Comme chez les dockers britanniques, les paysans italiens, les gueules noires de Decazeville, elle avait allégé son porte-monnaie de quelques pièces qu'elle avait déposées discrètement sur la table de la cuisine même si elle avait été mal accueillie et avait cristallisé l'amertume de la maîtresse de maison.

Ses propos la marquèrent tellement qu'Adeline s'enhardit à intervenir. C'était inhabituel.

– Ces femmes sont si terribles ? s'inquiéta-t-elle.

– Elles peuvent l'être dès qu'elles estiment qu'elles ont raison et elles attaquent ! répondit Marianne. À Decazeville, Cransac, Aubin, les femmes des mineurs ne sont pas si différentes. Souvenez-vous de l'assassinat de l'ingénieur Watrin en 1886. La France entière en avait frissonné et s'était même indignée… Les femmes avaient été les plus furieuses ; elles avaient arraché les vêtements de Watrin, l'avaient frappé et piétiné. Elles s'étaient accroupies sur l'ingénieur pour le souiller. L'une d'entre elles voulait le mutiler pour venger les jeunes femmes et les adolescentes qu'il était habitué à culbuter. On l'en avait empêchée…

– Ces femmes du Pas-de-Calais vous ont finalement attaquée ? demanda la cuisinière.

– Non ! la rassura-t-elle. Beaucoup me détestaient mais elles ne m'ont pas touchée. Elles n'étaient pas aussi mauvaises que ce que l'on pouvait affirmer. L'une d'entre elles m'a enlevée des griffes des partisans de Basly qui voulaient me renvoyer à Paris par le premier express et qui m'auraient peut-être écharpée… Ce mouvement leur échappait ; ils ne le contrôlaient pas et ils ne le supportaient pas… Sans Margot…

Elle n'oublierait jamais le courage de Margot, sa générosité et sa gentillesse. Cette femme avait été sa bonne étoile.

15

Pour toujours, cette journée fraîche, humide, lugubre du 23 mars 1906 resterait gravée dans sa mémoire. Désormais, on dénombrait dans le bassin de Lens cinquante mille grévistes qui manifestaient en brandissant des drapeaux rouges et en actionnant des clairons, en entonnant *L'Internationale*. Les tensions montaient. Les dragons étaient présents partout, redoutant que des émeutes éclatent, et de nouvelles compagnies arrivaient. Des maisons de maîtres-mineurs étaient caillassées et des vitrages détruits. De la dynamite avait été déposée devant la porte d'entrée de l'une d'entre elles qui avait été gravement endommagée par l'explosion en provoquant une grande émotion dans le quartier. Des grévistes organisaient des barrages et des patrouilles nocturnes, dissuadaient les hommes de retourner dans les galeries, leur imposaient de ne plus travailler. L'ambiance devenait de plus en plus angoissante, alarmante. Des incidents se multipliaient avec les dragons que des irresponsables provoquaient en brandissant des pistolets, en agressant leurs chevaux avec des coutelas et des pointes acérées, en construisant des barricades en travers des chaussées, en fermant les chemins avec des fils de fer pour les empêcher de les poursuivre. Ce matin-là, tout en brossant ses cheveux, Marianne s'en était inquiétée auprès de Clément. Elle craignait que la grève s'achève sans résultats avec des morts, des blessés, du sang, des larmes, de la colère, des rancœurs. Certes il ne contestait pas l'escalade de la violence. Mais il avait confiance : les compagnies étaient dans l'obligation de négocier. Le ministère ne pouvait que les y encourager s'il ne souhaitait pas que la France manque de charbon et il s'en mêlerait. Après le petit déjeuner et la lecture des journaux, tous deux avaient retrouvé leurs camarades pour une nouvelle manifestation avec drapeaux rouges et clairons, banderoles assassines sur le capitalisme, les compagnies et leurs actionnaires. Comme toujours, Marianne et Clément marchaient les premiers, constituant une chaîne avec une quinzaine de femmes et d'hommes alors que des milliers de grévistes se massaient derrière dans un brouhaha indescriptible mais d'une manière compacte. Les dragons étaient présents mais personne ne s'amusa, ce matin-là, à les harceler. Il crachinait et l'humidité pénétrait les vêtements. Ils progressaient calmement lorsque des gendarmes avaient débarqué, emmenant Clément et deux de ses camarades pour un interrogatoire. Après la manifestation qui s'était terminée sans incidents, Marianne avait regagné leur hôtel puis une longue attente avait commencé. Il n'était pas encore revenu à dix-huit heures lorsqu'elle avait retrouvé des camarades de la CGT, près de la Bourse du travail, pour rejoindre une localité des environs où ils étaient chargés d'animer, en soirée, une réunion de soutien aux grévistes. Un journaliste de *La Voix du Peuple*, journal de la CGT, accompagnait les trois militants. Il l'avait informée alors que Clément et ses deux compagnons avaient été incarcérés à Béthune, à une vingtaine de kilomètres. La nouvelle avait assommé Marianne alors que des questions l'avaient aussitôt assaillie. Pourquoi avait-on arrêté Clément ? Il n'avait pas commis d'infraction ; il n'avait pas agressé de gendarmes ni de militaires ; il n'avait pas participé aux barrages et aux patrouilles nocturnes. Elle s'était demandé si le président du syndicat des mineurs, le député et maire socialiste Émile Basly, n'avait pas cherché à le neutraliser avec deux des dirigeants de sa fédération pour que ce mouvement et l'agitation s'achèvent rapidement.

– J'en suis toujours convaincue même s'il m'est impossible de le démontrer ! soupira-t-elle.

Une nouvelle surprise l'attendait avec ses camarades de la CGT lorsqu'ils s'étaient présentés à Méricourt pour le meeting. Plusieurs dizaines de militants du syndicat de Basly les avaient empêchés de pénétrer dans la salle. Marianne avait essayé de parlementer mais vainement. Des hommes de Clément s'étaient également déplacés, déterminés à les repousser. Une bagarre avait éclaté. Certains partisans de Basly étaient équipés de gourdins ; ils avaient frappé. Il y avait eu des plaintes, des cris de douleur, des blessés. Dans la lumière faiblarde des lampes publiques, profitant de la confusion, une femme avait arraché Marianne à ce grabuge et l'avait conduite jusqu'à sa maisonnette, à quelques centaines de mètres de là, pour qu'elle échappe à la bastonnade. Elle se prénommait Margot.

– Elle avait compris que j'étais en danger, expliqua Marianne. Je ne la remercierai jamais assez. Quelle mauvaise journée ! Clément était en cellule, je ne pouvais pas obtenir de ses nouvelles et j'étais recherchée par les partisans de Basly... Et peut-être par la police...

– Et vous êtes ensuite repartie, au petit matin, à Lens ! enchaîna Vincent Chaumes.

– Oh ! non ! Margot m'a cachée deux jours.

Elle avait partagé le quotidien de cette femme, de ses enfants et de son époux, piqueur, qui pleurait des camarades ensevelis dans la catastrophe et qui ne descendait plus dans les galeries depuis le premier jour de la grève.

– Il était des nôtres, souligna-t-elle.

Elle avait partagé l'exiguïté de leur maison, leur ordinaire et leur infortune. Elle avait découvert le pain bis, fabriqué avec de la farine d'une couleur brune parce que riche en son, que Margot appelait le pain *blazé* mais encore la *panade*, une soupe de légumes épaisse et enrichie de tranches de pain bouilli, dépourvue de viande mais très roborative. C'était le plat unique.

Soudain, l'évocation de la cuisine des corons rappela les réalités à Adeline. Depuis une bonne dizaine de minutes, déjà, la pendule avait sonné vingt coups.

Il était temps de dresser le couvert. Tandis que Célestin exhumait de la vaisselle du buffet, la conversation se poursuivit. Marianne avait pu regagner Lens grâce à un voiturier qui avait l'habitude de circuler après le coucher du soleil ; ils y étaient parvenus sans être contrôlés. Elle s'était demandé quelle décision prendre. Demeurer à Lens en attendant la libération de Clément ou retourner dans la capitale puisqu'elle ignorait combien de journées ou peut-être de semaines il croupirait en cellule ? Elle ne supportait plus la violence qui s'accentuait, se manifestait même contre elle et ne correspondait pas à ses principes. Elle était sûrement surveillée par la Sûreté et traquée par les partisans de Basly. Elle n'était plus en sécurité dans le Pas-de-Calais. Elle avait demandé à quelques camarades de la fédération syndicale des mineurs de s'occuper de Clément, de transmettre de ses nouvelles à son adresse parisienne et de la solliciter sans hésitation s'il avait besoin d'un avocat pour le défendre. Elle paierait ce qu'il faudrait… Dans l'express qui l'avait ramenée dans la capitale, elle avait mesuré alors combien Clément comptait pour elle.

Par ses confrères de *La Voix du Peuple* et de *La Guerre Sociale* qu'elle retrouvait dans leurs bureaux chaque après-midi, elle s'était informée au quotidien de l'évolution du mouvement. Manifestations, négociations, affrontements entre rouges et jaunes, entre grévistes et dragons s'étaient poursuivis, s'éternisant pendant des semaines. L'annonce des premières victimes, de l'augmentation régulière des arrestations et du nombre des blessés ne l'avait pas rassurée ; elle ne pouvait qu'aggraver la situation de Clément. Comme elle n'avait pas obtenu d'autorisation de visite malgré ses demandes réitérées, elle avait mandaté un avocat parisien qui s'était déplacé à Béthune à plusieurs reprises. Il avait débarrassé Marianne de ses angoisses en rapportant des messages réconfortants. Poursuivi pour agitation syndicale et propagande révolutionnaire, Clément avait comparu au lendemain des cortèges du 1er mai – un symbole pour son avocat – devant le tribunal qui l'avait condamné à deux mois de prison. Sa libération était intervenue alors que le mouvement se terminait.

Si elle avait rapporté d'une manière détaillée cet épisode devant Maxime, Vincent, Célestin et Adeline, Marianne ne mentionna pas ses retrouvailles avec Clément. Dès son arrivée à la gare du Nord, elle l'avait entraîné dans une voiture en direction du boulevard de Strasbourg où elle était descendue, comme toujours, à l'hôtel de Sébastopol. Ils s'étaient aussitôt enfermés dans sa chambre et n'en étaient ressortis qu'après trois journées où ils s'étaient aimés avec passion. Elle avait eu l'impression qu'ils se découvraient comme en cette chaude soirée de juillet 1895 où ils étaient devenus amants… Elle ne cessa d'y songer au cours du dîner, ne s'associant pas aux conversations comme si elle s'était absentée de Lagarde. Pourtant, la cuisinière avait préparé un bouillon avec les légumes du jardin et les carcasses de canard que l'épouse du régisseur avait apportées après le sacrifice puis le dépeçage des volailles. Dans son enfance, Marianne s'en délectait et dépiautait les « demoiselles » avec une grande minutie pour grappiller le moindre morceau de viande sur les os et l'échine. Puis Adeline leur avait proposé des fritons de canard mitonnés au domaine. Elle les avait complétés par une fricassée de pommes de terre aux champignons que Célestin avait ramassés à l'automne puis conservés dans des bocaux après leur séchage sur des claies. Ce souper était un festin ! Marianne l'apprécia, remercia Adeline pour ses attentions mais son évocation des grèves de 1906 avait réveillé des brassées de souvenirs de Clément qui accaparait totalement ses réflexions et ses pensées. Après le gâteau aux noix et l'inévitable infusion de menthe sauvage, elle accepta de prendre une vieille eau-de-vie de prune comme les hommes – la même qui avait enchanté Clément à l'occasion de son passage à Lagarde au printemps dernier. Puis elle regagna sa chambre alors que Vincent Chaumes interrogeait Maxime sur son exploitation, son élevage de vaches d'Aubrac et de brebis de Lacaune, les cultures pratiquées à Lagarde et leurs rendements, l'importance du marché aux bestiaux que Rodez accueillerait le 1er décembre. Elle essaya de se plonger dans la lecture d'un nouveau roman mais sans y parvenir. Clément revenait sans cesse devant ses yeux embués avec son sourire, son regard si doux, sa passion.

Le lendemain, elle ne s'attarda pas dans sa chambre même si le sommeil avait été chaotique et descendit de bonne heure dans ses vêtements de cavalière. Adeline et Célestin étaient déjà debout. Ils s'étaient attablés.

La cuisinière ronronnait. Une odeur de café et de pain grillé au four flottait dans la pièce. Marianne partagea leur petit déjeuner, toujours aussi silencieuse, puis disparut dans la direction du domaine. L'instant suivant, à l'écurie, elle préparait Ivanhoé et s'éloignait sur les chemins. Il ne pleuvait pas, le ciel était bas et gris mais l'autan soufflait encore en rafales. Dans les sous-bois, parmi les odeurs de fougères, de feuilles mortes et d'humus, elle retrouva peu à peu sa sérénité. Pendant la matinée, elle rencontra quelques lièvres qui sautillaient sur les sentiers et s'enfuirent dans les fourrés à son approche, des sangliers, un renard, des chasseurs. Elle était toujours heureuse de pouvoir parcourir son « royaume » même s'il appartenait dorénavant à Maxime. Lorsqu'elle rejoignit le château, après avoir bien bouchonné Ivanhoé, l'avoir récompensé avec des carottes fourragères et quelques poignées d'avoine, elle était plus détendue et même souriante. Elle apporta dans la cuisine de fortes odeurs d'écurie et de sous-bois mais ce n'était pas pour déplaire à Vincent Chaumes qui l'enviait. Claudiquant, il avait toujours regretté de ne pouvoir marcher sur les sentiers et monter à cheval. Ni avant ni pendant le déjeuner, ils ne reparlèrent de Clément et de combats syndicaux. Ils laissèrent Marianne raconter sa matinée.

Ils rentrèrent à Rodez, dans le courant de l'après-midi, avec des victuailles du domaine pour Madeleine. Aussitôt, Marianne retrouva son deux-pièces à l'hôtel Biney où l'attendait un message de Louis Lacombe qui contribua à l'arracher à ses souvenirs de Clément et de ces moments de bonheur qu'ils avaient partagés. Il souhaitait la rencontrer rapidement pour « des problèmes délicats mais épineux à résoudre », mentionnait-il d'une manière laconique. Ses bagages, son manteau et son chapeau déposés, elle retourna à la réception et téléphona à son domicile. Louis Lacombe avait été si attentionné pour Marianne dans les moments difficiles qu'elle préférait l'appeler sur-le-champ. Une heure plus tard, ils discutaient dans son bureau autour d'une tasse de café. Il confessa alors que les problèmes se multipliaient depuis l'arrivée, à Rodez, de centaines de réfugiés. Il y avait eu les polémiques avec *L'Union catholique* qui avait contesté son appel à la solidarité des Ruthénois pour en accueillir dans leurs logements s'ils le pouvaient puis avait suspecté certains Allemands d'espionnage. Il y avait maintenant les protestations renouvelées et véhémentes de professionnels contre la concurrence « sauvage » qu'ils leur imposaient. Des Allemands et des Hongrois proposaient, depuis la Toussaint, leurs services de chaudronniers et d'étameurs dans les quartiers de Rodez. Des artisans s'étaient déjà manifestés auprès de la préfecture, mais vainement. Les services préfectoraux considéraient que l'acheminement des blessés dans les hôpitaux et leur rapatriement qu'ils organisaient ensuite dans leurs familles ou leurs régiments après leur guérison, le ravitaillement des habitants et des militaires étaient prioritaires. Louis Lacombe l'admettait. Les artisans avaient donc sollicité son arbitrage, soucieux de trouver un accord avec les réfugiés pour que leurs activités ne les pénalisent plus. Or les Allemands et les Hongrois ne connaissaient pas ou peu notre langue. Lorsqu'ils la pratiquaient, ils s'exprimaient de manière tellement étrange et incohérente que personne ne les comprenait. Le dialogue entre les artisans et les réfugiés était impossible sans l'intervention d'un interprète. Louis Lacombe avait assez fréquenté Marianne pour apprécier ses connaissances, sa culture, son amour des langues. Non seulement elle parlait l'anglais couramment mais elle pouvait converser en russe, grâce aux cours de sa mère, et en allemand. Il avait cherché sans succès parmi ses relations à Rodez une interprète ou un traducteur, avant d'en conclure qu'elle était la personne adéquate pour cette mission. Pouvait-elle refuser ?

Marianne proposa qu'ils rejoignent dès maintenant le séminaire Saint-Pierre où ils étaient accueillis, pour qu'elle les rencontre sans plus attendre. Elle redoutait que ces chaudronniers et ces étameurs se dispersent le lendemain pour rapporter aux habitants la vaisselle et les chaudrons, après réparation, ou prospectent leur clientèle. Le séminaire Saint-Pierre était un immense bâtiment de grès construit à l'extérieur de Rodez, dans la campagne ; il surplombait l'Aveyron, entouré de potagers, de vergers et de prairies. Avant la séparation de l'Église et de l'État, cet établissement secondaire était renommé dans l'ensemble de l'Aveyron. Ses pensionnaires, qui se comptaient chaque année par centaines, ne choisissaient pas tous la prêtrise ; ils poursuivaient parfois des études. Désaffecté depuis, il convenait à l'hébergement de réfugiés qui disposaient d'un réfectoire et d'une grande cuisine, de dortoirs et même de chambres, d'une chapelle, de remises. Privilège, il bénéficiait d'un éclairage électrique grâce à un chanoine ingénieux qui avait installé une turbine sur la rivière en 1894 pour produire de l'électricité. Que souhaiter de plus ? À leur arrivée, les femmes s'activaient autour des fourneaux en papotant et les hommes se trouvaient dans le réfectoire où des adolescentes mettaient le couvert. Attablés par groupes, ils fumaient, bavardaient, jouaient aux cartes. Il y avait là des familles du Nord et du Pas-de-Calais, d'Alsace, de Lorraine et de Belgique qui avaient cherché à échapper à l'occupation allemande ou à s'éloigner le plus possible des territoires des combats. Elles cohabitaient avec des Autrichiens et des Allemands n'acceptant pas la politique belliqueuse de leurs empereurs ainsi que des Roumains et des Hongrois. Quand Louis Lacombe et Marianne entrèrent dans le réfectoire, les discussions cessèrent, les visages se crispèrent et les regards se durcirent. Ils se présentèrent, dissipèrent aussitôt les malentendus en indiquant qu'ils n'étaient pas fonctionnaires de la préfecture et n'avaient pas l'intention de les expulser, précisèrent ensuite pourquoi ils s'étaient déplacés. Marianne traduisit alors dans trois langues, demandant à rencontrer un ou des représentants des chaudronniers et étameurs. En réponse, elle entendit : « Wolfgang ! Wolfgang ! » Un homme se détacha des groupes. La cinquantaine, bedonnant, la carrure d'un forgeron, les mains larges, rugueuses et noirâtres, il était allemand. Marianne et Wolfgang parlèrent longuement. Elle expliqua ensuite à Louis Lacombe que ces hommes ne souhaitaient pas instaurer la moindre concurrence avec leurs collègues ruthénois : ils voulaient simplement travailler pour survivre, proposant le plus souvent des réparations en échange de provisions. Ils ignoraient toujours quand ils pourraient retourner en Allemagne ou en Hongrie – peut-être au printemps – mais ils ne prévoyaient pas de s'installer à Rodez et de demander leur naturalisation. Elle avait compris qu'ils n'étaient pas les bienvenus pour certains Ruthénois, affrontant très souvent leur hostilité et leurs quolibets. Ce comportement ne la surprenait pas. La bonne société de Rodez était fermée et pincée. Subsistaient des frontières bien délimitées à l'intérieur même du département où les habitants du Bassin, républicains, qualifiés d'expéditifs et grévistes, n'étaient pas fréquentables pour nombre de familles. Elle plaignait ces hommes, ces femmes, ces enfants, ces vieillards déracinés qui avaient échoué à Rodez. Ils étaient à leur manière des victimes de la guerre, méritant qu'on les soutienne comme Eugénie et Antoine. Certes les règlements interdisaient aux réfugiés de travailler à leur compte et Marianne comprenait les artisans qui protestaient auprès de la municipalité et de la préfecture. Mais il convenait sûrement de les assouplir et d'y introduire un minimum d'humanité tout au moins tacitement. Louis Lacombe proposa d'organiser une rencontre entre leurs représentants, les chaudronniers et les étameurs ruthénois, à laquelle il demandait à Marianne de participer. Il souhaitait parvenir rapidement à un accord pour que les polémiques ne prolifèrent pas dans les journaux.

Marianne retrouva Wolfgang dans Rodez, deux jours plus tard, à l'occasion du grand marché de la Saint-André qui ne réunissait pas que des bestiaux sur l'esplanade du Foirail, sur la place de l'église du Sacré-Cœur et devant le musée des Beaux-Arts mais également des dizaines de marchands ambulants qui installaient des étalages sur les boulevards ceinturant les anciennes fortifications de la ville. Les boniments de ces camelots l'avaient toujours amusée. Malgré l'autan qui continuait à souffler en rafales, le soleil et la douceur de la température encourageaient à la flânerie. Wolfgang la reconnut à la grande plume rouge de son chapeau lorsqu'elle traversa la place de la Madeleine. Il avait accompagné l'un de ses compatriotes, des Autrichiens et des Roumains qui vendaient des panières à volailles, des paniers et des corbeilles de linge. Ils les avaient confectionnés avec les baguettes en osier qu'ils avaient coupées dans l'oseraie et des éclisses de châtaignier qu'ils s'étaient procurées dans le verger du séminaire où ils avaient ramassé depuis leur arrivée des poires, des châtaignes, des pommes. Wolfgang l'interpella à son passage : « *Fraulein ! Fraulein !* » (Mademoiselle ! Mademoiselle !) C'était si inhabituel d'entendre quelqu'un s'exprimer en allemand sur la place de la Madeleine qu'elle se retourna et le regarda. Il esquissa alors un grand sourire, souleva son chapeau de feutre et elle l'identifia à ses épaules carrées, à ses cheveux blonds et à ses yeux bleus. Ils discutèrent dans le vacarme. Wolfgang se plaignit de l'hostilité que les réfugiés d'outre-Rhin, d'Autriche, des pays de l'Est affrontaient en cette journée de marché. Ils s'étaient installés sur la place de la Madeleine pour proposer aux chalands ce qu'ils avaient fabriqué à l'automne puis rapporter de l'argent dans leurs familles. Ils avaient emporté leurs paniers et leurs corbeilles sur des charretons à bras, les avaient déballés dès sept heures. Un employé municipal leur avait demandé un droit de place dont ils s'étaient acquittés sur-le-champ. Une heure plus tard, des bûcherons des Palanges qui fournissaient des fagots de bois aux boulangers ruthénois pour chauffer les fours avaient débarqué avec leur production pour découvrir avec surprise qu'ils avaient désormais des concurrents. C'était une première. Ces gaillards n'appréciaient pas leur présence, multipliant les menaces et réclamant leur expulsion. Marianne connaissait deux d'entre eux qu'elle apercevait parfois en bordure des chemins dans les taillis et les bosquets lorsqu'elle effectuait ses promenades avec Ivanhoé et s'aventurait au-delà d'Agen-d'Aveyron. Elle parlementa longuement avec les deux hommes, leur arracha la promesse qu'ils toléreraient Wolfgang et ses compagnons pour la journée ainsi que le prochain samedi pour le marché-foire mensuel qui était très fréquenté. Mais elle déploya des trésors d'habileté et de patience.

La rencontre avec les étameurs et les chaudronniers ruthénois produisit les mêmes crispations. S'y joignirent des artisans plâtriers qui accusaient un entrepreneur ruthénois d'engager des journaliers parmi les Autrichiens séjournant à Saint-Pierre pour des travaux de plâtrerie et avaient également adressé des courriers de protestation à la préfecture ; ils étaient exaspérés. Louis Lacombe expliqua que la situation était provisoire et ces réfugiés repartiraient bientôt. Des familles regagnaient déjà le Nord, le Pas-de-Calais et la Belgique. Il était convaincu que les Hongrois, les Roumains, les Autrichiens et les Allemands les imiteraient dans quelques semaines.

– Cette situation est provisoire ! martela-t-il avec insistance.

– Provisoire ? Comme la guerre ? tempêta un chaudronnier à la moustache gauloise très épaisse. On nous avait raconté que c'était une question de deux ou trois semaines pour battre les boches. On est toujours dans le merdier. Ces étrangers qui nous empêchent de travailler s'incrusteront…

– Non, monsieur ! Ils repartiront ! rétorqua Marianne, de plus en plus hérissée par ses propos. Ils ne s'installeront pas. Ou peut-être deux ou trois familles… Seulement ! Vous pouvez bien les accepter pendant quelques semaines. Ou ils mendieront devant les églises… Ou ils voleront dans les jardins et les basses-cours…

– Ils chapardent déjà ! s'emporta-t-il.

Elle traduisit aussitôt à Wolfgang qui s'empressa de transmettre ces accusations à ses camarades. Ils protestèrent, défendirent leur honnêteté.

Le chaudronnier n'en démordit pas :

– Des volailles disparaissent dans les poulaillers de Rodez, des légumes dans les potagers en bordure de l'Aveyron.

– Vous êtes certain que les voleurs sont des réfugiés ?

Il ne répondit pas. Elle souligna alors que le tribunal condamnait chaque quinzaine des voleurs de poules à l'occasion de l'audience correctionnelle.

– Et l'amende est sévère : onze francs pour une poule alors que le journal est à cinq centimes, enchaîna-t-elle. Si vous épluchez les comptes rendus dans les journaux, vous constaterez qu'il n'y a pas d'étrangers parmi les voleurs de poules.

L'homme ne répliqua pas.

– Si les Allemands envahissaient l'Aveyron…

– Ils n'arriveront jamais chez nous ! s'exclama-t-il en ricanant.

Devant son entêtement, Marianne interrompit une discussion qui s'éternisait et Louis Lacombe s'y résigna également. Alors que l'on redécouvrait la fraternité et la solidarité en cette période de guerre, elle regrettait que les réfugiés en bénéficient peu. Avec amertume, elle constatait que les affaires, l'égoïsme et les intérêts personnels prévalaient.

16

Le dénuement et le désarroi des réfugiés la touchaient tellement que Marianne rejoignit Saint-Pierre le dimanche après-midi pour les rencontrer à nouveau et leur apporter du réconfort. La journée était ensoleillée. Elle avait déjeuné chez Maxime avant de s'engager sur les chemins conduisant jusqu'à Saint-Pierre plutôt que de prendre la De Dion, même si l'ancien séminaire était éloigné du centre-ville. Sans la présence des réfugiés, elle n'aurait jamais pénétré dans ce sanctuaire de l'enseignement catholique qui constituait avant 1905 l'honneur et même l'orgueil du diocèse. À son arrivée dans la cour, les enfants jouaient au ballon, au cerceau et à la marelle tandis que des hommes discutaient tout en roulant ou en fumant une cigarette. Aux paroles gutturales qui résonnaient entre les longues et hautes murailles du bâtiment en U, elle en déduisit qu'ils étaient Allemands ou Autrichiens. Elle ne se trompait pas. Lorsque l'un d'entre eux se retourna, elle reconnut Wolfgang qui se précipita pour l'accueillir. Il était tellement étonné mais si heureux de la retrouver qu'il la gratifia d'un *Guten Tag* (bonjour !) joyeux et amical, avant de l'embrasser comme une cousine. Puis il la présenta à ses camarades et tous la remercièrent pour son intervention auprès de leurs concurrents, les bûcherons des Palanges, à l'occasion du marché du 1er décembre. Ils étaient satisfaits de leur journée et ils avaient continué à écouler des paniers au marché-foire mensuel du samedi. Ils expliquèrent à Marianne que ces recettes étaient précieuses et leur permettraient sûrement d'améliorer l'ordinaire au moment de Noël, même s'ils ne pourraient peut-être pas acheter des cadeaux pour les enfants. Ils l'accompagnèrent ensuite au réfectoire où s'étaient regroupées des familles belges qui préparaient avec le concours de leurs voisins du Pas-de-Calais et du Nord la journée du drapeau belge organisée le dimanche 20 décembre partout en France pour collecter de l'argent au bénéfice des familles de réfugiés. Ce jour-là, devant les édifices religieux après chacune des messes, sur le boulevard circulaire et les avenues, sous le kiosque du jardin public si le temps s'y prêtait, des bénévoles proposeraient aux Ruthénois des drapeaux belges. Des hommes, des femmes et des adolescents s'affairaient pour les fabriquer. Sur une grande table, ils avaient déballé les étoffes qu'ils avaient obtenues auprès des ateliers de couture de Rodez grâce à la présidente de la Croix-Rouge. Ces chutes de tissus ou ces petits coupons qui s'entassaient dans les arrière-boutiques et qui étaient inutilisables par les ouvrières étaient de trois couleurs, noir, jaune et rouge, pour pouvoir reconstituer le pavillon du royaume avec ses trois couleurs verticales. Des petites mains mesuraient les bandes, les délimitaient à la craie puis les coupaient au ciseau. D'autres les assemblaient ensuite à l'aiguille, ne disposant pas à Saint-Pierre de machine à coudre. Enfin, les hommes fixaient les panneaux noir, jaune et rouge sur des baguettes de coudrier. Des femmes fredonnaient *La Brabançonne*, leur hymne national, pour se rappeler leur patrie et se donner du courage. Marianne ne se contenta pas de regarder et elle demanda à participer. Elle n'était pas une virtuose de l'aiguille, à l'inverse de Madeleine ou d'Adeline, mais elle se débrouillait ; elle emportait toujours, dans son sac, un nécessaire à couture avec des aiguilles, un dé à coudre, des boutons, des bobines de fil. Elle avait souvent remplacé des boutons à son manteau, à une robe, même à son corsage après une manifestation pendant laquelle elle avait cherché à se dégager de la poigne d'un gendarme ou d'un policier. Dans une atmosphère détendue malgré l'incertitude du lendemain, elle travailla pendant près de deux heures puis partagea un gâteau et une infusion avec toute l'équipe avant de reprendre le chemin du centre. Des écharpes de brume flottaient au-dessus de la rivière, la fraîcheur envahissait la vallée et le soleil avait déjà basculé derrière les collines boisées. Lorsqu'elle retrouva le Biney, elle était fatiguée mais satisfaite de son après-midi.

Dès le lendemain, elle rapporta à Vincent Chaumes et à Anatole Vergne l'initiative des Belges hébergés à Saint-Pierre de s'associer à la journée nationale du drapeau belge et d'organiser une collecte à Rodez. Ils pourraient certainement en informer leurs lecteurs tout en rappelant les moments tragiques qu'affrontait la Belgique depuis que son territoire était occupé.

– Ce qui vous changera des mercuriales, des courriers envoyés par les familles des soldats, des obsèques des militaires décédés dans les hôpitaux ruthénois, des interminables comptes rendus des séances du conseil municipal, des polémiques avec les catholiques et des audiences du tribunal ! claironna-t-elle.

– Justine Bastille pourrait peut-être y consacrer une chronique que nous publierions dès mercredi ! proposa alors le directeur avec une pointe d'humour. Si elle l'accepte…

Marianne ne répondit pas. Ils pouffèrent. Sans plus attendre, elle se débarrassa de son manteau, de son chapeau, de ses gants pour s'installer à un bureau et prendre la plume qui crissa sur le papier. Une demi-heure s'était à peine écoulée qu'elle remettait son feuillet à Anatole Vergne.

– Un premier jet, sans tache ni rature, une écriture limpide et qui a du rythme ? C'est du cousu main ! s'extasia-t-il après lecture.

Elle n'entendit même pas le compliment, impatiente de rejoindre Vincent Chaumes pour connaître les dernières informations qui leur étaient parvenues sur l'Angleterre. Elle avait toujours l'intention de retourner en Écosse pour reprendre ses conférences, au printemps ou seulement à l'automne prochain comme le suggéraient ses deux correspondants à Londres et à Glasgow. Elle s'était passionnée en novembre pour la bataille des Malouines qui s'était achevée par la victoire de la Royal Navy sur les bateaux de l'amiral von Spee. Elle avait applaudi les Britanniques lorsqu'ils avaient occupé Chypre et Bassora, affirmant à qui voulait l'admettre que la guerre ne se jouait pas uniquement en Belgique et en France. Vincent ne comprenait pas pourquoi elle s'intéressait autant à l'Angleterre.

– Que leur trouvez-vous aux Anglais ?

– Ils sont combatifs, ils ont du courage et des convictions, ils ont une politesse et un savoir-vivre…

– Un savoir-vivre, vraiment ?

– Absolument ! Je vous le démontre, Vincent ! C'était en 1911, à l'occasion de la grève des transports qui a paralysé l'Angleterre au moment du couronnement de Georges V. On m'avait demandé de convaincre les dockers de la nécessité de constituer une fédération nationale des transports qui rassemblerait l'ensemble des syndicats avec les cheminots et les chauffeurs, de décréter ensuite une grève générale. On m'a acclamée partout, à Southampton, à Liverpool, à Cardiff, à Newport, à Glasgow… La grève a été déclarée mais pas toujours suivie. Je me trouvais à Cardiff lorsqu'on m'informa qu'un bateau arrivait dans le port mais que son équipage ne semblait pas disposé à participer au mouvement ! Nous avons aussitôt regroupé près de 10 000 grévistes pour nous précipiter sur les docks. Je suis montée sur le bateau et j'ai discuté avec l'équipage qui s'est décidé finalement à se mettre en grève…

– Où est le savoir-vivre anglais dans cette grève ?

– J'y viens, j'y viens ! Il s'est manifesté dans la soirée alors que des syndicalistes et des députés travaillistes m'avaient invitée dans un restaurant… Nous dînions tranquillement quand le maître d'hôtel m'a prévenue que le commissaire central souhaitait me rencontrer. Je redoutais un interrogatoire, une arrestation ou une incarcération. D'une élégance bien peu habituelle chez les grands flics de France, il m'attendait dans un salon. Le costume impeccable, il avait enlevé son chapeau melon mais il avait conservé ses gants. Il s'est incliné respectueusement devant moi – il m'aurait presque baisé la main – puis il m'expliqua très aimablement que les docks de Cardiff étaient la propriété d'une compagnie, et qu'il était donc dans l'obligation de me signifier qu'il m'interdirait de les envahir à la prochaine occasion avec 10 000 grévistes. Puis il se confondit en excuses pour m'avoir dérangée dans un restaurant et disparut en toute discrétion… Dans les quartiers ouvriers du Nord et du Pas-de-Calais ni même à Paris, je n'ai jamais remarqué autant de galanterie dans la police…

Vincent Chaumes en convenait.

Elle s'était souvent retrouvée dans l'illégalité en Angleterre mais elle n'en avait pas souffert comme en France et en Italie. Soudain, remontèrent de sa mémoire les souvenirs de la condamnation et de l'exécution en Espagne de l'anarchiste Francisco Ferrer, en octobre 1909, qui avait suscité des protestations contre la justice espagnole et ses méthodes expéditives partout à travers le monde. Séjournant à Londres, elle avait persuadé les responsables des organisations syndicales ouvrières d'organiser un meeting à Trafalgar Square qui s'était transformé le lendemain dans les colonnes des journaux en *monstrous meeting* ou meeting monstre ! Après avoir harangué des milliers d'hommes et de femmes, souligné que cet anarchiste avait soutenu financièrement les syndicats ouvriers espagnols, dénoncé l'iniquité du gouvernement espagnol, Marianne les avait entraînés devant le bâtiment de l'ambassade d'Espagne. La police était intervenue. Il y avait eu une bagarre et des blessés mais elle persistait à prétendre que les forces de l'ordre avaient eu une attitude tout en retenue, si différente des charges de police auxquelles elle avait très souvent assisté en France et en Italie.

– Même les plus conservateurs du royaume respectent la liberté d'expression et les policiers à cheval ne se seraient pas montrés si je n'avais pas marché sur l'ambassade d'Espagne, expliqua-t-elle à Vincent Chaumes. En France, les plus conservateurs sont souvent des extrémistes…

– Et ils vous le prouvent bien à Rodez !

L'Union catholique, après la publication de chaque chronique, et *La Croix de l'Aveyron*, dans chacune de ses éditions, persistaient à se déchaîner après Justine Bastille qu'ils accusaient de dramatiser la situation des femmes confrontées à la guerre et de critiquer sans ménagement l'attitude des employeurs. Ils s'interrogeaient toujours sur son identité et instauraient de plus en plus de doutes auprès de leurs abonnés mais également auprès des lecteurs du *Républicain*. Certains d'entre eux écrivaient à Anatole Vergne et l'accablaient de questions sur cette nouvelle collaboratrice dont ils appréciaient les compétences et souhaitaient qu'elle poursuive ses chroniques. Les plus intéressés demandaient même à la rencontrer, notamment les Ruthénois. Il leur répondait qu'elle était déjà repartie à Paris.

– Puisque Justine Bastille a été envoyée en reportage à Paris, vous changerez donc ma signature et nous brouillerons les pistes ! proposa-t-elle aux deux hommes avant de reprendre son manteau, son chapeau et ses gants.

Cette situation l'amusait même si elle redoutait toujours qu'on la démasque et qu'on la dénonce dans les journaux. Jusqu'à présent, la surveillante-chef de Combarel s'était abstenue de toute réaction. Marianne supposait qu'elle ne feuilletait jamais *Le Républicain* mais elle imaginait que des bourgeoises bien intentionnées l'informaient de ce qu'elles y découvraient ainsi que dans les pages du *Courrier de l'Aveyron*. La surveillante-chef se manifesta dès le lendemain de la publication de sa dernière chronique consacrée aux infirmières et aux bénévoles des hôpitaux. Après le déjeuner, comme d'habitude, Marianne avait retrouvé Béatrice à la réception de l'hôtel Biney. Sur le chemin de Combarel, elles avaient évoqué la dernière chronique de Justine Bastille. Alors que sa famille préférait sans hésitation le quotidien conservateur de Rodez, Béatrice achetait *Le Républicain* pour ses chroniques sur les femmes qu'elle appréciait même si elle considérait que la journaliste défendait des positions contestables à l'encontre des employeurs. Sur les infirmières et les bénévoles des hôpitaux, elle n'avait aucune critique à formuler.

– Cette femme est rudement bien informée, constata-t-elle. C'est vraiment la réalité… On a l'impression qu'elle a passé deux ou trois jours dans le service.

Marianne ne répondit pas.

– Ou alors, c'est une visiteuse de malades ou de blessés qui ne s'est pas présentée comme journaliste et a bien observé comment fonctionnait l'hôpital…

Comme elle demeurait toujours silencieuse, Béatrice enchaîna :

– La surveillante-chef te posera sûrement des questions… Tu es également journaliste… Elle cherchera à…

– Que je connaisse ou que je ne connaisse pas Justine Bastille n'est pas l'essentiel ! rétorqua Marianne. Le plus important, c'est ce qu'elle affirme. Les infirmières, les bénévoles s'y retrouveront. C'est comme si c'était une reconnaissance de leurs journées auprès des blessés, de leur dévouement… Les officiels en sont si avares…

Comme l'avait imaginé Béatrice, la surveillante-chef guettait son arrivée dans les couloirs et la précéda dans son bureau. Marianne remarqua la dernière édition du *Républicain* près de son écritoire et de ses dossiers.

– Connaissez-vous Justine Bastille ? demanda-t-elle.

– Non !

– Pourtant, vous êtes journaliste.

– Occasionnelle depuis quelque temps.

– On prétend que c'est peut-être vous…

Marianne esquissa un sourire avant de répondre :

– Des racontars.

– C'est dommage que vous ne connaissiez pas Justine Bastille. Je l'aurais rencontrée pour la remercier et la féliciter. Sa chronique est pour nous la meilleure des récompenses, mieux qu'un discours de ministre ou une médaille. Tout le personnel de l'hôpital la mérite, aussi bien les femmes que les hommes… Mais peut-être davantage les femmes qui sont très délicates auprès de nos soldats blessés et presque maternelles… Ils les apprécient ! Et ils les réclament quand elles sont absentes pendant deux ou trois journées. Certes j'aurais souhaité être consultée et… Madame Bastille aurait dû solliciter un rendez-vous auprès de la direction et des médecins… Mais ne nous montrons pas difficiles : je ne m'attendais jamais à découvrir si bel hommage dans un journal républicain, anticlérical, rouge. Madame Bastille explique que l'hôpital ne pourrait pas fonctionner sans les religieuses gardes-malades… C'est l'exacte vérité ! Vous le savez… Ce n'est que justice de l'écrire. Certains « rouges » ont l'honnêteté de le reconnaître même s'ils ne fréquentent pas les églises, comme monsieur Lacombe qui nous a rappelées à l'hôpital…

Mesurant toujours ses paroles, retranchée derrière son autorité et son austérité, la surveillante-chef ne s'était jamais exprimée avec autant de franchise. C'était bien la preuve qu'elle avait été touchée. Ses commentaires, Marianne ne manquerait pas de les transmettre à Anatole Vergne qui avait tergiversé avant de l'autoriser à aborder dans sa dernière chronique la nécessaire présence des religieuses gardes-malades dans les hôpitaux et qui manifesterait sûrement son étonnement. Une ancienne religieuse félicitant *Le Républicain* ? La journaliste s'en réjouissait. La guerre changeait les esprits.

17

Marianne s'était engagée à revenir à Saint-Pierre pour participer à nouveau un après-midi ou même une journée à la fabrication des drapeaux belges. Elle ne manqua pas à sa parole. Le dimanche 13 décembre, après le petit déjeuner, elle y entraîna Eugénie, Antoine et leurs deux fillettes. Les « petites mains » étaient déjà à l'œuvre dans le réfectoire qui bourdonnait comme une ruche au printemps. Une semaine seulement les séparait de la journée du drapeau et il importait d'être en mesure de proposer aux Ruthénois des dizaines et peut-être même des centaines de pavillons de Belgique. Lorsque Marianne présenta le ménage d'Anvers et leurs deux enfants, leurs compatriotes se levèrent sur-le-champ pour les acclamer. Certains habitaient Bruxelles, Bruges, Mons, Gand ; d'autres étaient arrivés de Charleroi, Namur, Liège. Ce jour-là, il n'y avait plus de Wallons ni de Flamands. Les rivalités séculaires étaient oubliées. Il n'y avait plus que des citoyens d'un royaume occupé par les Allemands qui se demandaient comment ils pourraient retrouver l'indépendance... Quelle journée et quelle fraternité ! Les Roumains, les Hongrois, les Autrichiens et même les Allemands se joignirent aux Belges et aux Français. Les femmes s'occupèrent de l'intendance, solidairement, sans distinction de nationalités ; elles confectionnèrent le déjeuner pour l'ensemble de la communauté qui s'était constituée peu à peu, en l'espace de quelques semaines. Les hommes avaient l'habitude de braconner pour renouveler leurs provisions et dépenser le moins possible. Les gendarmes et les gardes-chasses ne l'ignoraient pas. Conscients que c'était une nécessité, ils ne cherchaient pas à les poursuivre. Le gibier était abondant et nombre de chasseurs étaient mobilisés. Les réfugiés en profitaient sans scrupule. Des soirées de traque à travers la vallée, dans les sous-bois et les taillis, ils avaient rapporté des lièvres. Les femmes les préparèrent en civet ; ils s'en délectèrent. Dans cette ambiance chaleureuse, Eugénie et Antoine confessèrent à Marianne qu'ils se sentaient désormais moins seuls. Quant à leurs fillettes, elles avaient maintenant des compagnes de jeu alors qu'elles avaient ressenti l'isolement depuis leur arrivée en Aveyron. Marianne était intervenue à deux reprises auprès de Louis Lacombe pour qu'une école primaire de Rodez puisse les accepter après les vacances de Noël. Cette semaine, il l'avait informée que les institutrices de Victor-Hugo les prendraient dans leurs classes. Certes l'établissement se trouvait avenue Tarayre, dans le quartier du

Faubourg, éloigné quelque peu de la place du Bourg, mais elles le rejoindraient après une marche d'un quart d'heure. C'était un soulagement pour leurs parents et une satisfaction pour Marianne.

Le dimanche s'écoula rapidement. Quand Maxime et la De Dion les ramenèrent au cœur de Rodez, après une journée bien remplie et des jeux au grand air, les deux fillettes s'endormirent aussitôt sur la banquette arrière, fatiguées mais si heureuses. Un sourire flottait sur leurs lèvres. Marianne les regarda, en songeant à Noël qu'elles ne passeraient pas dans leur maison à Anvers. Avec Maxime, tous deux avaient l'intention de retourner à Lagarde le prochain samedi. Si le beau temps persistait, Marianne sellerait Ivanhoé et s'offrirait une escapade sur les chemins. Elle comptait rapporter des greniers du château les jouets de son enfance qu'elle avait conservés dans des malles de voyage : des cerceaux, des poupées, des jouets en bois, des cordes à sauter. Seule enfant, elle avait été comblée. Les fillettes d'Eugénie et d'Antoine mais encore les enfants des familles de Saint-Pierre méritaient de recevoir un cadeau à Noël. Certes ils étaient trop nombreux pour qu'elle puisse en remettre un à chacun et les filles seraient privilégiées puisqu'elle n'avait pas eu de frères. Qu'importe ! Elle souhaitait surtout que la tristesse ne marque pas ce Noël de guerre. Pourquoi garderait-elle tous ces objets alors qu'elle n'aurait pas d'enfant ? Elle en avait discuté avec Maxime qui l'approuvait et retrouvait dans cette initiative la femme généreuse qu'elle avait toujours été auprès des déshérités et des pauvres, des grévistes et du peuple. Il regrettait presque son absence de Rodez lorsqu'elle distribuerait les cadeaux à Michelle et à Mireille puis aux familles de Saint-Pierre puisqu'il passerait Noël et la Saint-Sylvestre chez Clothilde, à Toulouse, avec ses enfants et ses petits-enfants qu'il n'avait pas embrassés depuis juillet. Clothilde avait épousé un pharmacien toulousain ; ils avaient une fillette de deux ans et demi. Sa cadette, Émeline, s'était installée à Montpellier au lendemain de son mariage avec l'héritier d'une famille de vignerons de l'Hérault ; ils avaient un garçon de dix-huit mois. Ses gendres n'ayant pas été mobilisés, pour l'instant, ils se réuniraient au complet à Toulouse et il s'en félicitait tellement les familles souffraient de la guerre, étaient séparées et déchirées.

Lorsqu'ils revinrent à Lagarde, le samedi, il crachinait. Marianne ne s'aventura donc pas sur les chemins avec Ivanhoé et consacra l'essentiel de la journée dans les greniers à explorer le contenu des malles de voyage qu'elle n'avait pas ouvertes depuis l'adolescence lorsqu'elle y avait transporté de sa chambre ce qui avait contribué à ses bonheurs d'enfance. Des souvenirs l'envahirent par brassées. Elle se revoyait avec ses parents dans les allées d'un jardin public, un dimanche après-midi de printemps, avec son cerceau rouge qui était aujourd'hui quasiment neuf, alors que les Cancelier habitaient dans le quartier de Saint-Germain-des-Prés, à Paris. Cette poupée à la toilette de taffetas gris perle broché de fleurettes mauves, elle l'avait découverte le matin de Noël 1870 alors qu'ils étaient installés au château de Lagarde depuis quelques semaines seulement. Tout l'avait éblouie : le jupon à doubles volants décorés de dentelles ; la guipure et son collet assorti, les plis en tuyau d'orgue de la robe ; la chevelure châtain, longue, soyeuse qu'elle ne s'était jamais lassée de brosser et de tresser. Les boîtes à musique ? Elle en possédait une quinzaine qui l'avaient enchantée par leurs sonorités joyeuses. Elle avait tellement actionné le remontoir que le mécanisme s'était parfois essoufflé ou bloqué. Célestin était alors intervenu. Bricoleur, il était toujours parvenu à les réparer. Marianne ne résista point à la tentation d'en essayer deux ou trois et la musique résonna dans les greniers en dérangeant des souris cachées derrière les malles qui déguerpirent en trottinant. Ces airs, elle les connaissait par cœur et elle les fredonna à nouveau pour le plaisir. Le théâtre de Guignol ? C'était un cadeau de ses parents pour son douzième anniversaire. Ils l'avaient commandé dans un grand magasin parisien. Souvent, les dimanches après-midi de novembre et de décembre lorsque les averses redoublaient et frappaient contre les carreaux des fenêtres ou le brouillard enveloppait le parc, elle proposait une séance à ses parents, à Adeline et Célestin. Ce théâtre, elle le réserva à Michelle et à Mireille, imaginant par avance leur surprise. Soudain, au milieu des sifflets que Célestin avait fabriqués avec un tube de sureau, des petits cochons en baie d'églantier et des souris en amandes vertes qu'il avait également confectionnées, elle retrouva les matriochkas. La silhouette de sa mère apparut alors puis son visage, son regard si profond et bleuté, son sourire. Marianne eut l'impression que des lames de parquet gémissaient et que les greniers flottaient dans un délicat parfum de violette, son préféré. Accroupie près de la malle, elle frissonna d'émotion et se redressa pour se retourner, regarder autour d'elle. Mais il n'y avait personne. Pourtant, elle était certaine d'avoir respiré son parfum comme si elle avait traversé rapidement les greniers. Elle essuya quelques larmes avant de se concentrer à nouveau sur les matriochkas. Qu'elles étaient joyeuses, colorées et joliment décorées ! Ces poupées gigognes et jumelles mais de dimensions différentes la fascinaient depuis l'enfance. Elle les avait souvent alignées sur la commode de sa chambre pour les admirer. Chacune d'entre elles avait sa sœur comme maison, la plus grande était la seule visible, la plus petite était la seule en bois massif. Ces matriochkas, dont les couleurs n'avaient pas perdu leur éclat malgré le temps, constituaient pour Marianne l'héritage le plus précieux de la famille Griboïedov qu'elle connaissait si peu. Elles appartenaient à sa grand-mère et Catherine Griboïedov les avait emportées dans ses bagages lorsque le général avait été nommé attaché militaire à l'ambassade de Russie à Washington. Marianne ne s'en séparerait jamais, décidant même ce jour-là de les rapporter dans sa chambre, ne comprenant pas, aujourd'hui, pourquoi elle les en avait enlevées pour les remiser dans les greniers.

La banquette arrière de la voiture était envahie par des poupées, des cerceaux, une quantité d'objets regroupés dans des sacs et le théâtre de Guignol lorsqu'ils rentrèrent à Rodez. Ils les montèrent à l'appartement de Maxime, s'ingéniant à les soustraire à la curiosité des fillettes, puis les dissimulèrent dans la chambre que Marianne avait l'habitude d'occuper. Son passage à Lagarde l'avait tellement chamboulée qu'elle ne s'endormit qu'à une heure tardive dans son deux-pièces, repensant à sa mère, aux contes et aux chants russes dont celle-ci avait bercé son enfance, aux Noëls qu'elle avait partagés avec ses parents à Paris puis à Lagarde. Des larmes coulèrent sur ses joues jusqu'à mouiller la taie de l'oreiller. Elle se retrouvait bien seule, aujourd'hui, sans ses parents mais pas sans famille puisque Maxime était très présent. En revanche, Clément n'était plus là. Ils avaient célébré ensemble la Saint-Sylvestre à Montmartre en 1913. Cette année ? Elle passerait les dernières journées de 1914 et les premières de 1915 dans son château avec Célestin et Adeline ; elle demanderait à Vincent Chaumes de la rejoindre : ils continueraient leurs entretiens s'il ne retournait pas à Bordeaux, à ce moment-là, auprès de sa famille. Elle était heureuse d'évoquer ses discours et ses combats syndicaux, ses victoires, ses défaites et ses déboires sans chercher à maquiller ou à enjoliver les réalités. La compagnie de Vincent était agréable. Il se passionnait pour son parcours de militante mais ne se permettait jamais de jugements ni la moindre critique sur son comportement, ses initiatives, ses décisions. C'était un gentleman.

Le temps était maussade, venteux et pluvieux quand les cloches du Carmel sonnèrent l'angélus de sept heures. En ce dimanche 20 décembre, Marianne aurait bien paressé sous l'édredon de plumes, somnolé puisqu'elle n'avait pas son compte de sommeil ou rêvassé ou encore continué la lecture d'un roman ou des derniers journaux parisiens qui étaient parvenus à Rodez, mais elle s'était engagée à participer à la journée du drapeau belge. À huit heures et demie, elle s'installait devant la cathédrale Notre-Dame avec Eugénie, Antoine et leurs compatriotes de Bruxelles pour proposer des drapeaux aux Ruthénois qui auraient assisté au premier office. Elle avait chaussé des bottines fourrées, endossé des vêtements chauds et un grand manteau, emporté un chapeau de feutre et un parapluie pour mieux affronter les éléments. À neuf heures sonnantes, aussitôt après le *Deo gratias*, les premiers paroissiens quittèrent la cathédrale et elle leur expliqua avec ses camarades la situation de la Belgique puis leur démarche. Peu se dérobèrent. En revanche, avant et après la grand-messe de onze heures, Marianne recueillit de l'hostilité chez des bourgeoises qui l'avaient autrefois accueillie dans leurs salons pendant son adolescence à l'époque où elles y invitaient encore les Cancelier et qui ne l'avaient plus acceptée dès l'instant où elle avait défendu dans les journaux des positions féministes et professé des opinions politiques qui les horrifiaient. Ces femmes la dévisagèrent bizarrement puis chuchotèrent entre elles des commentaires qu'elle imagina peu charitables.

Indifférentes aux difficultés que pouvaient rencontrer les Belges, elles ne s'arrêtèrent pas devant le groupe à leur passage comme si les réfugiés étaient des pestiférés. Eugénie s'en offusqua :

– Elles sont catholiques pratiquantes mais ne s'intéressent pas à leur prochain ? Comment est-ce possible ? Pourtant, la Bible…

– Laissez tomber, Eugénie ! répondit Marianne. Ces femmes ont toujours mariné dans l'hypocrisie. Vous ne les changerez pas…

L'après-midi se déroula bien plus calmement. Il ne pleuvait plus. Marianne et son groupe se transportèrent sous le kiosque du jardin public. Un musicien de l'harmonie ruthénoise les y retrouva avec sa trompette, interpréta des classiques. Les promeneurs n'étaient pas aussi nombreux qu'au printemps mais ils se montrèrent généreux. Des militaires les rejoignirent et donnèrent également. Finalement, les initiateurs de la journée étaient satisfaits lorsqu'ils réunirent les tirelires des diverses équipes qui avaient essaimé dans Rodez pour la collecte. Ils pourraient améliorer l'ordinaire des familles mais pas seulement des Belges hébergés à Saint-Pierre ou dans Rodez ; ils souhaitaient partager avec l'ensemble des réfugiés de Saint-Pierre qui avaient participé à la fabrication des drapeaux et organiser une journée de Noël malgré la guerre. Ils y conviaient Marianne qui les informa qu'elle ménageait une surprise aux enfants ce jour-là ; elle leur conseilla simplement de ne pas acheter de cadeaux pour eux : elle s'en chargerait.

Une deuxième surprise les attendait. Toujours aussi audacieuse, Marianne avait demandé au régisseur de Maxime si son équipage – un vautrait – qui possédait des chiens pour traquer les sangliers pourrait se montrer généreux envers les réfugiés de Saint-Pierre à la prochaine chasse dans les forêts de Lagarde. Il s'y était engagé. En décembre, son équipage sortait chaque jour de la semaine, ou presque, selon les caprices du temps. Il s'appliquait à débarrasser le domaine et ses alentours des sangliers qui pullulaient, causaient beaucoup de dégâts dans les champs et les sous-bois. Le mercredi 23 décembre, dans la matinée, le régisseur appela Maxime comme souvent en dehors de ses passages lorsqu'il avait une information à transmettre sur le fonctionnement de l'exploitation, une décision à soumettre. Maxime préparait son bagage pour emprunter l'express de Toulouse après le déjeuner, rejoindre Clothilde et sa famille. Le régisseur le prévenait que son équipage avait abattu deux sangliers et qu'un attelage du domaine pourrait les acheminer à Saint-Pierre dans l'après-midi. Il souhaitait une confirmation de Marianne avant que les convoyeurs s'engagent sur les chemins avec leur attelage. Où se trouvait-elle à cette heure ? Il était convenu qu'elle partageait son déjeuner puis l'emmenait à la gare avec la De Dion. Elle était sûrement dans le quartier, autour des étalages du marché ou dans les bureaux du *Républicain* où elle effectuait un passage quotidien pour prendre les dernières nouvelles transmises depuis la capitale. Maxime raccrocha, se précipita à la fenêtre, la reconnut à la plume rouge de son chapeau près d'un marchand de paniers. Il descendit l'escalier quatre à quatre pour la retrouver. Elle était en discussion avec un Allemand, compatriote de Wolfgang, qui essayait d'écouler des panières à volailles mais sans succès. En cette avant-veille de Noël, les ménagères ruthénoises recherchaient plutôt des volailles grasses, des dindons, des dindes, des pintades que des panières ! Le message du régisseur ne pouvait que la satisfaire, heureuse de constater qu'il n'avait pas manqué à sa parole. Elle s'empressa de le transmettre à ce résident de Saint-Pierre.

– Nettoyez les marmites, affûtez les couteaux et retroussez les manches : les sangliers arrivent ! claironna-t-elle en allemand.

Il rassembla aussitôt les panières sur le charreton pour retourner à Saint-Pierre, l'annoncer.

Marianne rappela le château et remercia le régisseur. La journée de Noël à Saint-Pierre promettait d'être marquante.

– Ils s'en souviendront, s'exclama-t-elle au moment d'embrasser son petit-cousin sur les quais de la gare.

Maxime ne s'était pas opposé à ce qu'elle conduise la De Dion en son absence mais il l'abreuva encore de recommandations sous la marquise envahie par des nuages de fumée blanche alors que le mécanicien actionnait le sifflet de la machine. Grâce à l'intervention de Louis Lacombe, il avait obtenu pour elle un sauf-conduit qu'elle présenterait à l'autorité militaire si elle était contrôlée et même une autorisation pour circuler la nuit. C'était bien plus qu'un petit-cousin pour elle : c'était le grand frère qu'elle n'avait jamais eu. Ne s'était-il pas déplacé jusqu'à Milan, en 1908, lorsqu'elle avait été incarcérée après une manifestation ? N'avait-il pas rencontré à chacun de ses voyages l'avocat milanais qui avait été chargé par le syndicat des paysans de Parme de la défendre ? Il l'avait toujours soutenue.

18

En cette soirée de Noël, Madeleine s'était surpassée. Le maître de maison était absent ? « Qu'importe ! s'était-elle exclamée après le départ de Maxime. Nous nous régalerons quand même... Malgré la guerre, c'est Noël. » Aussitôt, elle s'était employée à contenter la maisonnée en y associant Michelle et Mireille qu'elle avait promues commis de cuisine. Par la diligence Vezins-Rodez qui desservait Agen-d'Aveyron, le régisseur avait expédié les produits du domaine qu'elle avait commandés et elle avait retroussé les manches dès le 23 décembre après-midi pour préparer les galantines de volaille. Le 24 décembre, lorsque Marianne les rejoignit après son après-midi à l'hôpital, le réveillon était prêt. Des odeurs de cuisine flottaient dans l'immeuble et les deux fillettes achevaient de mettre le couvert dans la salle à manger où le poêle ronronnait. Cette quiétude rasséréna Marianne après les heures difficiles qu'elle avait traversées auprès des blessés. À sept heures, au moment où le personnel apportait la marmite de bouillon et s'apprêtait à le distribuer dans des bols, elle s'était éclipsée comme chaque soir à l'arrivée du chariot, presque honteuse. Plus encore que d'habitude, elle avait le sentiment de les abandonner à leurs cauchemars, à leur isolement, à leur désespoir, à leur souffrance alors qu'elle s'apprêtait à retrouver, chez Maxime, l'affection et la chaleur qui leur manqueraient en cette soirée de la Nativité. Mais que pouvait-elle de plus ? Les chansons de Noël que les deux fillettes fredonnaient chassèrent quelque peu ses pensées sombres. Madeleine leur avait enseigné des *nadalets* occitans tout en s'affairant autour des marmites et de son fourneau. Certes elles écorchaient les paroles occitanes, avec leur accent flamand, ce qui n'était pas étonnant, mais elles avaient bien assimilé le rythme et c'était charmant. Elles étaient coquettes avec leurs tresses blondes et leur toilette du dimanche, détendues et même souriantes comme si les horreurs de la guerre ne les tourmentaient plus. Lorsque leurs parents rentrèrent après leur journée, elles chantaient toujours et ils les applaudirent. Eugénie se présenta la première, mais bien après les sonneries joyeuses de l'angélus. Les deux dernières semaines avaient été éreintantes pour satisfaire les commandes de Noël. Elle avait travaillé sans relâche, acceptant souvent à la demande de sa patronne de terminer après vingt heures. Elle avait les yeux rougis, des douleurs musculaires et des picotements dans les épaules qui descendaient jusque dans les reins. Mais elle ne se plaignait pas ; elle espérait que la patronne la garderait au lendemain de la Saint-Sylvestre parmi son personnel. Antoine ne débarqua qu'après vingt heures avec ses vêtements qui empestaient la carnasse ; il s'était débarrassé dans l'entrée de ses chaussures ferrées et montantes, de sa lanterne, de son pardessus, de son chapeau. Il était toujours embarrassé dès qu'il rencontrait Marianne chez son petit-cousin en revenant de la tannerie. « Excusez ma puanteur ! balbutiait-il avant de disparaître en direction du deuxième avec de l'eau chaude pour s'enfermer dans le cabinet de toilette et en ressortir ensuite propre et changé. J'ai l'impression d'être un charognard. »

Vincent Chaumes les retrouva ensuite. Marianne avait souhaité qu'il partage ce réveillon puisqu'il ne rejoindrait pas ses parents qui ne célébreraient pas Noël à Bordeaux mais à La Rochelle chez des cousins. Les convives endimanchés et rassemblés autour du poêle, dans la salle à manger, elle descendit de sa chambre le théâtre de Guignol qu'elle avait rapporté de Lagarde. Elle l'installa alors sur un guéridon et improvisa une séance pour les fillettes émerveillées par ces personnages sans fil qu'elles ne connaissaient pas : Guignol et Gnafron. Eugénie, Antoine et Madeleine étaient également sous le charme comme – et surtout – Vincent Chaumes. Certes il n'ignorait pas qu'elle avait été autrefois comédienne et s'était produite au théâtre de la Renaissance à Paris mais il découvrait ses talents. Elle avait la manière de captiver son auditoire par des exclamations indignées ou joyeuses, des mimiques et des répliques percutantes. À l'image de Guignol mais dans son domaine, elle était l'incarnation d'un personnage populaire, impertinent et rebelle à l'autorité. Aussi, elle l'interprétait à merveille ! Assises à même le parquet, Michelle et Mireille battaient des mains. Quand elle rangea Guignol, Gnafron et le gendarme, elles en redemandèrent avec insistance tellement elles avaient apprécié. Marianne leur promit une deuxième séance avant qu'elles montent se coucher.

Guignol et Gnafron avaient réchauffé l'ambiance en l'espace de quelques minutes. Marianne s'en félicita. Il y avait moins de gravité sur les visages des adultes, même si personne n'oubliait la guerre. La liqueur de gentiane de Madeleine y contribua également puis le bordeaux que Vincent Chaumes avait apporté. La conversation se concentra avant tout sur leurs souvenirs de Noël. Madeleine était la plus ancienne de la tablée mais aussi la plus intarissable. Elle était originaire du Lévézou et se rappelait la grosse souche de chêne dont son père rechargeait la cheminée avant de les entraîner – elle et ses sœurs – sur les chemins dans le froid et la nuit pour assister à la messe de minuit. Le lendemain, il en recueillait les cendres, les enveloppait dans un linge, les rangeait dans l'armoire : elles étaient censées protéger la maison de la foudre. Médusées par ce qu'elle leur racontait, intriguées par ce monde inconnu, Michelle et Mireille ne bronchaient pas et l'écoutaient sagement. C'était une conteuse. Leurs parents et Vincent Chaumes n'étaient pas moins attentifs ; ils découvraient les traditions d'une province qu'ils avaient adoptée et dont ils avaient encore à apprendre.

Les convives applaudirent Madeleine au moment où elle apporta le dessert : un gâteau roulé à la confiture de châtaignes qui était sa spécialité. Elle les avait comblés. Il n'y eut pas ensuite de nouveau spectacle de Guignol, comme l'avait promis Marianne. Les fillettes étaient fatiguées ; elles partirent se coucher. Un moment plus tard, Eugénie, Antoine et Madeleine quittèrent l'immeuble pour rejoindre la cathédrale où l'archiprêtre et l'évêque officieraient pour la messe de minuit. Ne demeurèrent que Marianne et Vincent Chaumes. Autour d'une vieille eau-de-vie de marc de Marcillac, ils entamèrent une conversation sur l'histoire du bassin houiller d'Aubin-Decazeville où la première coulée de fonte s'était déroulée à la Noël 1828. Puis le journaliste du *Républicain* regagna son appartement. Il la remercia, s'enhardit même à l'embrasser sur les joues comme une amie. Elle remarqua que ses prunelles scintillaient d'une vivacité inhabituelle.

Marianne était certaine que les réfugiés hébergés à Saint-Pierre se souviendraient du 25 décembre 1914 et elle ne se trompait pas. Elle les retrouva au moment où les familles sortaient de la chapelle après la messe qu'un vicaire de l'église Saint-Amans avait accepté de célébrer et où les cloches qui n'avaient pas été enlevées depuis la séparation de l'Église et de l'État sonnaient joyeusement. Quelle ambiance ! C'était étourdissant.

Les sonneurs se déchaînaient. Elle n'y était guère habituée, ne pratiquant pas et ne fréquentant pas les églises, ce que Wolfgang regretta en l'accueillant. Élégant dans son costume, il souligna l'œcuménisme qui avait prévalu en ce matin de Noël puisque protestants et catholiques avaient assisté ensemble à cette grand-messe. C'était miraculeux après les combats fratricides d'autrefois qui avaient marqué à jamais les deux communautés en Allemagne et en France. « S'il n'y avait pas la guerre, hélas ! une pareille fraternité n'aurait jamais été possible ! » reconnut-il.

Vincent Chaumes l'avait accompagnée à sa demande, désireux de consacrer un reportage à la journée de Noël des réfugiés. Quant à Eugénie et à Antoine, ils étaient venus avec leurs fillettes à l'invitation de leurs compatriotes. Dans le réfectoire à la décoration champêtre où de jolies grappes de gui avaient été suspendues aux poutres du plafond, de longues guirlandes de lierre accrochées aux murs et de beaux bouquets de houx disposés sur les tables, Marianne procéda avec Vincent et Antoine à la remise des cadeaux aux enfants avant le déjeuner. Ils déballèrent sur une table les toupies, les cerceaux, les cordes à sauter, les poupées, les sifflets en sureau, les souris en amandes vertes, les jouets en bois, les petits cochons en baies d'églantier, les boîtes à musique. Les enfants s'agglutinèrent autour sans se bousculer et s'émerveillèrent tellement c'était inattendu ; ils les regardèrent mais ne les touchèrent pas. Le premier moment de surprise écoulé, un brouhaha indescriptible s'instaura ! Les fillettes s'intéressèrent aux poupées et aux boîtes à musique ; les garçons, aux jouets en bois, aux cerceaux, aux toupies. Disciplinés, habitués à partager, ils ne se les disputèrent pas. Ils avaient compris qu'il n'y aurait pas un cadeau pour chacun. Frappant alors dans ses mains pour ramener un semblant de silence, Marianne le leur confirma en plusieurs langues pour qu'il n'y ait pas de malentendu avant de leur expliquer que tous en profiteraient sans distinction de nationalité et que leurs parents y veilleraient. Les enfants se pendirent à son cou et la couvrirent de baisers sous des tonnerres d'applaudissements avant de s'enhardir à prendre dans leurs mains un sifflet de sureau, une poupée, un jouet en bois, une boîte à musique. Leurs sourires, leurs exclamations ne trompaient pas : ils étaient comblés. Chaque représentant des différentes communautés remercia Marianne. Ils reconnurent que cette journée de Noël aurait été imparfaite sans sa générosité. En les écoutant, elle songea à ses parents qui auraient sûrement approuvé son initiative et à Clément dont elle ressentait l'absence même si elle était bien entourée.

Cette même ambiance fraternelle présida ensuite au déjeuner et les convives s'en félicitèrent. Chaque communauté avait participé à l'organisation. Des femmes flamandes s'étaient occupées des entrées et des Alsaciennes, des légumes ; des Allemandes avaient préparé les sangliers de Lagarde et des Hongroises, les desserts. Pour que les hommes puissent trinquer, Marianne avait demandé à Onésime et à Béatrice de contribuer à la journée en fournissant du mansois. Ils avaient accepté sans rechigner. L'exploitant de leur vignoble en avait acheminé deux barricous. Sa puissance tannique, son âpreté n'échappèrent à personne. Marianne expliqua qu'elles constituaient sa singularité et reflétaient la rudesse des parcelles escarpées qui étaient cultivées en terrasses. Leur déjeuner s'acheva en chansons avec des classiques de Noël proposés par chaque communauté. Ils éclipsèrent les angoisses et les incertitudes du lendemain. Pendant qu'ils résonnaient dans le réfectoire, la guerre semblait éloignée de l'immense bâtiment de Saint-Pierre et d'une stupidité évidente.

Quand Marianne ramena Eugénie, Antoine et leurs fillettes, des lambeaux de brouillard envahissaient les champs qui entouraient le séminaire et la vallée de l'Aveyron tandis que la température s'était rafraîchie et l'humidité devenait plus prégnante. Le parebrise de la De Dion était même recouvert d'une pellicule de givre. Elle retourna ensuite à Saint-Pierre pour y retrouver Vincent et ils rentrèrent sans plus attendre, redoutant que la chaussée devienne de plus en plus glissante. En chemin, tandis qu'ils roulaient doucement à la lumière faiblarde et jaunâtre des phares, ils échangèrent leurs opinions sur cette journée qui les avaient enchantés. Vincent réfléchissait déjà à la meilleure manière de traduire auprès des lecteurs du *Républicain* l'ambiance de ce premier Noël de guerre et l'esprit de fraternité qui n'était pas de circonstance chez les réfugiés mais correspondait à leur pratique quotidienne.

Marianne remisa la De Dion-Bouton dans son garage et ils continuèrent leur discussion devant l'immeuble de Maxime dans la froidure. La place du Bourg était presque déserte à cette heure-là, traversée seulement par deux ou trois corniauds à la recherche de croûtons de pain et d'os à ronger que les habitants du quartier pourraient avoir déposés à leur attention près de l'entrée de leur maison. Bientôt, Marianne frissonna et en informa Vincent. Elle avait l'intention de rejoindre le Biney et son deux-pièces où le poêle répandait sûrement une douce chaleur puisqu'elle avait demandé à la patronne de l'allumer dès le milieu de la matinée et de l'entretenir ensuite. De cette journée de Noël singulière, ils reparleraient dès le lendemain avec Anatole Vergne puisqu'elle voulait leur remettre sa chronique consacrée aux événements de l'année 1914 en Europe que *Le Républicain* publierait le 30 décembre.

Ils se séparèrent sous un réverbère, en plein centre de la place. Les deux mains toujours appuyées sur sa canne, Vincent Chaumes la regarda s'éloigner lentement vers l'une des plus belles demeures ruthénoises de la Renaissance, la maison d'Armagnac.

Marianne pénétrait sur la place de l'Olmet lorsqu'elle se retourna puis le rappela :

– Vincent ! Vincent !

Il ne répondit pas mais la regarda fixement puis marcha dans sa direction.

Parvenu à un mètre seulement, il s'arrêta et elle chuchota alors :

– Je voulais vous...

Elle ne termina pas sa phrase.

– Je vous écoute, Marianne…

Quelques secondes s'écoulèrent mais elle ne poursuivit pas à la grande déception de Vincent.

Songeuse, elle esquissa un sourire avant de souffler :

– Bonsoir, Vincent !

Puis elle rebroussa chemin pour rejoindre la place de l'Olmet.

Vincent Chaumes attendit qu'elle s'évanouisse dans le brouillard avant de regagner son appartement, de plus en plus perplexe. Plus que jamais, cette femme le charmait.

19

Dès qu'elle retrouva Le Biney, Marianne commanda une infusion à la patronne, rejoignit son deux-pièces et termina sa chronique en pensant à cette journée de Noël mais, surtout, à Vincent Chaumes qui la troublait de plus en plus. Résisterait-elle longtemps malgré le souvenir de Clément ? Même si elle y était parvenue tout à l'heure, elle s'interrogeait. Cet homme était élégant, cultivé et curieux ; elle appréciait sa délicatesse et sa discrétion. Il avait des convictions et les défendait ; il était la jeunesse et la fougue. Vincent était différent des hommes qu'elle avait rencontrés à Liverpool, à Parme, à Paris, et même de Clément qui comptait le plus jusqu'à présent dans son existence trépidante. Comment ne serait-elle pas séduite ?

Cette chronique ne pouvait que la ramener à Vincent. Il en avait eu l'initiative et l'avait convaincue, sans difficultés, de la rédiger. *Le Républicain* ne paraissant pas le 26 décembre ni le premier samedi de janvier, il avait suggéré à Anatole Vergne d'imprimer un numéro de quatre pages le mercredi 30 décembre, de consacrer la dernière aux événements les plus importants de l'année 1914 à travers une chronologie illustrée et trois chroniques : la première sur la politique nationale par Louis Lacombe, la seconde sur l'économie en guerre dont il se chargerait, la troisième sur les alliances et les deux blocs pour laquelle Marianne était la mieux indiquée. Elle avait fréquenté des hommes politiques et des responsables syndicaux en Italie, en Grande-Bretagne, en Belgique et en Allemagne ; elle correspondait toujours avec certains d'entre eux. Elle pourrait évoquer l'héroïsme de la Belgique devant les régiments allemands, la combativité des Britanniques sur les mers, l'esprit revanchard des Allemands et des Autrichiens, les hésitations italiennes à participer à la guerre même si Victor-Emmanuel III appartenait à la Triple alliance qui regroupait l'Autriche-Hongrie et l'Allemagne. Le plaidoyer de Vincent avait été enflammé. La direction et le comité éditorial avaient considéré que la proposition était excellente. Ils s'étaient empressés d'accepter sa collaboration. Anatole Vergne avait alors expliqué à Marianne qu'ils ne refuseraient jamais sa signature mais concédé qu'elle disposait du meilleur avocat. Si elle n'avait pas répondu devant cette allusion aux relations amicales mais très complices l'unissant à Vincent, elle était devenue cramoisie.

Le lendemain, lorsqu'elle traversa la place du Bourg encombrée par les étalages du marché pour remettre sa chronique au directeur du *Républicain*, elle rencontra Louis Lacombe qui discutait avec un groupe d'habitants effectuant des emplettes auprès des ambulants et des paysans des environs. La conversation était animée : il était question de propreté et d'hygiène. Il l'embrassa comme à l'habitude puis chuchota à son oreille :

– Vous avez bien rendez-vous au journal pour l'édition du 30 ?

– Comme vous !

Ils devaient échanger sur leurs chroniques respectives, arrêter la maquette, débattre de la titraille à employer, procéder à la sélection des illustrations et au montage de l'ensemble. Louis Lacombe avait déjà transmis sa contribution.

– Demandez-la à Anatole, vous nous donnerez votre opinion. Je passerai dans la matinée mais ne m'attarderai pas. Je suis débordé. Vous m'attendrez. J'ai un message important pour vous…

Intriguée, elle rejoignit les bureaux du journal. Anatole et Vincent s'arrachèrent presque les deux feuillets de sa chronique, impatients de la découvrir. Le directeur procéda à sa lecture à haute voix dans son bureau. Dès qu'il termina, Vincent applaudit. Son analyse était percutante, pertinente, d'une limpidité étonnante malgré la diversité et la complexité des situations en Europe. Même les « ferrailleurs » de *L'Union catholique* et de *La Croix de l'Aveyron* l'admettraient.

– S'ils sont honnêtes ! objecta Vincent. Ils ne le seront peut-être pas !

Marianne s'en moquait. Leurs critiques vitriolées ne l'atteignaient nullement ; elles glissaient sur elle comme l'averse sur les plumes des canards.

Ils choisirent ensuite les illustrations. Manquant d'espace depuis la mobilisation, *Le Républicain* n'en proposait que très rarement. Ils n'en insèreraient que deux seulement. La première s'imposait : une photographie de Jean Jaurès, assassiné le 31 juillet 1914. Quant à la deuxième, ils hésitèrent entre un campement de l'arrière, envoyé à l'automne par la rédaction de *La Petite République*, et un groupe d'une dizaine de mobilisés du 122e régiment d'infanterie stationnés dans les casernes de Rodez qu'un photographe de la ville, Paul Noyrigat, avait immortalisés sur l'esplanade du Foirail. Ils en débattaient lorsque Louis Lacombe débarqua et participa aussitôt à la discussion qui ne s'éternisa pas. Ils penchèrent pour les pioupious ruthénois et leur patriotisme. Ces soldats n'avaient-ils pas enrichi le drapeau du 122e régiment d'une résolution brodée sur les couleurs nationales et rédigée en occitan : « Qu'ils y viennent ! » ? Elle traduisait leur farouche détermination à combattre les Allemands, à reconquérir l'Alsace et la Lorraine mais encore le revirement de nombre de républicains pacifistes à l'image de Jaurès qui s'étaient résignés aujourd'hui à accepter la guerre.

Louis Lacombe n'avait pas enlevé son manteau et son chapeau, pressé de revenir à son bureau de l'hôtel de ville. Il s'inquiétait pour la situation sanitaire de la population, informé par les médecins des hôpitaux temporaires que plusieurs militaires blessés souffraient de méningite. Il redoutait qu'une épidémie se déclenche, d'autant plus que les personnels de certains de ces établissements aménagés à l'institution Sainte-Geneviève, à l'École normale d'instituteurs et au lycée ne respectaient pas les principes élémentaires d'hygiène. Les riverains avaient constaté que des détritus, des pansements et des bandes souillés jonchaient des espaces communs, que des chiens, des chats et des rats les fouillaient. Ils avaient déposé des plaintes auprès des services municipaux, interpellaient Louis Lacombe dès qu'ils l'apercevaient sur le marché ou dans leur quartier. Le premier magistrat reconnaissait que les employés municipaux étaient moins nombreux depuis la mobilisation, que les passages de la charrette des ordures étaient moins fréquents, que la propreté de Rodez s'en ressentait. Qu'y pouvait-il ? Il agissait en fonction de ses moyens et avait rappelé à l'ordre les directions des hôpitaux. L'angoisse de la contamination s'installait. La psychose grandissait. Des rumeurs se répandaient : certains prétendaient que l'épidémie affectait déjà les environs de Rodez. Par ailleurs, des habitants se plaignaient de la présence dans Rodez d'un nombre croissant de chiens errants qui cherchaient fortune dans les détritus et devenaient agressifs quand ils étaient bredouilles. Des passants avaient été attaqués. Plusieurs d'entre eux, souffrant de morsures profondes, avaient dû consulter un médecin dont il connaissait les conclusions depuis deux heures. Elles étaient formelles : ces animaux étaient enragés. Il était pressé de revenir à son bureau de l'hôtel de ville pour ordonner, par arrêté, la capture des chiens errants. Grâce à ses relations, la municipalité bénéficierait de la collaboration des militaires qui seconderaient les employés pour les patrouilles puis la neutralisation des animaux. Il conseillait fortement à Marianne de ne pas retourner à l'hôpital.

– Éloignez-vous de Rodez ! la supplia-t-il.

À l'adresse d'Anatole Vergne et de Vincent Chaumes, il ajouta :

– Ne vous promenez plus et restreignez vos rendez-vous si c'est possible.

L'instant d'après, il disparut.

Interloqués, ils se regardèrent. Avant même ces mises en garde, Marianne avait l'intention de rejoindre Lagarde après le déjeuner et d'y demeurer jusqu'au retour de Maxime, dans une semaine ; elle y séjournerait davantage si c'était nécessaire. Elle renouvela aussitôt l'invitation qu'elle avait transmise ces jours derniers à Vincent pour la Saint-Sylvestre. Son directeur l'autorisa à emprunter la diligence dès le 30 décembre pour la retrouver à Lagarde après l'impression de la dernière édition.

– Vous profiterez des environs du domaine si le temps est beau et vous reviendrez en pleine forme pour terminer le premier numéro de janvier ! expliqua-t-il à Vincent. Reposez-vous. Vous le méritez…

Le journaliste le remercia.

Déjà, Marianne endossait son manteau, se regantait, coiffait son chapeau et prenait son sac. Vincent Chaumes la raccompagna. Ils s'embrassèrent comme des camarades. Campé sur le seuil dans le froid et les rafales de vent, indifférent à l'animation de la place où le marché se terminait, il compta les journées qui le séparaient de son voyage à Lagarde.

Après le déjeuner qu'elle partagea avec Madeleine et les fillettes d'Eugénie et d'Antoine, Marianne emprunta la De Dion, retourna au Biney pour emporter ses bagages et s'arrêta sur la place de la Cité devant le bazar Saint-Joseph où elle avait acheté, dans la semaine, un phonographe Pathé pour son château ainsi qu'une sélection de disques. *Carmen* de Bizet, les opéras de Gounod, de Gabriel Fauré et des œuvres de Berlioz égayeraient leurs après-midis à Lagarde si le mauvais temps s'installait mais, surtout, leurs soirées puisque les journées étaient les plus courtes de l'année. Elle installa le précieux paquet sur la banquette arrière puis elle s'engagea sur le boulevard circulaire pour prendre la direction du Faubourg et de La Roquette. Au carrefour Saint-Cyrice, deux militaires arrêtaient les attelages et les automobiles. Leurs vérifications étaient tellement tatillonnes que Marianne patienta plus d'une vingtaine de minutes avant de pouvoir présenter les papiers du véhicule, son sauf-conduit et son certificat de capacité à la conduite. Elle ne s'était jamais aventurée seule sur le chemin de Lagarde jusqu'alors et n'avait jamais été contrôlée en présence de Maxime. Les militaires pinaillèrent, dépouillant chaque document. Une femme pilotant une voiture ? C'était rarissime et ils se demandèrent si elle y était autorisée en période de guerre. Ils se concertèrent mais ils ne connaissaient pas la réponse à la question et annoncèrent à Marianne qu'ils comptaient interroger les services de la préfecture. L'un des deux disparut alors sans se presser et ne réapparut qu'une heure plus tard avec le précieux sésame : aucune disposition ministérielle ne s'opposait à ce qu'elle conduise pendant les périodes de guerre. Marianne en éprouva du soulagement mais manifesta son mécontentement ; elle estimait qu'il y avait bien plus important en ce moment que les chicaneries administratives autour du pilotage des automobiles par les femmes. Ils n'apprécièrent pas ses remarques, peu habitués à être gourmandés par une femme, la menacèrent de poursuites mais capitulèrent rapidement devant les protestations des charretiers qui obstruaient le carrefour. Marianne démarra la De Dion, furieuse de constater que les femmes devaient défendre âprement leurs droits devant des hommes à la stupidité et à l'arrogance évidentes. Elle avait toujours détesté l'armée, surtout depuis l'affaire Dreyfus. Le comportement de ces deux militaires ne pouvait que conforter sa position.

Elle ne débarqua à Lagarde qu'au coucher du soleil et actionna l'avertisseur lorsqu'elle pénétra à l'intérieur de la propriété entre les deux belles rangées d'ormeaux. Célestin et Adeline se précipitèrent aussitôt pour l'accueillir. Ils s'inquiétaient, redoutaient une panne ou un accident. Elle leur rapporta alors ses démêlés avec les militaires qui l'avaient considérée comme une incapable, une inférieure.

– Vous ne changerez jamais, Marianne ! s'exclama Célestin tout en déchargeant ses bagages. Féministe ! Antimilitariste ! Rebelle à l'autorité ! Ne vous étonnez pas si vous avez été souvent arrêtée…

Marianne se contenta de sourire. Ses réactions l'amusaient.

Adeline n'en rajouta pas mais elle soupira ; elle n'en pensait pas moins que son époux.

Comme elle l'imaginait, le phonographe les intrigua quand elle le déballa sur le buffet de la cuisine. Ils entourèrent aussitôt l'appareil et l'observèrent à la lumière d'une lampe avant d'assaillir Marianne de questions. Sans plus attendre, elle procéda aux premiers essais avec *Carmen*, en leur expliquant que la cantatrice millavoise Emma Calvé l'avait chanté sur les scènes du monde. Ils manifestèrent leur émerveillement. Pourtant, le phonographe crachouillait et produisait un son nasillard. Qu'importe ! L'appareil était magique, apportant à domicile des œuvres que tous deux n'auraient jamais l'occasion de découvrir et d'applaudir dans un théâtre. Ils ne s'en lassèrent pas et insistèrent auprès de Marianne pour qu'elle leur repasse *Carmen* puis d'autres disques après le dîner. Ils se couchèrent à une heure bien plus tardive qu'à l'ordinaire, oubliant le froid qui s'infiltrait sous les portes, le vent qui sifflait et la guerre toujours aussi présente, la remerciant pour ce spectacle impromptu.

Le lendemain, Célestin et Adeline s'extasiaient toujours lorsqu'ils partagèrent leur petit déjeuner avec Marianne. Ils ne trouvaient pas de qualificatifs assez puissants pour traduire ce qu'ils ressentaient. La pendule les ramena à la réalité en égrenant dix coups. Adeline débarrassa aussitôt, Célestin s'éclipsa pour renouveler la provision de combustible pour le fourneau et Marianne les abandonna à leurs occupations quotidiennes pour s'habiller chaudement puis rejoindre le domaine dans ses vêtements de cavalière. Le vent avait faibli. Le temps était froid mais beau. Elle passerait la matinée avec Ivanhoé sur les chemins. Dans les écuries, elle échangea des nouvelles de la grande famille de Lagarde avec le régisseur. Il l'interrogea sur le quotidien à Rodez et l'enlisement des combats avant de l'informer qu'ils sacrifieraient le deuxième cochon de l'année le 30 décembre. Sa femme avait mobilisé Thérèse et Marthe pour les deux journées de préparation des charcuteries, des conserves et des salaisons. À cette occasion, Marianne pourrait les rencontrer si elle le souhaitait. Elle le remercia mais elle avait l'intention de les retrouver dans leur hameau dès aujourd'hui pour leur demander des nouvelles de leurs époux respectifs et connaître l'évolution de leur situation financière dont elle se préoccupait toujours.

La campagne était blanche de givre, comme anesthésiée par les températures nocturnes qui étaient de plus en plus basses puisqu'une pellicule de glace recouvrait les mares. Des oiseaux voletaient dans les buissons à la recherche de nourriture, picorant les ultimes prunelles ou des baies de houx subsistant dans les *griffoullières*. À son approche, deux lièvres traversèrent le chemin puis s'enfuirent à travers champs. Marianne n'ordonna pas à Ivanhoé de s'arrêter, se contentant de modérer son allure, et observa leur course avec ses jumelles. C'était toujours un spectacle qui la fascinait ! Elle retrouva ensuite Thérèse qui préparait le déjeuner de la famille, entourée de ses cinq enfants, alors que sa belle-mère s'affairait à la porcherie et à la basse-cour. Débordée, elle avait renoncé depuis des semaines à rejoindre l'église de sa paroisse, distante de trois kilomètres, pour pouvoir assister au premier office à huit heures. Sa belle-mère avait adopté la même attitude. Le desservant les avait déjà sermonnées à l'occasion de son passage dans les maisons au cours de l'avent, et toutes deux regrettaient qu'il demeure hermétique aux difficultés des femmes qui avaient à s'occuper des animaux en l'absence des hommes mais également des enfants, des lessives et de la cuisine. Elles avaient une double journée.

– Les chanoines ne peuvent pas comprendre, expliqua Thérèse. Ils disposent d'une bonne pour la cuisine, le ménage, la lessive, les volailles et le jardin… Et il est évident que les enfants ne les ont pas épuisés !

Sa belle-mère qui les rejoignit sur ses entrefaites l'approuva.

– Ils ne sont pas à plaindre : ils ne manquent de rien, ils dorment comme des enfants et ils profitent bien.

Elles s'esclaffèrent. Leur humour amusa Marianne.

Thérèse abandonna ensuite sa marmite pour prendre les lettres de Germain qu'elle conservait sur le manteau de la cheminée entre les statuettes de la Vierge de Lourdes et sainte Thérèse de Lisieux. Les nouvelles transmises par son époux depuis quelques semaines n'inspiraient pas d'inquiétude, même si elle estimait qu'elles étaient souvent trop succinctes.

– Vous jugerez ! s'exclama-t-elle en les remettant à Marianne.

Marianne rejoignit la fenêtre pour disposer de plus de lumière et les parcourut. Sa lecture confirma cette impression. Elle comprenait la frustration de Thérèse. La censure sévissait sans scrupule ainsi que l'attestait dans les courtes missives de Germain la présence de phrases biffées à l'encre et illisibles.

Thérèse éprouvait toutefois une satisfaction et un soulagement : elle percevait enfin l'allocation de l'État tellement attendue depuis la mobilisation et elle avait obtenu dans le même temps le versement des arriérés. Le percepteur s'était déplacé depuis Laissac, installé dans la salle du conseil municipal, et il avait consacré la journée aux paiements des secours. Elle était honteuse d'avouer qu'elle n'avait jamais disposé d'autant d'argent mais qu'il serait très précieux pour la famille.

Comme Marianne l'avait redouté, Marthe attendait encore que la commission l'informe de sa décision. Déjà, Augustin Carrière s'était manifesté. Certes il n'avait pas modifié le montant de son échéance trimestrielle mais il en avait avancé le règlement au 15 janvier, à dix heures précises à son domicile, en supposant peut-être qu'elle ne pourrait guère l'honorer. Marthe confessa qu'elle était incapable de l'acquitter si elle ne recevait pas rapidement l'allocation de l'État et ses arriérés. Les yeux rougis et gonflés de pleurer en cachette, elle se morfondait à surveiller le passage du préposé des Postes et ses tourments écrasaient ses épaules. Pourrait-elle solliciter à nouveau auprès du régisseur une avance sur ses journées de printemps et même les grands travaux au domaine ? demanda-t-elle à Marianne tout en tortillant une serviette entre ses mains noueuses et sèches. Prévoyant cette situation, connaissant le montant de son échéance, la cavalière avait emporté dans une bourse assez d'argent pour la dépanner en déjouant les terribles desseins d'Augustin Carrière qui s'ingéniait à la dépouiller parce qu'elle était une femme vulnérable. Malgré les protestations de Marthe que sa générosité embarrassait, elle déposa la somme sur le manteau de la cheminée. La paysanne s'effondra en larmes devant ses beaux-parents, tellement elle était bouleversée : Marianne l'arrachait à la rapacité d'Augustin Carrière et au déshonneur qui l'aurait frappée. Incapable de s'exprimer, elle emprisonna dans ses mains gantées celles de Marthe qui tremblaient et, tout en regardant les statues, cette dernière marmonna des paroles étranges qui ressemblaient à des incantations comme si elle implorait sainte Thérèse et la Vierge de Lourdes pour qu'elles la protègent en cette période troublée même si elle n'était pas croyante. C'était tellement émouvant que Marianne en frissonna.

20

Le mercredi 30 décembre, au moment où les cloches de l'église d'Agen sonnaient l'angélus, Marianne attendait Vincent à proximité de l'auberge devant laquelle s'arrêtaient, d'ordinaire, les diligences. Soucieuse de se prémunir des rafales glaciales qui soufflaient dans la bourgade, soulevant la poussière et les dernières feuilles mortes, elle surveilla son arrivée depuis l'intérieur de la De Dion. Les quarts d'heure s'écoulèrent et l'attelage ne se présentait toujours pas. Elle ressentit bientôt le froid. Il était treize heures lorsqu'elle entendit les clochettes des chevaux résonner. Puis la diligence apparut et deux hommes en descendirent dont Vincent. Il avait les joues fraîches et il était frigorifié mais souriant, tandis que son regard pétillait. Quatre journées à Lagarde avec Marianne sans l'actualité quotidienne, les communiqués du Grand Quartier général ? Quelle chance ! Il s'était attaché à ce château, au paysage qui l'entourait même s'il s'y était peu aventuré. Pendant que la De Dion les y ramenait, il observa les pâturages, les champs, les prairies, les bosquets nimbés dans une lumière hivernale qui le séduisit par sa pureté et sa douceur. C'était si envoûtant et si reposant qu'il demanda à Marianne de l'emmener en promenade autour du domaine, après le déjeuner. Il avait si peu d'occasions d'arpenter les chemins qu'il comptait en profiter. « Mais j'espère que vous suivrez mon rythme, je marche à la vitesse d'une tortue », souffla-t-il avec humour. Concentrée sur sa conduite et sur les ornières qui abondaient, Marianne se contenta de sourire.

Ils trouvèrent Célestin devant le château, nettoyant les parterres, arrachant des herbes folles qui avaient encore poussé à l'automne, ramassant les dernières feuilles mortes, coupant les fleurs séchées des hortensias. Dès que la De Dion apparut, il accourut et souleva son chapeau pour accueillir Vincent avant de reprendre la sarclette. Quant à Adeline, angoissée dès que Marianne s'éloignait en voiture de Lagarde, elle multipliait les allées et venues entre le fourneau où elle maintenait ses marmites à la chaleur et l'une des fenêtres de la cuisine qui permettait d'apercevoir les deux rangées d'arbres entre lesquelles surgirait la voiture. Dès qu'ils entrèrent dans le château, elle retrouva dans l'instant sa bonne humeur et son sourire au point qu'elle embrassa Vincent comme s'il cousinait avec les Cancelier ! Marianne et Vincent restèrent un moment autour du fourneau avant de s'attabler.

Ce qu'ils mangèrent les réchauffa et les enchanta. Le rédacteur du *Républicain* félicita Adeline dont les joues, déjà rosies par la chaleur du foyer, rougirent.

Après le dessert, Marianne conduisit Vincent à la chambre de la Baronne où il dormirait comme à chacun de ses passages. Célestin entretenait un feu dans la cheminée depuis deux jours pour qu'il ne ressente pas trop l'humidité, la fraîcheur. La chambre baignait dans des odeurs mêlées de brindilles, de fruitiers et de sous-bois mais la température n'y était pas très élevée. Vincent le remarqua mais ne s'en plaignit pas ; il n'était pas grincheux. Marianne s'en excusa en promettant qu'Adeline bassinerait les draps dans la soirée. L'instant d'après, elle s'éclipsa pour qu'il puisse s'installer. Il la rappela alors qu'elle était sur le seuil puis déballa son bagage. Non seulement il avait apporté deux spécialités bordelaises – une bouteille de lillet et des cannelés – qu'il avait commandées à une boutique de Bordeaux et réceptionnés de justesse au milieu de la matinée. Marianne avait confessé qu'elle les appréciait. « Nous les goûterons pour la soirée de la Saint-Sylvestre ou à l'occasion du déjeuner du 1er janvier ! » expliqua-t-il. Mais il s'était également procuré deux ouvrages qui la passionneraient : le premier consacré aux fouriéristes et aux saint-simoniens ; le deuxième aux expériences de phalanstères. Elle les feuilleta, consulta le sommaire, s'émerveilla.

– C'est ce que je cherchais depuis des années ! reconnut-elle.

Elle était tellement contente qu'elle l'embrassa pour le remercier avant de les emporter dans sa chambre et de chausser ses bottes de cavalière. Elle sautillait en rejoignant le deuxième, comblée par cette attention. Même si elle ne l'avait jamais exprimé clairement, il avait compris qu'elle souhaitait mieux connaître ce mouvement qui avait influencé fortement son arrière-grand-père et son grand-père, leurs initiatives et leur existence, déterminant de solides convictions qu'ils avaient chèrement payées. Depuis leur premier entretien où ils avaient évoqué ses ancêtres, Vincent n'avait pas essayé d'aiguiller à nouveau les discussions sur les fouriéristes et les saint-simoniens tellement les questions abondaient sur ses combats, sa carrière de journaliste et ses rencontres. Quant à Marianne, elle n'y avait pas repensé, persuadée qu'il s'y intéressait moins qu'à son parcours de militante. Elle s'était trompée, il la surprenait au moment où elle s'y attendait le moins.

Ils reparlèrent donc de ses ancêtres, des saint-simoniens et des fouriéristes en se promenant autour de Lagarde. Marianne constata qu'il manifestait dans ce domaine beaucoup de curiosité et que ses questions étaient très pertinentes. Sur les chemins qui desservaient les pâturages et les champs cultivés, délimités par des chênes, des noisetiers sauvages, des grands massifs de *griffouls* et de buissons dont l'épaisseur les protégeait du nordet de plus en plus piquant, ils marchèrent pendant près de deux heures au rythme de Vincent. Ils s'arrêtèrent à intervalles réguliers derrière une *griffoullière* pour qu'il puisse reposer ses muscles

les deux mains appuyées sur sa canne avant de continuer. Parfois, il s'adossait contre le tronc d'un chêne, suspendait leur conversation pour regarder à l'extrémité du chemin comme s'il guettait le passage ou l'arrivée d'un animal, s'imprégner d'une quiétude à laquelle il n'était pas habitué mais qu'il appréciait. Lorsqu'ils rentrèrent, tous deux avaient les joues rouges et froides. Une infusion les réchauffa. Un morceau de gâteau les rassasia ; la marche et le grand air avaient creusé leur appétit. Ils changèrent de discussion au moment où Célestin rapporta du domaine des fritons. À sa demande, Adeline entreprit d'expliquer à Vincent la manière dont les femmes avaient accommodé le cochon de cinq cents livres engraissé avec des châtaignes, des pommes de terre et du son pendant des semaines. Marianne brancha ensuite le phonographe. Ils applaudirent des œuvres de Berlioz, dînèrent puis se bercèrent des opéras de Fauré et de Gounod. Ils regagnèrent leurs chambres à l'approche de minuit, en emportant chacun leur lampe à pétrole à la lumière jaunâtre. Parvenus devant la chambre de la Baronne, au premier, Marianne regarda tendrement Vincent, caressa sa joue et son front, effleura ses lèvres de ses doigts et en dessina le contour. Elle le débarrassa alors de sa lampe qu'elle déposa avec la sienne sur le guéridon où des bouquets de fleurs des champs trônaient au printemps. Vincent demeurait comme pétrifié devant la chambre de la Baronne, submergé par l'émotion même s'il attendait ce moment depuis quelques semaines mais se demandait s'il pourrait survenir. Quelques secondes plus tard, dans la demi-pénombre et le silence du château, ils s'enlacèrent, s'embrassèrent avant de tournoyer sur le parquet. Puis elle chuchota à son oreille :

– Viens ! Viens !

Se dégageant doucement puis reprenant leurs deux lampes, elle l'entraîna ensuite dans sa chambre du deuxième.

Ils s'aimèrent avec fougue sous son énorme édredon de plumes, entre des draps qui embaumaient la lavande et le caramel puisqu'Adeline les avait bassinés après le souper, saupoudrant les braises de la chaufferette d'une pincée de sucre roux. Toute parole était superflue. Seuls leurs corps s'exprimèrent. Ils se répondirent avec une énergie qui paraissait inépuisable, qui engendra peu à peu une mélodie sensuelle et grisante. Marianne en était déconcertée. Avec la disparition de Clément, elle avait imaginé qu'elle ne pourrait plus déployer autant de passion qu'avant, qu'il n'y aurait même plus de flamme. Pourtant, elle bredouillait des phrases inaudibles, soupirait et suppliait, s'égarait et s'ingéniait à agripper Vincent de toutes ses forces. Comme étourdie par le plaisir, Marianne se démenait pour le maintenir prisonnier et que ces instants de magie ne s'achèvent jamais. Ils ne se reposèrent que quand l'épuisement les terrassa en les laissant ruisselants et exténués comme après un combat. Alors, Marianne rechargea la cheminée avant de retourner entre les bras de Vincent, détendue et heureuse.

Ils se réveillèrent lorsque les coqs du domaine s'égosillèrent sur la fumière et se répondirent, les pintades jacassèrent, les corniauds aboyèrent. La pendulette sonna. Il était déjà huit heures. Le jour se levait. Une lumière pâlichonne éclairait la chambre dont Marianne, dans sa précipitation à se déchausser puis à se débarrasser de ses vêtements, n'avait pas refermé les grands rideaux de cretonne des fenêtres. Quelques braises rougeoyaient dans la cheminée. Grâce à une poignée de brindilles, Marianne ranima la flamme, y rajouta des bûchettes puis un morceau de souche. Elle s'empressa ensuite de se recoucher, frissonnant dans sa chemise, se blottissant contre Vincent. Ils se retranchèrent derrière leurs pensées, écoutèrent le crépitement des flammes, l'entrechoquement des marmites dans la grande cuisine d'Adeline, l'agitation du domaine. Vincent s'arracha le premier à ses réflexions, rayonnant, ne cherchant pas à cacher son bonheur. Des questions assaillaient Marianne que son célibat avait déjà intriguée dès leur premier entretien. Pourquoi cet homme élégant et cultivé n'était-il pas marié ? L'avait-il délibérément décidé pour se consacrer au journalisme qui ne s'accommodait pas ou peu à l'existence normale d'un ménage ni même d'une famille lorsqu'on s'y donnait totalement ? Ou aurait-il essuyé des déboires amoureux à Orléans qui pourraient justifier son embauche au *Républicain de l'Aveyron*, bien plus modeste que *Le Républicain du Loiret* ? C'était un mystère qu'elle n'était pas parvenue à dissiper, ni Maxime qui le fréquentait depuis son installation à Rodez. Ces questions, elle les conserva pour elle, en redoublant de discrétion, et il y répondit sans qu'elle le sollicite, avec de la spontanéité et de la sincérité, comme s'il les avait pressenties. Il connaissait de mieux en mieux Marianne grâce à leurs entretiens et à des confidences de son petit-cousin ; il considérait aujourd'hui que la réciproque s'imposait alors que leurs relations étaient devenues de plus en plus amicales, même intimes depuis quelques heures. Après une licence de lettres à la faculté de Bordeaux, il avait été engagé comme stagiaire à *La Petite Gironde* – le quotidien bordelais – pour chroniquer les pièces de théâtre, les expositions et les concerts. Il y avait rencontré une jeune secrétaire de la rédaction, Viviane. Ils s'étaient fréquentés, il l'avait épousée et ils avaient emménagé dans le quartier du journal. Entre-temps, il avait été engagé comme rédacteur au service politique du quotidien qui rayonnait sur le Sud-Ouest. Que réclamer de plus ? Le ménage baignait dans le bonheur. Hélas ! Viviane était décédée subitement quelques semaines après leur mariage à l'âge de 23 ans. Effondré, il n'avait pas souhaité poursuivre sa carrière à Bordeaux malgré la présence de ses parents et de sa famille qui étaient disposés à le soutenir dans cette épreuve. Son rédacteur en chef, compréhensif, l'avait recommandé au directeur du *Républicain du Loiret,* quotidien moins important et prestigieux que *La Petite Gironde,* qui cherchait un journaliste. Vincent s'était expatrié à Orléans puis investi dans le fonctionnement du journal. La solitude, il l'avait beaucoup ressentie et avait essayé d'y échapper. Mais ses rencontres avec des jeunes femmes d'Orléans et des environs, à l'occasion de réceptions et de reportages, n'avaient débouché sur aucune relation sérieuse.

– Des pimbêches ! souligna-t-il avec amertume.

L'une de ces prétendantes l'avait repoussé, sans scrupule, pour son physique qu'elle avait qualifié de « disgracieux ». Pourtant, il ne claudiquait que légèrement.

– L'imbécile ! s'exclama Marianne en resserrant son étreinte.

Dès qu'elle s'était présentée, Vincent avait accepté sur-le-champ la proposition du *Républicain de l'Aveyron* pour pouvoir s'échapper d'Orléans et se rapprocher du Sud-Ouest. Il oublierait peut-être ses déceptions. Certes son embauche ne constituait pas une promotion mais il pourrait succéder à Anatole Vergne dès que ce dernier se retirerait de la direction dans deux ou trois années. Après quelques semaines, il avait remarqué que la société ruthénoise était aussi renfermée que la société orléanaise. Qu'importe ! Il se donnerait au journalisme.

– Je ne t'apprendrai pas que c'est passionnant ! murmura-t-il tout en caressant ses cheveux. Tu as beaucoup d'expérience.

Elle se contenta de sourire.

Ils parlèrent de la manière d'exercer ce métier puis de leurs vies. Ils n'échangèrent aucune promesse, trop attachés à leur liberté. Ils avaient toutefois l'intention de profiter de l'instant présent et de tout ce qui s'offrirait à eux, comme si c'était un cadeau, conscients de la fragilité et de la fugacité du bonheur.

21

Marianne et Vincent ne descendirent qu'au milieu de la matinée. Comme ils arrivèrent ensemble à la cuisine, Adeline supposa qu'ils avaient travaillé dans la chambre de Marianne à la rédaction d'une chronique pour le prochain numéro du *Républicain*. Leur tutoiement ne l'intrigua pas, s'imaginant que cette pratique était courante chez les journalistes lorsqu'ils se connaissaient bien. Dans leurs regards et leurs paroles, ils affichèrent la plus grande discrétion. Accaparés par leurs réflexions, ils partagèrent le petit déjeuner en silence mais ils mangèrent avec un appétit rassurant pour Adeline qui s'alarmait pour des broutilles. Puis ils s'habillèrent chaudement et disparurent sur les chemins, toujours aussi pensifs. La campagne s'éveillait et s'ébrouait sous un grand manteau de givre dont les rayons du soleil léchaient les cristaux sur les feuilles des *griffouls* et des chênes qui fondaient aux endroits bien exposés. Des oiseaux s'envolèrent des buissons à leur approche, des rapaces tournoyaient au-dessus des pâturages à la recherche d'un campagnol qui pourrait s'aventurer à l'extérieur de sa cachette mais ils paraissaient bredouilles, émettant des antiennes lancinantes et lugubres. Appuyé contre le tronc d'un grand chêne, Vincent les observa un moment avec les jumelles que Marianne avait emportées à sa demande. Il ne connaissait pas les richesses de la nature, s'émerveillait devant tout ce qu'il découvrait. Ils musardèrent sur les chemins, s'arrêtèrent à intervalles réguliers derrière des buissons ou des *griffouls* pour se regarder tendrement puis s'embrasser. Ils évitèrent toute discussion sur les horreurs des combats qui étaient toujours incertains, les malheurs de l'époque et les inquiétudes du lendemain. C'était dépaysant et même reposant de s'enfoncer sur les chemins au plus profond du domaine où ils ne croiseraient personne. Ils ne s'en lassaient pas, ne se souciant pas de l'horloge ni même de la distance qui demeurait à parcourir pour retourner ensuite au château. Vincent n'avait jamais autant marché, se surprenant à ne pas ressentir la fatigue ou tellement peu comme si une énergie nouvelle l'habitait. Ce changement n'échappa guère à Marianne. Elle constata que sa démarche était plus assurée, qu'il accélérait volontiers son rythme à certains moments sans qu'elle l'y encourage, comme s'il cherchait à démontrer qu'il en était capable. Elle s'en réjouissait d'autant plus qu'elle éprouvait une si agréable et enivrante sensation de revivre et de rajeunir après les journées difficiles qu'elle avait traversées depuis juillet.

Ils rentrèrent au château affamés, déjeunèrent à l'heure italienne comme la veille, reparlèrent du domaine à l'époque des parents de Marianne avec Adeline qui en conservait une quantité de souvenirs. Dès que la cuisinière débarrassa, après le café, Vincent rejoignit la chambre de Marianne où il avait déjà entreposé ses bagages pour descendre les dernières éditions des journaux parisiens et débattre de certaines chroniques avec la maîtresse de maison. Profitant de son absence, Adeline demanda à Marianne s'il était nécessaire que Célestin rallume la cheminée dans la chambre de la Baronne puis l'entretienne dans la journée. Il avait constaté tout à l'heure que les affaires de Vincent ne s'y trouvaient pas et que la literie n'avait pas été ouverte. Malgré son embarras, sa discrétion, Marianne déduisit que tous deux avaient bien compris qu'ils avaient partagé la même chambre mais qu'ils ne la jugeraient pas. Elle répondit clairement et la cuisinière apprécia sa franchise.

Vincent avait rapporté des numéros de *L'Éclair*, du *Figaro* et du *Siècle* abordant la situation italienne qui préoccupait tant Marianne depuis l'automne. Elle parcourut les chroniques puis commenta les dernières actualités provenant de la péninsule. Une même question revenait dans les journaux. Victor-Emmanuel III quitterait-il la Triple alliance pour rejoindre la Russie, la Grande-Bretagne et la France puis combattre les Allemands ? Il tergiversait toujours. Au moment où la guerre avait été déclarée, il avait proclamé la neutralité de son royaume pour négocier la rétrocession de

Trente et de Trieste avec l'Autriche-Hongrie qui n'avait pas souhaité en discuter à l'époque et persistait dans cette position. Depuis, il était courtisé avec assiduité par les diplomates des deux camps qui essayaient de le convaincre de s'engager. Des hommes politiques et une minorité grandissante de l'opinion le poussaient également à intervenir en s'opposant aux Allemands dont les journalistes avaient dénoncé le bellicisme et les atrocités commises en Belgique. Combattre Guillaume II, conserver la neutralité ? Les socialistes demeuraient partagés sur la question mais ils étaient de plus en plus nombreux à réserver leur sympathie à la France. Leurs collègues allemands et autrichiens s'étaient déjà déplacés à plusieurs reprises pour qu'ils défendent le principe de la neutralité mais sans succès. Aucune majorité ne se dégageait. Les réformistes réclamaient l'intervention militaire du royaume pour que les peuples assujettis par l'Autriche-Hongrie retrouvent leur liberté. Les socialistes français ? Comme Jean Jaurès, nombre d'entre eux étaient pacifistes au printemps 1914 et ils le restaient à l'inverse de Marianne qui s'insurgeait contre la barbarie allemande, soutenait la politique de guerre de la France. Elle regrettait la mollesse et même l'inaction de quantité de militants de la SFIO.

– C'est le moment ou jamais de retourner l'opinion italienne puis Victor-Emmanuel pour qu'ils s'unissent avec nos régiments contre les Allemands ! expliqua-t-elle à Vincent. Les combats s'enlisent et personne n'a l'avantage. Les Italiens pourraient sûrement avec leur marine épauler les Anglais dans la guerre sous-marine mais encore avec leurs fantassins et leurs canons soulager nos soldats dans les tranchées.

Elle s'exprimait comme un stratège avec beaucoup de conviction comme à l'habitude. Vincent était suspendu à ses paroles. Adeline l'écoutait également tout en farcissant une volaille grosse et grasse qu'ils dégusteraient pour le « réveillon » de cette Saint-Sylvestre – elle l'appelait le *resoupet* – et le déjeuner du 1er janvier. Même si les stratégies politiques et militaires la dépassaient par leur complexité, elle demeurait attentive à ce que Marianne affirmait au point qu'elle déposait de temps en temps son hachoir, son aiguille ou le rouleau de ficelle pour la regarder s'exprimer avec une facilité étonnante et s'efforcer de comprendre.

Depuis les premières chroniques sur la neutralité de plus en plus contestée de Victor-Emmanuel III et grâce à certaines informations qu'il avait sollicitées auprès de Maxime, avant le premier entretien, Vincent avait bien compris pourquoi Marianne s'intéressait autant à l'évolution de la situation politique et de l'opinion publique italiennes qu'aux victoires et aux défaites britanniques. Elle avait séjourné des semaines dans la péninsule, fréquenté des responsables syndicaux agricoles et industriels ainsi que des hommes politiques, participé à la grande grève du « parmesan » en 1908 ; elle avait été incarcérée pendant deux mois. Jusqu'alors, elle n'avait pas ou peu abordé cet épisode important dans son parcours de militante européenne qu'il souhaitait également connaître. Les derniers articles publiés par les journaux nationaux en fournissaient l'occasion. Pouvait-elle refuser sa requête habilement formulée ? Elle admettait que ce chapitre de sa « carrière » était peut-être le plus singulier.

– C'est une longue histoire ! reconnut-elle.

– Prenons notre temps ! répondit-il.

– Attendez que je termine ! demanda Adeline. Quelques minutes seulement…

Son empressement et sa curiosité les amusèrent.

Jusqu'à présent, avec Célestin, tous deux s'étaient contentés de quelques confidences que Maxime avait concédées à cette époque après ses déplacements dans la péninsule quand sa petite-cousine croupissait dans une cellule milanaise et des explications évasives de Marianne lorsqu'elle était retournée en Aveyron, deux semaines après sa libération. De multiples questions restaient sans réponses.

La volaille qu'elle avait amoureusement bichonnée pendant deux heures rejoignit le four puis Adeline s'attabla en leur compagnie en espérant que Marianne raconterait son « aventure » italienne d'une manière détaillée.

– Sans enjoliver ! imposa-t-elle.

Elle la regarda fixement avant d'ajouter :

– Nous pensons, avec Célestin, que vous nous devez la vérité !

Marianne ne se démonta pas.

– La vérité ? Vous l'aurez, vous l'aurez ! promit-elle en souriant.

À l'inverse de Clément au moment des grèves du Pas-de-Calais, après la catastrophe de Courrières, personne ne l'avait sollicitée à Parme. En découvrant dans les journaux parisiens des informations consacrées à ce mouvement sans précédent des ouvriers agricoles de la province de Parme qui ne parvenaient pas depuis plusieurs semaines à négocier avec les propriétaires de domaines, elle avait considéré qu'elle pouvait épauler utilement les grévistes.

– Comme à Roquefort avec les cabanières, précisa-t-elle. C'était simple. L'affaire avait été expédiée rondement en trois journées… À Parme, c'était plus compliqué.

Les activités agricoles de cette province reposaient alors sur les vignobles et les cultures de céréales, l'élevage des moutons et des chèvres. Les grandes exploitations employaient du personnel, elles étaient tellement nombreuses qu'on décomptait trente mille ouvriers ou journaliers qui s'étaient regroupés dans le syndicat des paysans pour se défendre devant les propriétaires qui s'étaient organisés en se rassemblant dans l'Agraria. Leurs revendications ? L'application de la journée de huit heures y compris pendant la période estivale, l'augmentation de leurs salaires, la reconnaissance de leur syndicat et l'élaboration d'un contrat collectif de travail.

– C'étaient les mêmes ou presque que les mineurs dans le Nord et le Pas-de-Calais en 1906 ! souligna-t-elle.

Puis, à l'adresse de Vincent :

– La journée de huit heures dans les fermes, tu t'en souviens ? C'était ce que j'ai essayé d'instaurer à Lagarde en 1905. Peut-être, avec moins d'autonomie pour le personnel et plus d'autorité dans la conduite du domaine, y serions-nous parvenus…

Elle avait débarqué à Parme dans la dernière semaine d'avril. La situation des ouvriers agricoles de la province était de plus en plus douloureuse. Plus de travail, plus de salaire : c'était la misère dans les familles. Marianne avait rencontré les responsables du syndicat qui avaient l'intention d'instaurer la grève générale pour amener les dirigeants de l'Agraria à négocier. Elle leur avait expliqué comment la grève générale des gueules noires s'était déroulée en 1906 dans le Pas-de-Calais, pourquoi elle avait échoué malgré cinquante mille participants. Elle les avait exhortés à ne pas agresser les policiers et les délégués de l'Agraria, à renoncer à la violence, à maintenir la cohésion de leur syndicat même si certaines décisions n'obtenaient pas l'unanimité, à rechercher l'extension du mouvement à travers la solidarité des employés de l'industrie et du commerce, à organiser des collectes publiques à Parme et dans les villes. Dès le 5 mai, le déclenchement de la grève avait entraîné le licenciement immédiat des syndiqués puis leur expulsion des habitations qu'ils occupaient sur le domaine où ils travaillaient. Adoptant des positions radicales, les propriétaires avaient procédé à l'évacuation de leurs troupeaux dans les provinces mitoyennes sous la surveillance des *carabinieri*, avec la participation des journaliers non syndiqués et de nombreux adolescents ou jeunes bourgeois de Parme qui s'étaient proclamés « travailleurs volontaires ».

– En opposition aux méchants grévistes qui étaient une menace pour la propriété ! commenta Marianne. On se trouvait en présence d'un combat de classe ordinaire : le prolétariat des champs contre le capitalisme et la bourgeoisie.

Transporter des milliers d'animaux dans les provinces voisines ? L'entreprise était audacieuse mais provocatrice. Par cette décision, les propriétaires espéraient préserver leurs capitaux, leurs revenus. Partout, c'était le désastre. Les champs n'étaient plus cultivés et les vignobles étaient délaissés, les prairies attendaient d'être fauchées et les fourrages pourriraient bientôt. Les animaux confinés dans les bergeries et les étables n'étaient plus alimentés. Ils maigrissaient et les cadavres s'amoncelaient. L'indignation des patrons grandissait. Sans logement et sans nourriture, les familles des grévistes étaient devenues nomades, dormant dans les champs. Elles buvaient l'eau qui stagnait dans les fossés, l'accès aux puits leur étant interdit. En réaction, le syndicat des paysans multipliait les barrages routiers ; il contrôlait les voitures, les diligences, les voyageurs et les attelages, empêchant toute personne étrangère à la province de s'y déplacer ou d'y pénétrer. Le gouvernement avait dépêché des militaires pour protéger les propriétaires dont les demeures étaient attaquées. Les échauffourées entre les grévistes et les jaunes étaient devenues de plus en plus courantes, se soldant par des blessés graves et même des victimes parmi les jaunes. Les cheminots s'étaient associés au mouvement, s'opposant à l'acheminement de la main-d'œuvre que les propriétaires avaient embauchée dans les provinces voisines et des troupeaux qu'ils avaient à transporter. Marianne avait participé au convoyage de dizaines d'enfants de grévistes dans des familles milanaises qui avaient accepté de les recevoir. Elle avait animé des meetings dans les villages, assisté à des dizaines de réunions avec les dirigeants du syndicat. Les discussions ne débouchant pas, les manifestations s'étaient succédé à Parme et dans les localités des environs. Repérable à son écharpe rouge, à sa ceinture rouge, à la plume rouge surmontant son chapeau de paille, Marianne n'en avait manqué aucune en scandant en italien : « Vive la grève ! Vive la révolution ! » À Milan, elle avait harangué des milliers de femmes et d'hommes pour les appeler à dénoncer la politique de répression du gouvernement et les conditions carcérales qui étaient imposées aux prisonniers politiques qu'elle avait qualifiées d'inhumaines. Elle avait même reproché publiquement au souverain Victor-Emmanuel d'approuver ces pratiques. Les *carabinieri* l'avaient arrêtée aussitôt. Elle avait été poursuivie pour excitation au régicide.

– Les policiers et la justice m'ont accusée de pousser les Italiens à éliminer leur roi ! leur expliqua-t-elle.

Vincent, Adeline et Célestin qui avait délaissé son sécateur pour les rejoindre à la cuisine et se réchauffer, se regardèrent. Tous en étaient stupéfaits.

– C'est gravissime dans le royaume ! enchaîna-t-elle. Je pouvais être condamnée à cinq ans de prison et même à la peine de mort…

– Exécutée pour un discours ou quelques paroles lancées d'une tribune ? s'indigna Adeline. C'était injustifié.

– C'était simplement pour quelques paroles ? demanda Célestin, incrédule. Ou il y avait eu une bagarre ? Vous n'auriez pas attaqué un carabinier ?

– Non !

Il n'y avait pas eu d'hésitation dans sa réponse.

Rassurée mais penaude, Adeline reconnut :

– Nous sommes bien soulagés de l'entendre…

Tous deux s'étaient imaginé qu'elle avait agressé un carabinier, quoiqu'elle détestât la violence.

– Je n'avais attaqué personne ! rétorqua Marianne. Croyez-moi ! Comment aurais-je pu ? Avec mes poings ? Avec mon écharpe ou mon foulard rouge ? Je n'emporte jamais de couteau ni de pistolet. Certains en France considèrent que je suis dangereuse mais je n'ai jamais déposé de bombe…

Elle déclencha l'hilarité de Vincent.

– Marianne n'est pas une Bonnot en jupon ! insista-t-il auprès de Célestin et d'Adeline. C'est une pacifiste. Elle n'utilise que la plume, les journaux, les tribunes et les discours pour se battre.

Marianne avait été incarcérée dans une cellule où croupissaient une prostituée, une meurtrière et une voleuse d'oranges. Elle s'était familiarisée, auprès d'elles, avec la langue des quartiers populaires et du quotidien. Elle n'avait pas échappé aux corvées de balayage de la cellule et de nettoyage des paillasses infestées de punaises, à la chasse aux souris qui pullulaient dans les étages, réussissaient à pénétrer sous les portes, léchaient les gamelles et rongeaient les couvertures, trottinaient sur les détenues endormies. Elle s'était souvent réveillée brutalement lorsque l'une d'entre elles mordillait son oreille ou se glissait dans ses cheveux.

– Les prisons de France ne sont guère mieux !

– Et la nourriture ? s'inquiéta Adeline.

– De la tambouille, évidemment ! Ce n'était pas une surprise. Je connaissais déjà l'ordinaire dans les maisons d'arrêt de France. Un morceau de miche rassis et parfois moisi… Un bouillon de légumes d'une couleur suspecte et brunâtre où surnagent des croûtons ; des macaronis compacts comme de la *pègue*…

Adeline soupira.

– On ne meurt pas de ce régime ! rétorqua Marianne, habituée à partager le quotidien difficile des grévistes.

– On vous autorisait des promenades ? demanda-t-elle.

– Une heure chaque après-midi.

– Comme se comportaient les gardiennes ? poursuivit Vincent.

– Les matonnes à cornette étaient très strictes. C'étaient vraiment des gardes-chiourmes, des peaux de vache !

– Les matonnes ? s'étonna Adeline.

– Les gardiennes, si vous préférez. Les surveillantes sont toutes des religieuses. Il n'y a pas d'hommes dans les prisons de femmes. Elles ne nous lâchaient jamais, elles nous fouillaient avant et après chaque visite. Elles détestaient les rebelles…

– Comme vous ! souligna Célestin.

– Et surtout les prostituées ! compléta-t-elle. Elles les haïssaient bien plus que les criminelles…

S'ils n'avaient pas été autorisés à la rencontrer, les dirigeants du syndicat des paysans avaient toutefois mandaté un avocat milanais bilingue pour l'assister devant le juge d'instruction et au moment de son procès. Ils se retrouvaient chaque semaine dans le parloir de la maison d'arrêt. Maître Francesco Giuliani avait prévenu Maxime qui avait sollicité Louis Lacombe. Tous deux s'étaient déplacés. Grâce à ses fonctions de magistrat, Louis Lacombe était intervenu auprès de l'administration pénitentiaire et avait arraché des droits de visite. Auprès de la chambre d'instruction, il avait défendu la réputation et l'honneur de Marianne. Certes il ne contestait pas qu'elle était une « meneuse de grèves » mais elle n'était pas violente ni régicide, ne méritant pas une sanction sévère. Cette plaidoirie avait été d'autant plus percutante que les journaux italiens, sans distinction d'opinion politique, l'avaient relayée dans leurs colonnes mais également des quotidiens parisiens républicains ainsi que *Le Courrier de l'Aveyron* et *Le Républicain de l'Aveyron*. Apprenant son arrestation, Clément avait accouru à Milan et séjourné dans une famille ouvrière jusqu'à ce qu'elle comparaisse devant le tribunal tandis que le mouvement se poursuivait avec ses manifestations et ses accrochages.

– Sans Clément et sans Maxime qui effectuait le voyage à Milan chaque quinzaine, ma détention aurait été plus difficile à supporter ! concéda-t-elle. Maxime me ramenait des romans et des journaux ; il m'apportait des nouvelles de France et de Lagarde... Clément me racontait ce qu'il recueillait auprès des camarades du syndicat des paysans sur la solidarité des cheminots syndiqués qui organisaient des collectes pour les grévistes, les discussions avec les dirigeants de l'Agraria, les échauffourées avec les militaires, la guerre civile et de classe qui s'instaurait peu à peu...

– Il était sûrement mieux informé que nous ! déplora Vincent.

Même s'il ne connaissait pas Marianne, Vincent s'était intéressé à l'évolution du mouvement, à son incarcération, au comportement du pouvoir et de la justice. Il avait recherché des informations dans la rubrique de *La Petite Gironde* qui était consacrée aux nouvelles de l'étranger, en ressentant de la déception tellement elles étaient disparates. En France, les journaux républicains s'étaient contentés d'évoquer son procès, la clémence du tribunal, sa condamnation à soixante jours de cellule. Il n'avait pas compris pourquoi elle avait été poursuivie pour deux slogans qu'elle scandait déjà à travers la France depuis des années : « Vive la grève internationale ! Vive la révolution ! » Aujourd'hui, il éprouvait la satisfaction d'entendre ces explications de la bouche de Marianne. Il avait regretté, à l'époque, que ses confrères parisiens ne fournissent plus de précisions sur le mouvement après le 15 juillet 1908 alors qu'il n'était pas terminé et se concentrent sur le prochain mariage de mademoiselle Fallières, héritière du président de la République.

– C'était un véritable feuilleton ! tempêta-t-il. Les mondanités, les mondanités ! Il y avait bien plus important que ce mariage… C'était désolant : j'enrageais !

Condamnée à soixante journées d'incarcération, Marianne avait ensuite attendu sa libération qui était intervenue dans la matinée du samedi 25 juillet. Une religieuse s'était présentée à dix heures pour l'accompagner au secrétariat pour qu'elle reprenne les affaires dont elle s'était séparée à son arrivée, les contrôle et paraphe le registre d'écrou. Marianne avait embrassé ses trois compagnes d'infortune qui avaient orchestré une bruyante sérénade avec leurs couverts et leurs gamelles en scandant : « Vive la grève nationale ! » Dans les cellules voisines puis les étages, des dizaines de détenues avaient embrayé en exaspérant les matonnes à cornettes. Elle était devenue une héroïne pour avoir contesté le pouvoir et le capital.

– Toutes avaient compris que je défendais les paysans pauvres, les gueules noires, les ouvriers, les femmes ! Elles m'ont remerciée à leur manière…

Les autorités redoutant qu'elle rejoigne à nouveau les grévistes, Marianne avait été expulsée d'Italie sur-le-champ et reconduite à la frontière où le secrétaire général de la préfecture des Basses-Alpes l'avait sermonnée.

– Il souhaitait que je m'engage sur l'honneur à ne plus organiser d'agitation ouvrière en France et en Italie ! raconta-t-elle. C'était un idéaliste ! C'était au-dessus de mes forces. Il m'a menacée… On se retrouvera sûrement, m'a-t-il affirmé. Peut-être. Je ne sais pas…

Vincent frissonna d'émotion devant des paroles qui traduisaient bien ses convictions nullement émoussées par les épreuves et les déconvenues.

Pour ne pas le froisser, elle ne raconta pas qu'elle avait apprécié la présence et les attentions de Clément qui l'attendait à Menton où il avait réservé une chambre. Ils s'y étaient enfermés pendant deux journées entières pour s'étourdir d'amour avant de profiter du soleil, de la plage, de la mer…

L'obscurité envahissait peu à peu la cuisine. Adeline alluma des lampes alors que Célestin regarnissait le fourneau. Le lillet avait été déjà entreposé dans la fraîcheur de la souillarde. Vincent déboucha la bouteille. L'année 1914 s'achevait dans la douleur pour nombre de familles. Ils trinquèrent avec gravité, en se demandant quand la guerre finirait et la paix viendrait.

22

Leurs journées s'écoulèrent rapidement à Lagarde. Le dimanche 3 janvier 1915, après le déjeuner, Marianne et Vincent rentrèrent à Rodez. Comme à regret. Vincent était attendu le lendemain par son directeur pour la rédaction des rubriques dont il avait la charge pour le numéro du 6 janvier. Quant à Marianne, elle était convenue avec Maxime qu'ils se retrouveraient sous la marquise à sa descente de l'express de Toulouse à dix-sept heures. Les deux amants se séparèrent devant l'immeuble du Biney et rejoignirent chacun leur logement. Ils se reverraient, dès le lendemain, dans les bureaux du *Républicain*. Marianne y passerait dans la matinée pour connaître les réactions éventuelles à sa chronique du 30 décembre et présenter ses vœux à Anatole Vergne. Une sensation étrange la submergea lorsqu'elle pénétra dans le deux-pièces. Certes elle éprouvait un sentiment de plénitude et d'exaltation après ces journées avec Vincent – il l'avait comblée – mais elle appréciait de réintégrer son pied-à-terre où elle recouvrait son indépendance. Elle y était tellement attachée que sa séparation d'avec Étienne, son époux, dont elle n'était toujours pas divorcée, s'était imposée d'une manière logique après deux années seulement de mariage mais, surtout, après l'expérience désastreuse de la communauté anarchiste en Argentine. Clément l'avait compris. Elle était heureuse de constater que Vincent l'admettait également.

Maxime avait un caractère semblable. Il confessa volontiers qu'il était impatient de retrouver son immeuble ruthénois, ses habitudes, son domaine de Lagarde et même sa petite-cousine après les deux semaines ou presque qu'il avait consacrées à Clothilde, à Émeline, à ses gendres et à ses petits-enfants. Certes il recevrait une famille le lendemain, dans l'après-midi, pour le règlement conflictuel d'une succession qui s'éternisait depuis des années. Mais le rendez-vous aurait pu être repoussé s'il l'avait souhaité. Tous deux échangèrent des nouvelles. Marianne était pressée d'en recevoir de Clothilde et d'Émeline qui étaient les seules de la famille Cancelier avec qui elle conservait des relations aujourd'hui. Ces dernières années, elle les avait accueillies pendant la période estivale dans son château avec leurs fiancés qu'elles avaient ensuite épousés. Cette semaine ou la suivante, elles se téléphoneraient ou s'écriraient. Quant à Maxime, il l'accabla de questions sur ses journées à Lagarde et les activités du domaine, les dernières actualités ruthénoises. Elle l'informa des menaces sanitaires dont l'avait prévenu

Louis Lacombe. Tous deux décidèrent qu'ils repartiraient à Lagarde dès mercredi. Marianne ne prévoyait pas de séjourner trop longtemps à Rodez où elle craignait de s'ennuyer puisqu'elle ne reviendrait pas à Combarel auprès des blessés mais également d'étouffer dans un deux-pièces. Vincent la rejoindrait le samedi après-midi, s'il le souhaitait, avec la diligence de Vezins puis retournerait à Rodez le dimanche après-midi avec la même voiture. Quant à Maxime, il était impatient de retrouver son régisseur pour examiner les comptes de l'année 1914.

Le secrétaire général de la préfecture chamboula ce programme en se manifestant le lendemain auprès de Marianne. Il téléphona à Lagarde dans la matinée. Adeline le renvoya aussitôt chez Maxime où il pourrait la joindre certainement au moment du déjeuner qu'elle partageait souvent avec son petit-cousin. La sonnerie retentit dans l'appartement lorsque Madeleine entamait son service. Elle maugréa après le manque de savoir-vivre des clients, persuadée que l'appel ne pouvait être destiné qu'à l'avocat. C'était fréquent à cette heure. Maxime répondit et l'instant suivant, médusée, Marianne apprenait du secrétaire général de la préfecture qu'il l'attendait à dix-sept heures. Ils n'échangèrent que trois phrases. L'extrême brièveté, l'étrangeté de leur conversation l'intriguèrent. Elle éprouva la sensation que le fonctionnaire était embarrassé. En raccrochant, elle se demanda pourquoi il la convoquait sans explications. Elle n'avait pas commis d'infraction mais elle n'en avait eu aucun mérite. Il n'y avait pas de mouvement syndical dans le Bassin, le Millavois et à Roquefort ni la moindre agitation politique dans une localité de l'Aveyron. Certes elle soutenait les réfugiés de Saint-Pierre mais n'enfreignait pas les règlements. Les militaires qui l'avaient contrôlée au carrefour Saint-Cyrice le 26 décembre avaient-ils adressé une plainte auprès de la préfecture pour son comportement ? Peut-être. Elle se justifierait si c'était nécessaire.

Elle se présenta avant dix-sept heures à la préfecture. Deux plantons, en uniforme et au garde-à-vous, comme pétrifiés devant les portes à l'image des statues d'un square, vérifiaient l'identité des visiteurs avant de libérer le passage. Un huissier ou un gratte-papier, installé derrière un comptoir, les accueillait ensuite dans le grand vestibule. Il examina à nouveau ses papiers puis la conduisit jusqu'à l'étage. Elle patienta dans un couloir pendant une dizaine de minutes avant qu'un homme d'une soixantaine d'années, aux cheveux clairsemés et grisonnants, au complet sombre dont le revers du veston s'ornait d'un ruban rouge, la rejoigne et s'excuse de la recevoir avec retard. C'était le secrétaire général. Marianne n'avait nullement l'habitude de fréquenter les préfectures et les ministères. Elle en découvrait le décorum : des meubles anciens, des rideaux aux couleurs sévères, des poêles fumants, des dizaines de dossiers entassés à même les parquets, des sièges à la tapisserie démodée et fatiguée, une forte odeur de cuir et de tabac. Le fonctionnaire l'invita à s'asseoir dans l'un des fauteuils réservés aux visiteurs.

Il semblait aussi emprunté qu'au moment du déjeuner quand il l'avait appelée chez Maxime.

– C'est une affaire délicate ! soupira-t-il à voix basse comme s'il redoutait qu'on les entende.

– Je vous écoute, monsieur ! répondit-elle sans se troubler. Que me voulez-vous ? Que se passe-t-il ?

– Le ministre de l'Intérieur en personne voudrait vous rencontrer. L'un de ses conseillers m'a téléphoné pour que je vous transmette ce message…

– Pourriez-vous m'expliquer pourquoi ?

– Je ne dispose d'aucune précision, madame.

– Que me reproche-t-on encore ? soupira-t-elle, agacée.

– Rassurez-vous : il n'y a aucune plainte déposée contre vous ! Je peux vous le garantir… Après… Monsieur le ministre a sûrement de bonnes raisons de s'entretenir avec vous…

Louis-Jean Malvy l'attendait à son bureau de la place Beauvau, le vendredi 8 janvier à seize heures.

– Cette semaine ? Il y a donc urgence ? s'alarma-t-elle.

– Puis-je confirmer ? rétorqua-t-il sans répondre à sa question.

– Je partirai pour Paris dès demain ou dans deux jours.

– Monsieur le ministre vous accorde trois journées pour rejoindre la capitale, souligna-t-il. Je suppose que c'est suffisant même si les voyages en express sont moins rapides qu'avant-guerre… Vous ne l'ignorez sûrement pas puisque vous vous intéressez à la politique : monsieur le ministre est député du Lot… Il est habitué à se déplacer entre son département et Paris ; il est souvent intervenu auprès de la compagnie du Paris-Orléans pour qu'elle améliore le service…

Il la raccompagna sans plus d'explications.

Après cette entrevue, Marianne accourut dans les bureaux de la compagnie du Paris-Orléans qui se trouvaient à quelques centaines de mètres seulement de la préfecture, place d'Estaing. À l'automne, les journaux ruthénois avaient annoncé à plusieurs reprises que le Paris-Orléans comptait modifier ses horaires de Rodez à Paris pour proposer une meilleure desserte. Elle le constata avec satisfaction, en achetant ses billets. Certes il y avait toujours un changement à Capdenac, à Brive puis à Limoges mais le voyage était plus rapide depuis le 1er janvier. Elle quitterait Rodez le mercredi à 13 h 52 pour parvenir à Paris-Orsay le lendemain à 8 h 33 si le croisement avec les wagons de troufions en partance pour le front ou de blessés qui étaient acheminés dans des hôpitaux de l'arrière ne retardait pas la circulation de son express. Elle se souvenait qu'en septembre, elle avait supporté deux longues journées de voyage de Paris à Rodez.

Depuis les bureaux du Paris-Orléans, elle rejoignit ensuite l'hôtel de ville en pressant l'allure. Louis Lacombe s'y trouvait sûrement à cette heure ; il l'éclairerait. Il avait de l'entregent, des relations chez les radicaux et dans les différents ministères. Toujours magistrat à Limoges, on prétendait qu'il bénéficierait bientôt d'une promotion et deviendrait président de chambre à Bourges. Ancien parlementaire, il fréquentait peut-être Louis-Jean Malvy. En chemin, une question l'assaillait toujours. Pourquoi le ministre de l'Intérieur souhaitait-il la rencontrer si rapidement ? Elle ne le connaissait que de réputation. Homme de conviction et député radical, il était l'un des artisans de l'Union sacrée. Au moment de la mobilisation, il avait négocié avec les dirigeants de la CGT pour conclure des accords de paix sociale. Il s'était opposé à l'arrestation de plusieurs milliers de syndicalistes et de militants socialistes, catalogués parmi les pacifistes, alors que les conservateurs la réclamaient avec acharnement. Elle ne pouvait donc que manifester de la bienveillance à l'encontre de Malvy, bien qu'elle n'ait jamais apprécié les ministres de l'Intérieur ni même les inspecteurs qui la surveillaient. Qu'il recueille ou pas sa sympathie, tout au moins un semblant, ne changeait pas sa situation. Elle était dans l'obligation de s'exécuter.

Marianne attendit près d'une heure dans un couloir glacial que le premier magistrat puisse la recevoir. À cette heure, Louis Lacombe accueillait les représentants du quotidien catholique et de ses deux concurrents républicains qui envisageaient d'organiser en commun une « matinée de charité » au bénéfice des militaires soignés dans les hôpitaux ruthénois, au théâtre municipal, le dimanche 21 février. Le directeur du *Républicain* en avait informé Marianne à l'occasion de son passage dans ses bureaux, avant le déjeuner. Il en avait eu l'initiative la dernière semaine de décembre, l'avait ensuite soumise à son confrère du *Courrier de l'Aveyron* qui y avait aussitôt souscrit puis à *L'Union catholique* qui avait accepté à sa grande surprise de s'y associer. Quand les trois hommes quittèrent le bureau du maire, ils tombèrent sur Marianne dans le couloir. Les directeurs des deux journaux républicains la saluèrent chaleureusement sans s'attarder tandis que le chanoine Joseph Touzézy, toujours aussi solennel et arrogant dans son chapeau et sa soutane, la foudroyait du regard. Leur succédant dans son bureau, elle expliqua à Louis Lacombe ce qui l'amenait à le consulter. Comme elle le supposait, il connaissait le ministre de l'Intérieur.

– C'est un homme honnête : il ne vous piégera pas ! affirma-t-il.

– Mais que peut-il me vouloir ? insista-t-elle.

– Il souhaite peut-être vous interroger sur une question délicate.

– Sur des anarchistes que je fréquente depuis des années, des camarades syndicalistes ?

– C'est possible…

C'était bien ce qu'elle redoutait.

– Je ne suis pas une moucharde : je ne m'abaisserai jamais à le renseigner ! tempêta-t-elle.

De son déplacement, de sa convocation chez Louis-Jean Malvy, de ses intentions de séjourner quelque temps dans la capitale pour rencontrer ses camarades, elle ne pouvait qu'informer Maxime puis Vincent. Son rendez-vous les intriguait autant qu'elle. Ils insistèrent pour qu'elle se manifeste dès qu'elle rentrerait de son entrevue au ministère ; elle s'y engagea. Dans l'après-midi du 7 janvier, après une demi-journée de retard sur l'horaire annoncé, elle déballait ses bagages dans la chambre meublée qu'elle était habituée à occuper à l'hôtel de Sébastopol puis retrouvait Antoine, l'un des camarades les plus proches de Clément. Dans un estaminet de Montmartre, ils échangèrent des nouvelles sur quelques compagnons de combat, les mouvements d'extrême gauche qui s'attaquaient aux fabricants d'armements. Pour ces industriels, la guerre était une aubaine. Elle leur permettait d'engranger des bénéfices en produisant des fusils, des canons et des munitions pour que les soldats des deux camps s'entretuent. C'était un nouveau chapitre, horrible, du combat entre capitalistes et prolétaires. Antoine n'approuvait pas les positions de Marianne qui s'était détournée du pacifisme ; il ne pouvait accepter qu'elle les justifiât par la barbarie allemande en Belgique et affirmait qu'elle soutenait le capitalisme même d'une manière indirecte, sans le chercher. Ils débattirent avec flamme jusqu'à une heure tardive. Leurs désaccords rappelèrent à Marianne ses discussions animées avec Clément dans l'ambiance enfumée et survoltée de ce même estaminet.

Elle les conservait toujours en mémoire le lendemain après-midi lorsqu'elle se présenta au ministère de l'Intérieur dont l'entrée était surveillée par une dizaine de gardiens de la paix qui patrouillaient à proximité, contrôlaient les allées et venues, épluchaient l'identité de toute personne qui avait un rendez-vous dans les services avant de s'assurer qu'elle figurait dans le registre des visiteurs de la journée. L'un d'entre eux l'accompagna jusqu'au bureau d'un conseiller du ministre qui l'accueillit avant de prévenir Louis-Jean Malvy de sa présence. Pour une militante révolutionnaire, réfractaire à l'autorité et à la discipline, il était intimidant de cheminer dans les couloirs de ce bâtiment où pullulaient des policiers de tous calibres. Jamais, elle n'aurait imaginé une seconde y pénétrer. Dès que le conseiller l'introduisit dans le bureau du ministre, Marianne remarqua aussitôt son élégance, sa courtoisie, la douceur de son regard, la finesse de sa moustache qui contribuait à son charme. Grâce à ses services, il connaissait parfaitement le parcours de Marianne, ses convictions, son accointance avec l'extrême gauche et certains anarchistes, ses nombreux démêlés avec les représentants de l'ordre mais il n'avait nullement l'intention de la sermonner. Il l'interrogea sur son voyage depuis l'Aveyron et les services du Paris-Orléans, les réactions des familles de mobilisés devant l'enlisement des combats.

– Vous vous étonnez sûrement que je vous convoque à Paris, madame ! s'exclama-t-il ensuite, enfoncé dans son fauteuil de cuir et triturant un crayon entre ses mains fines.

Elle confirma.

– Nous avons besoin de vous !

Ces paroles la sidérèrent.

– Je suppose que vous vous informez sur la situation italienne.

– Elle me préoccupe, monsieur le ministre !

– Elle préoccupe également notre président, le gouvernement et nos généraux. Nos diplomates se démènent depuis des semaines ; ils ne sont toujours pas parvenus à convaincre Victor-Emmanuel de nous rejoindre et de combattre les Allemands. Pourtant, les renforts italiens seraient précieux aux troupes de la Triple entente.

– L'opinion publique semble évoluer, objecta-t-elle.

– Bien doucement, regretta-t-il. Les socialistes sont partagés, les interventionnistes ne sont pas assez nombreux pour l'infléchir puis l'encourager à basculer… On m'a rapporté que vous correspondiez avec des syndicalistes et des dirigeants socialistes…

– On vous a bien renseigné, monsieur le ministre ! ironisa-t-elle.

– Nous aimerions que vous les rencontriez pour essayer de les convaincre d'appeler à l'entrée en guerre de l'Italie avec les Alliés. Des socialistes allemands s'agitent toujours pour qu'ils soutiennent Guillaume II mais ils s'y refusent. Depuis deux semaines, de jeunes militants italiens s'enrôlent dans notre armée. C'est un début. Il est important que le mouvement s'accélère.

Elle demeura stupéfaite tellement sa proposition était cocasse.

– Vous confieriez cette mission à une meneuse de grèves, à une femme surveillée par la police depuis des années et à une militante d'extrême gauche qui a été arrêtée à plusieurs reprises en France pour de l'agitation politique et incarcérée pendant deux mois dans une cellule italienne ?

– Absolument ! répondit Louis-Jean Malvy.

– C'est audacieux et, peut-être même, dangereux.

– Nous estimons que vous êtes la mieux placée pour réussir.

– Votre confiance me touche mais…

– Acceptez, madame ! rétorqua-t-il. Pour la France ! Même si ce que nous vous demandons a un caractère officieux, nous nous en souviendrons… Vous aimez votre patrie, la justice, la liberté… C'est une manière de les défendre devant la barbarie allemande qui s'est déjà manifestée en Belgique et que vous avez dénoncée. Nous ne pouvons accepter qu'elle se répande en Europe… Ne pensez plus aux chicanes que les policiers vous ont infligées mais aux peuples. Si nos armées et les soldats anglais n'arrivent pas à repousser les Allemands, nous souffrirons comme en Belgique…

En évoquant ses convictions, il avait habilement manœuvré pour influencer sa décision, tout au moins l'espérait-il.

Marianne s'accorda un moment de réflexion avant de répondre. Retourner dans la péninsule italienne après ce qu'elle avait affronté en 1908 ne l'enthousiasmait pas. Le ministre le pressentit, l'assura que la chancellerie interviendrait pour que sa présence n'engendre pas de tracasseries douanières au moment de son arrivée en Italie ni policières ensuite, même si elle n'était pas mandatée de manière officielle par le ministère. Toutefois, il manifesta des exigences.

– Ne provoquez pas à nouveau le souverain ni le pouvoir, n'accusez personne et ne manifestez pas !

Contentez-vous de rencontrer vos camarades syndicalistes et les dirigeants socialistes. Sinon…

Elle était consciente que si on l'arrêtait à nouveau, elle croupirait dans une maison d'arrêt et personne ne l'aiderait. Pourtant, elle ne pouvait pas demeurer inactive. Finalement, la « cause du droit » et la liberté des peuples l'amenèrent à accepter même si elle détestait la guerre. Il la remercia vivement, serrant ses mains.

– Vous honorez la France, madame !

Dès le lendemain, elle s'empressait de prévenir par courrier ses camarades de Parme, Milan et Rome de son prochain voyage sans trop s'étendre sur sa mission. Dans l'attente de leurs réponses, elle informa également Maxime et Vincent de son absence, leur indiqua qu'elle durerait sûrement plusieurs semaines. Elle n'employa pas le téléphone comme elle s'y était engagée – il était impossible depuis son arrivée d'appeler des abonnés dans l'Aveyron, l'opératrice des Postes expliquant que le réseau était encombré – ni le télégramme puisque les commissariats de chaque arrondissement contrôlaient le contenu des bleus expédiés de tous les bureaux de poste. Dans son courrier, elle se contenta d'indiquer qu'elle rejoindrait sous une semaine des camarades milanais et romains qui la sollicitaient pour des « affaires urgentes ». Marianne était persuadée qu'après leurs dernières discussions au château sur la situation italienne, Vincent comprendrait pourquoi le ministre de l'Intérieur l'avait convoquée. La semaine suivante, elle retournait au ministère à la demande du conseiller de Malvy qui avait préparé une enveloppe avec des recommandations et une somme d'argent suffisamment importante pour ses dépenses. Les réponses de ses correspondants n'étaient toujours pas parvenues à son hôtel quand un tremblement de terre se produisit en Italie le 13 janvier, ressenti jusqu'en Autriche, surpassant en intensité la secousse sismique de 1908 qui avait anéanti Messine, provoquant des dizaines de milliers de blessés et de morts. Dans l'après-midi du 13 janvier, avant que les journaux annoncent la terrible nouvelle, le conseiller du ministre téléphona à Marianne qui proposa sur-le-champ de renoncer à son déplacement, en soulignant que les Italiens ne penseraient plus à la guerre en Europe et à ses alliances mais au malheur qui frappait le royaume. Il s'y opposa fermement, suggérant qu'elle le repousse d'une à deux semaines. Elle s'exécuta à contrecœur, contrariée par l'intransigeance de ce conseiller campant sur ses certitudes et pour qui les batailles avaient plus d'importance que la tragédie italienne.

Les journées qui la séparèrent de son départ à Rome, elle les consacra à s'informer sur l'évolution de la situation italienne dans le domaine politique et pour les secours aux victimes, puis à préparer ses arguments en prévision de ses entretiens. Chaque après-midi, elle rejoignait ses anciens confrères de *La Petite République* dans les bureaux de la rue Paul-Lelong où elle avait travaillé et avait des souvenirs. Elle consultait les dernières dépêches, en débattait avec le responsable de la rubrique étrangère, compulsait la collection du quotidien depuis l'automne selon ses indications pour retrouver des chroniques sur l'Italie. Elle retourna également dans les bureaux de *L'Humanité* pour farfouiller des heures parmi les journaux entassés dans l'entrepôt du « bouillon » où étaient regroupés les invendus, y découvrit des numéros où figuraient ses chroniques sur l'agression allemande de la Belgique et la guerre à Bruxelles. Ces éditions, elle les prendrait dans ses bagages, les montrerait à ses interlocuteurs pour leur démontrer que les exactions de Guillaume II ne pouvaient pas demeurer impunies. Marianne se préoccupa également de ses protégées. Certes elle n'avait plus d'inquiétude pour Eugénie que la chapelière avait conservée parmi son personnel pour les prochaines semaines mais elle demanda à Maxime de rencontrer, à l'occasion de ses passages au domaine de Lagarde, Thérèse et Marthe pour qu'elles souffrent le moins possible de la guerre. Elle échangea par ailleurs des courriers avec Vincent qui l'exhorta à la prudence en la pressant d'une quantité de conseils. Elle mesura alors combien il s'était attaché à elle depuis l'automne, même si les choses étaient claires entre eux. Les moments délicieux qu'ils avaient partagés à Lagarde, leur complicité, leur dernière nuit à Rodez étaient toujours bien présents dans ses pensées lorsqu'elle s'installa dans l'express pour Lyon et Nice dans la matinée du samedi 30 janvier. Toutefois, consciente de son importance, de la responsabilité qui écrasait ses épaules et agitait son sommeil, elle était accaparée par sa mission. Arriverait-elle à convaincre ? Elle en avait la volonté.

23

Il y avait déjà sept ans qu'elle n'était pas revenue en Italie et elle ne connaissait pas Rome où elle arriva dans la soirée du 1er février, courbaturée par trois journées de voyage qui avaient été ponctuées par des changements, une panne de machine, des arrêts imprévus qui l'avaient obligée à partager une chambre dans un hôtel de San Remo avec une passagère du même express et à envoyer un bleu à Rome pour prévenir du retard, auxquels s'ajoutèrent les contrôles pointilleux aux frontières. Giuseppa et Francesco l'accueillirent à sa descente de voiture puis empruntèrent l'un des derniers omnibus à chevaux pour l'emmener dans le quartier de la fontaine de Trevi où ils occupaient un modeste appartement dissimulé dans une ruelle. Comme elle voulait se déplacer à travers l'Italie, ils avaient proposé de l'héberger pendant son séjour à Rome. Elle les avait rencontrés à l'occasion d'un congrès international anarchiste à Amsterdam où Clément l'avait accompagnée en août 1907. Ils avaient sympathisé. Elle les avait retrouvés l'année suivante dans la province de Parme au moment de la grande grève du parmesan. Ils l'avaient soutenue pendant son incarcération, envoyant des messages que son avocat se chargeait de remettre avec d'autres cachés dans les feuilles des journaux. Autour d'une tranche de jambon de Parme, de spaghettis et d'une bouteille de marino, ils parlèrent de la grève de 1908 et de la guerre en France, du tremblement de terre du 13 janvier et de la nouvelle secousse du 28 janvier à Benevento, des 30 000 victimes, des familles désespérées devant les destructions et des faillites en cascade dans plusieurs districts, de Clément qu'ils connaissaient et dont la disparition les chagrina. Dans ces conditions, tous les trois se demandaient s'il était raisonnable de mobiliser les Italiens autour d'un changement d'alliance et de l'entrée en guerre de leur pays.

Dès le lendemain, elle participait à la première rencontre qu'elle leur avait demandé d'organiser avec des partisans de l'intervention italienne. Avaient répondu à l'invitation des hommes et des femmes qui défendaient l'entrée en guerre de l'Italie comme Maria Rygier et Alceste de Ambris qu'elle avait souvent côtoyés dans des congrès, Benito Mussolini dont elle conservait un souvenir partagé. L'homme était impulsif, batailleur et excessif mais également peu courageux. Comment oublierait-elle la manière poltronne et peu élégante avec laquelle il s'était comporté à la manifestation de Milan où elle avait été arrêtée ? Se proclamant révolutionnaire depuis les tribunes des rassemblements politiques et syndicaux puis dans les colonnes des journaux, Mussolini s'était engagé activement avec les grévistes et le syndicat des paysans. Ce jour-là, il marchait à ses côtés dans les avenues de Milan en scandant les mêmes slogans qu'elle, et il avait subitement disparu au moment où les *carabinieri* avaient débarqué pour l'emmener aussitôt, redoutant de se retrouver dans une cellule puis devant les tribunaux alors que Marianne aurait apprécié qu'il la défende et assume ses opinions. En cette matinée de février 1915, dans l'arrière-salle d'une trattoria où ils se réunissaient, Mussolini et Marianne Cancelier ne s'évitèrent pas mais leur échange fut de simple convenance tandis que chacun conserva ses distances. Dès ses premières paroles devant l'assistance, elle remarqua qu'il était toujours un brillant orateur mais suffisant et colérique. Journaliste, il avait été congédié de *L'Avanti* parce qu'il réclamait l'intervention du royaume dans cette guerre. Qu'importe ! Pour diffuser ses discours et ses théories à travers l'Italie, il avait fondé *Il populo d'Italia* tandis qu'il s'appliquait à regrouper des révolutionnaires, des socialistes et des républicains pour précipiter l'entrée en guerre de l'Italie. Il était incontournable ! Marianne ne pouvait que le constater en regrettant presque que ses camarades Giuseppa et Francesco l'aient associé à cette première rencontre mais ils avaient reconnu qu'ils y avaient été plus ou moins contraints. Par ailleurs, elle comprenait l'absence de Gabriele D'Annunzio, le propagateur le plus infatigable et le plus enthousiaste de l'intervention, tellement les deux hommes étaient différents. Mussolini avait l'intention de multiplier les meetings dans les provinces du royaume dès la semaine suivante pour influencer l'opinion publique, souhaitant qu'elle prenne la parole. Pouvait-elle s'y opposer même si le ministre de l'Intérieur, Louis-Jean Malvy, n'y était nullement favorable ? Convaincre l'opinion publique, pas seulement les syndicalistes et les hommes politiques, était indispensable. Elle accepta sans hésitation, consciente des risques qu'elle encourait, et l'assistance l'applaudit. Ses discours enflammés au moment de la grande grève de 1908 demeuraient dans les mémoires. Elle était toujours aussi populaire.

Pendant sa semaine romaine, elle rencontra des parlementaires, des responsables socialistes et des syndicalistes qui représentaient différentes branches d'activités. Certains étaient « neutralistes » et rejetaient le principe de toute offensive militaire de l'Italie même si elle ne comptait pas attaquer l'Allemagne mais seulement l'Autriche et la Turquie. D'autres étaient d'autant plus partagés que le pouvoir préparait la guerre sans l'annoncer clairement, mais les journalistes n'en étaient pas moins conscients et l'affirmaient dans les colonnes de différents journaux. La marine s'entraînait depuis des semaines, ses bateaux pourraient appareiller rapidement depuis Tarente et La Spezia. Les spécialistes estimaient, par ailleurs, que les régiments d'artillerie et d'infanterie disposeraient bientôt de leurs équipements pour pouvoir combattre dans trois à quatre semaines. Les arsenaux mobilisaient leur personnel pour produire le maximum de munitions tandis que le gouvernement avait proposé aux Italiens de souscrire au grand emprunt national pour soutenir les efforts de guerre. Cette situation nouvelle encourageait les journalistes à prétendre que leur royaume entrerait en campagne dès le printemps, qu'il lâcherait les Allemands, les Autrichiens et les Hongrois pour combattre avec les Britanniques, les Russes, les Français, ou même en parallèle s'il ne trouvait pas de terrain d'entente avec les Alliés. À tous les hésitants ainsi qu'aux neutralistes, Marianne ressassait le même discours sur le comportement inacceptable et les violences des Allemands dans le royaume de Belgique depuis qu'ils l'avaient envahi, la nécessité de préserver la souveraineté et la liberté des peuples. Giuseppa et Francesco le traduisirent fidèlement en déployant la même flamme, en présentant les témoignages qu'elle avait recueillis en Belgique et ses chroniques de *L'Humanité*. Après chacun de ses entretiens, elle remarqua que certains étaient ébranlés dans leurs certitudes et changeraient peut-être d'opinion. Les lignes bougeaient peu à peu. C'était stimulant ! Ne ménageant pas son énergie ni son temps, ne se souciant ni de l'horloge ni de la fatigue quand ses journées n'en finissaient pas, elle enchaînait sans relâche ces rencontres où elle retrouvait ce qui avait toujours constitué le sens et le sel de sa vie : l'ivresse de l'action.

Elle y replongea également à l'occasion du premier meeting que Mussolini organisa à Milan. Pourtant, jusqu'au dernier moment, elle avait éprouvé quelques hésitations à y participer. Elle conservait en mémoire les conseils du ministre de l'Intérieur qui l'avait engagée à redoubler de prudence en ce domaine, et elle n'avait pas confiance en Mussolini. Provocateur, il ne contrôlait pas toujours ses paroles ; il pouvait être dangereux et pousser des centaines de personnes à la violence. Marianne ne souhaitait pas renouveler l'expérience du printemps 1908, redoutant que cette manifestation dégénère et que des affrontements avec les *carabinieri* ou avec des neutralistes acharnés qui s'opposaient à l'intervention éclatent. Ses camarades l'avaient persuadée que son témoignage et ses arguments éclipseraient les vociférations de Mussolini ; ils l'avaient assurée, par ailleurs, qu'il y aurait un service d'ordre. Elle avait accepté de se déplacer à Milan. Maintenant, elle retrouvait l'esplanade où les manifestants s'étaient rassemblés en 1908 pour composer une longue cohorte qui s'était ensuite engagée sur les avenues. En cette journée de février 1915, des hommes et des femmes, des jeunes et des anciens s'y étaient regroupés pour l'entendre ainsi que Mussolini. Paysans et ouvriers, boutiquiers et artisans, combien étaient-ils ? Quatre mille, cinq mille ou peut-être même plus. Cette assistance compacte impressionnait Marianne qui ne s'attendait pas à pareille mobilisation. Il n'y avait pas que des Milanais dans la foule. Certains avaient accouru des villages les plus proches mais encore de Monza, de Pavie et de Côme.

C'était un après-midi ensoleillé, d'une douceur parfumée et déjà printanier, dont la quiétude contrastait avec l'extrême gravité de ce qui réunissait des milliers d'hommes et de femmes sur l'esplanade. On ne partait pas en guerre comme à la chasse et à la pêche. Tous en étaient bien conscients. Les visages étaient sombres. Personne n'entonnait « Tous à Berlin ! » comme les pioupious de France au moment de la mobilisation d'août 1914 qui avaient rencontré depuis d'amères désillusions. Ils attendaient qu'on leur explique clairement pourquoi il était nécessaire que le royaume intervienne et combatte Guillaume II et l'Autriche qu'il avait soutenus jusqu'à présent. Ils ne comprenaient pas pourquoi des hommes politiques, des citoyens et des dirigeants de syndicats souhaitaient un changement d'alliance, pourquoi les neutralistes s'y opposaient avec autant de fermeté. Certes cette question essentielle occupait les colonnes des journaux depuis des semaines mais nombre d'entre eux, le plus souvent illettrés ou sans grande instruction, étaient incapables de déchiffrer la complexité de certaines positions.

Dominant les manifestants, en plein centre de l'espace, avait été dressée une haute estrade où Marianne rejoignit Mussolini, Alceste de Ambris et Maria Rygier. Équipée d'un simple porte-voix comme ses camarades, elle s'exprima la dernière dans un silence presque religieux alors que l'allocution de Mussolini avait été, plus ou moins, parasitée par des murmures permanents. Elle évoqua en premier la mémoire de Garibaldi, personnage emblématique de l'unification et de l'indépendance de la péninsule contre l'Autriche, le royaume des Deux-Siciles et le Vatican, qui avait combattu avec la France contre les Prussiens en 1870.

– Si Giuseppe Garibaldi était encore de ce monde, il se rangerait sous la bannière de la liberté et de la France ! souligna-t-elle. Et je vous le prouve !

Ses cinq petits-enfants s'étaient engagés en France. À l'initiative de Beppino, leur grand frère et chef de guerre, ils avaient constitué en Avignon deux régiments de volontaires qui avaient été expédiés en Argonne dès que leur période d'entraînement avait été achevée. Deux d'entre eux, Constantin et Bruno, étaient déjà tombés sous la mitraille ennemie.

– Les Italiens et l'Italie ne peuvent qu'écouter aujourd'hui le vœu le plus cher et la voix de Giuseppe Garibaldi transmis à son héritier Riciotti et à ses cinq petits-enfants valeureux : qu'ils marchent avec la France !

Des applaudissements acclamèrent sa proposition.

Marianne poursuivit avec les exactions allemandes en Belgique, le courage d'Albert 1er qui s'était démené pour résister à l'invasion, la nécessité pour les Belges encore expatriés en France de revenir dans leur patrie.

– Battons-nous pour que les Belges retrouvent leur liberté et que l'Europe entière respire ! Détruisons le militarisme et le bellicisme allemands sans scrupule, sans hésitation, sans complexes. N'en déplaise aux socialistes allemands qui sont devenus les complices inexcusables de Guillaume de Hohenzollern. N'en déplaise encore aux socialistes italiens qui persistent à demeurer neutralistes et qui approuvent en définitive les oppresseurs de la Belgique. L'Italie ne peut pas s'enfermer plus longtemps dans la neutralité parce qu'elle ne bénéficie qu'à l'Allemagne et à l'Autriche, confortant leur volonté de dominer l'Europe et d'imposer leur discipline… Italiens du Sud ou du Nord, réveillez-vous, levez-vous, armez-vous, partez à l'assaut ! Rejoignez-nous ! Rejoignez les partisans de la liberté ! L'Italie et la France sont sœurs ! Vous et nous, sommes des Latins… Nous nous reconnaissons dans les mêmes principes ! Nous sommes attachés à notre civilisation et nous devons la défendre.

Dépensant toute l'énergie dont elle disposait, comme d'habitude, Marianne s'était ingéniée à galvaniser l'assistance qui se déchaîna en réponse :

– Vive la liberté !

– Vive les Alliés !

– Vive la France !

– Vive l'Italie !

– Vive Cancelier !

Les manifestants se séparèrent ensuite dans la bousculade tout en commentant les allocutions ou en entonnant l'hymne italien pour s'encourager mutuellement en prévision des moments douloureux qu'ils traverseraient dans les prochaines semaines.

Quand Marianne descendit de l'estrade avec Maria Rygier qui la complimentait pour ses convictions et son discours enflammé, deux femmes entouraient Giuseppa et Francesco, elles l'attendaient. Elle reconnut dans l'instant Giulietta, la prostituée, et Marcela, la voleuse d'oranges, avec lesquelles elle avait partagé leur cellule en 1908. Même si elles n'adhéraient pas à ses opinions, opposées à la guerre, elles s'étaient déplacées spécialement pour l'écouter cet après-midi. Ses qualités oratoires les avaient épatées. Elles comprenaient pourquoi elle avait été incarcérée en 1908, le pouvoir avait cherché alors à la neutraliser.

– Prudence ! Protège-toi ! insistèrent-elles en l'embrassant.

Marianne retrouva également maître Giuliani et les dirigeants du syndicat des paysans. Ils reparlèrent du mouvement de 1908, des frustrations ressenties devant les maigres résultats obtenus par les journaliers et de leur fragilité qui ne manquerait pas de s'accentuer si le royaume entrait en guerre.

Devant son étonnante et écrasante popularité que leur première manifestation commune avait consacrée, Mussolini n'associa plus Marianne aux déplacements qu'il avait envisagés. Sous le prétexte de pouvoir multiplier les meetings à travers l'Italie, il proposa qu'elle se produise dorénavant avec Alceste de Ambris et Maria Rygier. Il n'y avait aucune animosité dans ses propos mais elle supposa qu'il n'avait pas supporté l'ovation qui avait marqué son discours à Milan et qu'il en nourrissait de la jalousie. C'était un homme trop exclusif. Elle n'en était nullement chagrinée mais, à l'inverse, soulagée. Elle entreprit donc une tournée avec Alceste de Ambris et Maria Rygier, en redoublant cependant de précautions devant les contre-attaques répétées des neutralistes qui se terminaient souvent en bagarres à Rome, à Milan, à Gênes, à Turin, à Ancône, à Pérouse, à Catane. Elle provoqua partout de l'enthousiasme et éprouva la satisfaction, au moment de retourner en France le dimanche 7 mars, d'emporter un message de Philippe Turatti, le plus grand orateur socialiste, qui traduisait bien l'évolution de certains dirigeants : il déclarait sans la moindre hésitation qu'il accomplirait son devoir de patriote dès que le gouvernement lancerait la mobilisation. Exténuée après ces cinq semaines d'entretiens, de manifestations et de voyages incessants, elle s'assoupit contre le vitrage de sa fenêtre tandis que la machine s'éloignait de Rome. Les dés étaient jetés.

24

À nouveau, le ministre de l'Intérieur avait souhaité la rencontrer lorsqu'elle reviendrait en France. La journée du 8 mars se terminait dans la grisaille et la fraîcheur au moment où Marianne regagna le boulevard de Strasbourg. Ses bagages déposés dans sa chambre, elle s'empressa de téléphoner à son conseiller qui proposa aussitôt un rendez-vous à son bureau de la place Beauvau dans la matinée. Le lendemain, elle retrouva donc Louis-Jean Malvy qui l'accabla de questions sur les socialistes, les positions des journaux, l'influence des neutralistes, l'opinion publique, Mussolini. Elle y répondit d'une manière détaillée ; il ne commenta pas mais il demanda parfois des précisions. Puis il la remercia pour son précieux concours.

– Maintenant que tout le monde est intervenu, nous ne pouvons qu'attendre ! souligna-t-il.

Dorénavant sans contraintes et avant de rejoindre l'Aveyron, elle s'accorda des moments de détente qu'elle estimait mérités. Elle ne chercha pas à reprendre contact avec Antoine et les camarades de Clément, convaincue par avance qu'ils critiqueraient vertement son « militarisme » et ce qu'ils considéraient déjà comme une trahison. Elle consacra une journée à découvrir, dans les salles du Louvre, la peinture italienne de la Renaissance ; elle applaudit du vaudeville et des œuvres de Labiche dans les théâtres des boulevards, dont la légèreté gommait pour deux heures les malheurs de l'époque, puis de la musique classique. Les privations de l'automne à Rodez où il n'y avait plus aucune distraction avaient engendré des frustrations qui expliquaient sa boulimie de sorties. Résisterait-elle longtemps à la monotonie et à l'austérité du quotidien auquel il paraissait difficile de se soustraire si elle demeurait dans l'Aveyron ? Elle s'interrogea dans l'express qui la conduisait à Rodez, en regardant les paysages toujours sombres et lugubres du Limousin, qui n'étaient guère plus souriants sur les causses de Gramat et dans le bassin houiller dont les cheminées crachaient de la fumée grisâtre, piquante. À Rodez, des averses de grésil martelaient la marquise lorsque la locomotive s'immobilisa en bordure du quai. Elle avait télégraphié à Maxime et à Vincent, les informant qu'elle arriverait le dimanche 14 mars avec l'express de 10 h 38, si les horaires étaient respectés depuis Paris. Tous deux se déplacèrent, patientèrent plus de deux heures avant de pouvoir l'embrasser. Ses cinq semaines italiennes alimentèrent les conversations du déjeuner auquel Maxime avait convié Vincent. Ils restèrent attablés jusqu'au milieu de l'après-midi puis Marianne demanda à son petit-cousin de la conduire jusqu'au Biney avec ses bagages. Elle souhaitait se reposer. Son deux-pièces réintégré, elle s'allongea sur le couvre-lit, se faufila sous l'édredon et s'endormit. Elle se réveilla dans l'obscurité, consulta aussitôt sa montre. Il était déjà vingt heures. Elle endossa à nouveau son manteau et emporta son chapeau pour se précipiter chez Vincent. Il l'attendait dans son deux-pièces qu'elle avait découvert par une soirée froide de janvier, la dernière qu'ils avaient passée ensemble avant qu'elle prenne un express pour Paris. Il y avait déjà deux mois ! Malgré des journées bien remplies ou même trop parfois, elle avait ressenti son absence et Vincent reconnut que c'était réciproque. Elle avait apporté deux bouteilles de marino, la première pour son petit-cousin, la seconde pour Vincent. Ils la débouchèrent, trinquèrent puis savourèrent ces retrouvailles en dégustant quelques provisions que Madeleine avait préparées discrètement pour eux. Ils dînèrent sans se presser puis échangèrent un regard et Vincent l'entraîna alors dans sa chambre. Ils arrachèrent presque leurs vêtements qui parsemèrent bientôt le parquet, s'aimèrent avec une frénésie étonnante et se livrèrent à un corps à corps endiablé qui les conduisit aux limites du plaisir.

Marianne se réveilla au moment où les cloches de Saint-Amans appelaient les paroissiens pour la messe de huit heures. Elle constata que Vincent avait déjà disparu. Elle n'imaginait pas qu'il débutait sa journée d'aussi bonne heure. En chemise, les paupières lourdes de sommeil, chaussée de pantoufles avachies et trop grandes qu'elle avait dénichées sous la commode de la chambre, elle cherchait un message dans la cuisine où ronronnait le fourneau quand, soudain, il réapparut triomphant pour déposer sur la table une miche tiède. Il l'embrassa tendrement, en avouant qu'il s'était présenté dans sept boutiques avant de pouvoir l'acheter : certaines étaient fermées en cette première journée de la semaine alors que d'autres réservaient leurs fournées à leur clientèle attitrée. Ils préparèrent ensemble leur petit déjeuner. Dans un parfum délicat de café, Vincent ne manqua pas d'évoquer les difficultés croissantes des boulangers ruthénois à se procurer la matière première nécessaire – la farine de blé – et la polémique que Louis Lacombe entretenait dans *Le Républicain* sur les propriétaires-spéculateurs de céréales. Puis ils discutèrent de la situation sanitaire de Rodez qui les avait alarmés avant son départ. L'épidémie de méningite se terminait au soulagement des habitants qu'elle avait finalement peu affectés en dehors des malades ou des militaires soignés dans les hôpitaux. Les chiens errants avaient été capturés. Personne ne déposait plus de plaintes pour morsures. En revanche, la propreté des quartiers ne s'améliorait que lentement et *Le Républicain* continuait à recevoir des courriers de Ruthénois qui persistaient à dénoncer la présence de détritus d'hôpitaux dans des courettes mitoyennes de ces établissements et même des espaces publics. Certes la négligence et l'incivisme perduraient encore mais les nouvelles sanitaires étaient meilleures qu'au moment des fêtes. Marianne s'en réjouissait.

Puis elle interrogea Vincent à propos des réfugiés auxquels ses réflexions l'avaient souvent ramenée ces dernières semaines alors qu'elle pensait à la France. Que devenaient-ils ? Étaient-ils toujours hébergés à Saint-Pierre ? Leurs relations avec certains artisans de Rodez s'étaient-elles apaisées ? À son étonnement, elle découvrit qu'il ne subsistait qu'une poignée de réfugiés à Rodez. Les familles étaient reparties dans leur majorité depuis janvier et la municipalité envisageait d'aménager l'immense bâtiment en cantonnement pour les militaires. Vincent confirma que Wolfgang n'était plus Ruthénois ni même ses camarades, et elle le regretta tellement elle avait été heureuse de les rencontrer et de les soutenir, de débattre avec eux de l'autoritarisme des empereurs Guillaume II et François-Joseph.

Maintenant que sa mission était terminée et qu'elle était revenue en Aveyron, Vincent désirait connaître ses intentions. Comptait-elle dans l'immédiat se reposer à Lagarde ou à Rodez ? Envisageait-elle, ensuite, de reprendre ses activités de bénévole à Combarel ? Quoique consciente de l'importance de ses décisions pour Vincent, Marianne ne pouvait répondre à ses questions. Elle était impatiente de retrouver de l'énergie et ses repères. Puis elle aviserait. Vincent se contenta de sourire, persuadé qu'elle repartirait si une occasion se présentait, mais il ne se rembrunit pas. Il s'attendait à ce qu'elle s'éclipse à nouveau d'ici quelques semaines ou dans le courant de l'année, mais à ce qu'elle revienne ensuite, comme les migrateurs. Il avait compris que le changement était l'une des composantes de son caractère. Elle ne supportait pas longtemps le même horizon ni les mêmes fréquentations, malgré des amitiés solides, comme en témoignaient son parcours de militante et ses engagements qu'il avait découverts et connaissait bien désormais. Même si elle était à la recherche de nouveaux auditoires et de tribunes pour s'exprimer, sa fidélité était sans failles. Maxime l'avait assuré à Vincent. Là où d'aucuns n'entrevoyaient que de l'instabilité, il y avait la volonté de s'enrichir. Ses conversations, ses connaissances, ses réflexions le démontraient amplement…

Ils se séparèrent après le petit déjeuner et Marianne retourna au Biney. Elle consacra la matinée à dépouiller le courrier que Maxime avait rapporté de Lagarde. S'y trouvaient, entre autres, deux lettres de l'Écossais Donald Macleod. La première remontait au 25 janvier, la deuxième au 27 février. L'Europe s'était installée dans la guerre, les Britanniques acceptaient la situation même si les combats ne se déroulaient pas sur leur territoire. La suprématie des bateaux de la Royal Navy, qui s'était manifestée à l'occasion de plusieurs batailles contre les bâtiments allemands, les poussait à voyager à nouveau ; ils s'étaient habitués aux dangers. Donald Macleod proposait donc à Marianne de le retrouver à Glasgow la première quinzaine d'avril, de poursuivre ses conférences devant les étudiants de l'université, de les compléter sur l'insistance de l'un de ses collègues d'histoire sur le syndicalisme, l'extrême gauche et l'anarchisme, le prolétariat de l'agriculture et de l'industrie. Enthousiaste, elle répondit aussitôt, prévoyant d'ores et déjà son arrivée à Glasgow autour du 15 avril si les événements le permettaient. D'ici là, elle pourrait préparer ses interventions grâce à ses mémoires, aux coupures de journaux et à sa correspondance avec les syndicalistes et les hommes politiques qu'elle conservait depuis une vingtaine d'années. Comme convenu, elle déjeuna avec Maxime et l'informa le premier. Il ne chercha pas à la dissuader, la connaissant suffisamment pour imaginer qu'elle ne passerait pas la totalité de la guerre à Lagarde et à Rodez si les combats s'éternisaient. Ne souhaitant pas patienter jusqu'à la fin de la journée pour prévenir Vincent, Marianne le rejoignit ensuite dans les bureaux du *Républicain*. Pas davantage que son petit-cousin, il ne manifesta son étonnement ni Anatole Vergne ni Louis Lacombe qu'elle rencontra également près des machines.

– La bougeotte, c'est constant chez vous ! s'exclama le premier magistrat de Rodez avec humour.

– On m'appelle toujours ailleurs et je m'en voudrais de décevoir ! répondit-elle sur le même ton.

– Accordez-nous toutefois un privilège avant d'embarquer pour la Grande-Bretagne ! poursuivit-il. Nous aimerions que vous nous expliquiez la complexité de la situation italienne. Les réservistes qui habitent en Suisse ont été informés qu'ils auraient à retourner dans leurs garnisons si le gouvernement mobilise. Comment le royaume pourra-t-il conserver sa neutralité en se préparant activement à une intervention militaire ? Nos collègues du Cercle Broussy voudraient bien comprendre… Si vous pouviez nous éclairer utilement, comme en septembre sur la barbarie allemande en Belgique…

Un immense sourire illumina son visage. Elle était d'autant plus disposée à exposer devant eux ce qu'elle avait observé et entendu, pendant ses cinq semaines italiennes, que Louis-Jean Malvy l'avait autorisée à ne plus respecter d'obligation de réserve à laquelle elle s'était soumise avant son départ à Rome même si la mission n'était pas officielle.

Ils convinrent de se retrouver dès mercredi au Broussy. Anatole et Maxime se chargeraient des invitations. Puis elle demanda qu'ils puissent poursuivre les discussions autour d'une bonne table. C'était inhabituel. Ils se réunissaient toujours en soirée, ne dînaient pas ensemble. Elle concéda qu'elle appréciait leur compagnie mais qu'elle ne les reverrait certainement pas avant longtemps d'où son insistance à partager ce moment de fraternité.

Ce jour-là, il ne manqua personne parmi les membres du Cercle qui l'écoutèrent avec attention puis la pressèrent de questions. Les échanges se révélèrent captivants. Au moment de l'apéritif, Vincent Chaumes et Bertrand Siman – chroniqueur politique au *Courrier de l'Aveyron* – sollicitèrent un rendez-vous pour effectuer une interview commune qu'ils publieraient donc dans les deux journaux puis qu'ils enverraient aux rédactions de différents quotidiens républicains du

Sud-Ouest. Ils estimaient que son analyse des positions italiennes et de la situation politique de ce pays méritait d'être connue et largement diffusée. Ils décidèrent de se rencontrer au Broussy dès le lendemain. Marianne repartirait ensuite à Lagarde le vendredi ou le samedi, impatiente de s'aventurer sur les chemins, d'obtenir des nouvelles de Thérèse et de Marthe, de compulser les archives pour préparer son voyage en Écosse.

Elle éprouva un grand bonheur à se réinstaller à Lagarde. Non seulement Adeline et Célestin étaient heureux de l'embrasser mais la campagne devenait plus souriante. Les journées s'allongeaient, la lumière était plus éclatante, les oiseaux babillaient tout en bâtissant leurs nids dans les branches d'arbre, les bourgeons pointaient, les jonquilles sauvages et les violettes fleurissaient dans les sous-bois. Profitant du soleil et de la douceur, elle emmena Ivanhoé en balade dès le lendemain de son arrivée et l'entraîna dans les hameaux de ses deux protégées qui la rassurèrent. Leurs époux envoyaient des messages – quelques phrases, seulement – plus que de véritables courriers, pour indiquer que le quotidien des tranchées était difficile mais qu'ils résistaient de leur mieux et espéraient bénéficier bientôt d'une permission. Marthe percevait enfin son allocation de l'État et constatait avec satisfaction qu'Augustin Carrière ne manifestait pas de nouvelles exigences pour sa prochaine échéance trimestrielle. Soulagée, Marianne s'en réjouissait. Les informant de son départ, elle leur conseilla de s'adresser à Maxime si elles rencontraient des difficultés matérielles.

Les journées de Marianne se succédèrent rapidement, rythmées par des matinées studieuses dans sa chambre près de la cheminée qu'il était toujours nécessaire d'allumer pour chasser la fraîcheur et l'humidité, par des randonnées à cheval ou de longues marches où elle poursuivait ses réflexions sur le naturalisme d'Émile Zola et les revendications ouvrières qui redeviendraient d'actualité dès que les combats cesseraient, le mouvement syndical, l'économie de guerre et les restrictions alimentaires qui paraissaient inévitables mais que le gouvernement ne souhaitait pas encore annoncer pour ne pas braquer la population. Elles étaient entrecoupées par les passages fréquents de Maxime qui rencontrait très souvent le régisseur avec l'arrivée du printemps et ne manquait jamais de ramener Vincent le samedi au moment du déjeuner. Anatole Vergne avait bien compris qu'il n'entretenait pas seulement des relations confraternelles avec la châtelaine. Il l'autorisait à déserter les bureaux dans la matinée du samedi dès que l'impression du nouveau numéro était terminée, reconnaissant qu'il se démenait sans compter pour *Le Républicain*. Ne débutait-il pas ses journées à six heures ou à sept heures, le matin, cherchant à compenser son absence partielle du samedi ? Lorsqu'il séjournait à Lagarde, Adeline, Célestin et Maxime ne voyaient plus Marianne qu'au moment des repas. Dans la journée, les amants se réfugiaient sur les chemins autour du domaine où ils passaient des heures à observer les animaux sauvages et les transformations de la campagne au printemps. Ou ils s'enfermaient dans leur chambre pour échanger sur les questions qu'elle prévoyait d'aborder devant les étudiants écossais. Ou, encore, ils s'aimaient avec une flamme dont ils se surprenaient à constater qu'elle ne faiblissait pas.

La séparation approcha. Par une journée printanière, Maxime et Vincent accompagnèrent Marianne à la gare après le déjeuner. L'avant-veille, ses deux malles avaient déjà été expédiées à Calais par les services de messagerie du Paris-Orléans. Marianne n'emportait qu'un modeste bagage pour le voyage ; elle le déposa aux pieds de Maxime pour entraîner Vincent en direction des entrepôts. Derrière l'un des bâtiments de réparation des machines, se protégeant des indiscrétions des commis poussant leurs charretons, des passagers et de leurs familles qui avaient envahi les quais, ils s'embrassèrent longuement et tendrement sans se soucier de l'horloge. Des coups de sifflet répétés les ramenèrent soudain à la réalité. Le départ était imminent. Ils se pressèrent de retraverser le faisceau de voies pour regagner la marquise. Déjà, le chef de gare était sur les quais avec son porte-voix, son drapeau, son sifflet. Maxime remarqua que tous deux avaient les pommettes écarlates, les prunelles humides et les vêtements froissés. Reprenant son bagage, Marianne rejoignit son compartiment après les dernières paroles d'au revoir. Elle s'installa devant sa fenêtre, abaissa le vitrage et se pencha au-dehors pour brandir son écharpe rouge. Le sifflet du chef de gare retentit puis la machine s'ébranla dans un panache de fumée.

Regardant fixement Maxime et Vincent qui s'éloignaient peu à peu pour se transformer en de minuscules silhouettes au fur et à mesure que le mécanicien poussait la pression et la vitesse augmentait, Marianne attendit de ne plus les distinguer avant de refermer sa fenêtre et de s'asseoir, pensive. Même si personne ne l'avait obligée à repartir et si elle était impatiente de reprendre ses conférences, elle avait le cœur lourd et la gorge nouée.

25

Elle avait déjà commencé ses conférences lorsque les journaux britanniques annoncèrent que le ministre des Affaires étrangères de Victor-Emmanuel était parvenu à conclure un accord avec la Triple Entente sans consulter le parlement. Le pacte de Londres illustrait un premier changement dans l'attitude italienne, accompagné d'un deuxième le 4 mai lorsque le royaume interrompit son alliance avec l'Allemagne et l'Autriche, puis d'un troisième plus déterminant avec sa déclaration de guerre à l'Autriche-Hongrie le 23 mai qui avait été arrachée par le pouvoir après une cascade de péripéties politiques. Cette décision tellement difficile à prendre par l'Italie était peut-être capitale pour l'évolution de la guerre, en enlevant aux Allemands et aux Autrichiens toute possibilité de renforcer leurs armées avec ses régiments et sa marine. En l'apprenant, Marianne éprouva le sentiment qu'elle n'était peut-être pas étrangère à ce revirement, que ses discours, ses meetings et ses entretiens avaient peut-être persuadé les hommes politiques qu'il était nécessaire de combattre la barbarie allemande. Le ministre de l'Intérieur, Louis-Jean Malvy, ne s'y trompa nullement. Il la remercia dans un courrier qu'il envoya au château de Lagarde et que Maxime réexpédia à son adresse de Glasgow. Mais elle ne le découvrit que trois semaines plus tard, au lendemain d'une escapade dans les Highlands où l'avait emmenée Donald Macleod. Le message était chaleureux mais la guerre était tellement horrible que Marianne ne se réjouissait pas d'y entraîner les Italiens. Or c'était un combat pour la liberté et il paraissait bien difficile d'y échapper. Le ministre de l'Intérieur prétendait également que la postérité n'oublierait pas sa tournée italienne, les arguments et l'énergie qu'elle avait déployés... La postérité ? Elle ne s'en était jamais préoccupée jusqu'à présent, ne travaillant pas pour l'Histoire comme certains l'imaginaient peut-être mais, depuis toujours, pour défendre l'égalité, la liberté et la justice, la fraternité des hommes et la souveraineté des peuples.

Se partageant entre Londres, Glasgow et les Highlands, elle ne retourna pas dans l'Aveyron avant l'armistice du 11 novembre 1918 malgré les courriers insistants de Vincent qui se languissait de son absence. Elle attendit même que la terrible et meurtrière épidémie de grippe espagnole se termine – ou s'atténue – pour retrouver la France en juillet 1919. Vincent et Maxime, le directeur du *Courrier*, Louis Lacombe,

Adeline, Célestin et Madeleine constatèrent qu'elle leur revenait différente. Certes elle manifestait la même curiosité et la même vivacité d'esprit, tandis que ses prunelles étaient toujours aussi pétillantes, mais la silhouette s'était épaissie avec les années et quelques fils blancs scintillaient dans les boucles de ses cheveux châtains. Cependant, elle était toujours élégante et séduisante pour Vincent qui l'embrassait, enfin, après ses quatre années d'absence tellement longues à supporter. Les événements l'avaient également transformée et Vincent pouvait en témoigner – il était encore le seul pour l'heure – grâce à la correspondance qu'ils avaient entretenue avec beaucoup d'assiduité, comme s'ils avaient engagé une course contre la montre. Ces échanges avaient maintenu la flamme qui les animait avant son départ et ce qui les unissait par-delà la Manche. C'était précieux. Par ailleurs, ils avaient permis à Vincent d'assister à l'évolution de ses opinions politiques. Le bellicisme de Guillaume II et des Autrichiens, la boucherie des tranchées, la répression des insoumis, les exactions commises par les bolcheviques au moment des révolutions de 1917 en Russie l'avaient poussée à infléchir ses positions jusqu'alors très arrêtées. Elle avait été pendant longtemps une partisane acharnée de la révolution et elle en devenait presque l'adversaire aujourd'hui. « Il y a eu trop de sang répandu pour qu'on veuille en verser encore ! » avait-elle confessé, au printemps 1918, en transmettant à Vincent des nouvelles alarmantes qu'elle recevait de camarades moscovites emprisonnés à l'époque de Nicolas II qui s'opposaient farouchement aux bolcheviques. Désormais, elle était favorable à la négociation, à la légalité, aux réformes sociales pour redonner au peuple du bien-être et de la liberté.

Vincent la convainquit de s'en expliquer devant les membres du Cercle Broussy. Elle s'était réinstallée à Lagarde à son arrivée, un mercredi, et il s'était empressé de la rejoindre le samedi après-midi avec la Peugeot qu'il avait achetée au printemps 1919 pour pouvoir se déplacer plus facilement et comme il l'entendait. Il avait succédé à Anatole Vergne à la direction du *Républicain* à l'automne 1917, et son influence s'était renforcée. Il approuvait la nouvelle philosophie de Marianne. Ses chroniques et ses éditoriaux s'en étaient souvent inspirés, surtout depuis que les ciseaux de la censure ne coupaient plus les passages ne convenant pas au gouvernement, juste avant le passage des numéros en machine, et que les journalistes étaient autorisés à s'exprimer librement. Les membres du comité politique l'avaient soutenu sans opposer de critiques ni même de réserve. Ils étaient impatients d'en débattre avec Marianne. Elle accepta avec le même empressement qu'au printemps 1915 après ses entretiens et ses meetings en Italie. Ils se félicitèrent de remarquer qu'elle se proclamait toujours socialiste – qui en douterait ? pensait Vincent – et que ses analyses étaient toujours aussi pertinentes. La qualité et la densité de ces échanges poussèrent Louis Lacombe à organiser une conférence au théâtre municipal où sa dernière prestation sur la journée de huit heures remontait à 1908. Il était persuadé qu'elle rassemblerait plusieurs centaines de personnes, même si elle était toujours aussi détestée par certains, conscient que la contradiction ne l'effrayait pas.

Marianne ne se déroba pas. Louis Lacombe ne se trompa pas : le théâtre afficha complet. Marianne témoigna avec flamme sur ce qu'elle avait entendu et observé pendant ces années de guerre en Belgique, en Grande-Bretagne et en Italie. Elle expliqua ensuite ce qu'on attendait désormais des dirigeants politiques : la paix durable et la liberté garantie en Europe, un monde meilleur pour le peuple. L'assistance l'applaudit à tout rompre. Au moment de clôturer cette soirée, Louis Lacombe mentionna la générosité que Marianne avait manifestée discrètement pour les organismes de bienfaisance de la commune pendant la période difficile que les Ruthénois venaient de traverser. Hommes et femmes se levèrent alors pour l'acclamer. Le jeune journaliste que Vincent avait embauché pour le seconder au *Républicain* depuis le départ à la retraite d'Anatole Vergne, était subjugué. « Quelle femme ! » s'exclama-t-il. Vincent ne pouvait que partager ce sentiment. Quelle éloquence ! Jusqu'alors, il n'avait pas eu l'occasion de l'écouter devant plusieurs centaines de personnes et il en frissonnait, l'imaginant mieux désormais devant les mineurs du Nord et du Pas-de-Calais, les ouvriers agricoles de Parme et les dockers britanniques… Eugénie et Antoine la félicitèrent également. Elle les intriguait depuis l'automne 1914 et leur arrivée à Rodez où ils habitaient désormais dans le quartier du Faubourg. Qui était-elle vraiment ? Maxime avait bien compris que la question les taraudait et il les avait entraînés au théâtre. Maintenant qu'ils la découvraient avec étonnement sous une facette inattendue mais qui chassait les mystères, ils se demandaient comment une femme aussi affable et simple pouvait être aussi brillante. Quant à Onésime et Béatrice, ils s'étaient déplacés à la surprise de Marianne. Comme elle était très entourée après la soirée, ils patientèrent en compagnie de Maxime avant de l'embrasser et se comportèrent comme si plus rien ne les opposait. Certes le ménage ne partageait toujours pas ses opinions politiques, quoiqu'elles fussent moins tranchées qu'avant la guerre, mais leurs relations s'étaient rafraîchies au printemps 1915 lorsque Marianne avait embarqué pour Douvres. Béatrice l'avait vertement accusée de trahison, affirmant que la France et ses blessés avaient bien plus besoin d'elle que l'Écosse. Elle le regrettait aujourd'hui en apprenant comment Marianne avait œuvré dans l'ombre au service de la France et elle se confondit en excuses, transmettant d'ores et déjà son invitation pour les prochaines vendanges dans le domaine familial. Marianne accepta avec joie, heureuse de constater que les malentendus étaient dissipés et de pouvoir retrouver leur complicité de l'automne 1914 lorsqu'elles se rendaient auprès des blessés de guerre à l'hôpital.

De cette conférence, Vincent et Marianne parlèrent à de maintes reprises à Lagarde où il la retrouvait avec le même bonheur chaque samedi après l'impression du *Républicain* et chaque dimanche. Ils débattaient de l'actualité dans la fraîcheur de leur chambre ou sous les ombrages aux moments les plus brûlants de la journée, sur les chemins à l'heure matutinale où la campagne s'éveillait, devant le château lorsque la lumière déclinait doucement et qu'ils regardaient les étoiles s'allumer une à une puis scintiller. Leurs discussions ne s'achevaient jamais. Ils les poursuivaient dans la voiture de Vincent lorsqu'ils circulaient dans les environs, se rendaient chez Marthe et Thérèse que la guerre avait frappées, qui en souffraient toujours et qu'elle continuait à soutenir de son mieux. Marthe était veuve. Son époux, Gabriel, était décédé au Chemin des Dames. Justin, son fils aîné, avait été mobilisé en 1918 mais avait échappé à la mitraille et il la secondait sur l'exploitation depuis quelques semaines. Quant à Germain, l'époux de Thérèse, il avait été amputé de la jambe droite au printemps 1918 et il essayait de se réadapter à sa profession de menuisier-charron mais sa clientèle et ses revenus étaient maigres. Les deux femmes se confiaient à Marianne qui s'attablait avec elles pour écosser des petits pois et équeuter des haricots verts. Vincent l'observait, admiratif. Elle les écoutait égrener leurs soucis, trouvait les bonnes paroles pour les rasséréner et leur apporter le réconfort qu'elles attendaient ou leur dispensait même des conseils si elles la sollicitaient et c'était fréquent, déposait des pièces sur le manteau de la cheminée avant de les embrasser puis d'entraîner Vincent en direction de sa voiture en se demandant si elle parvenait vraiment à soulager leurs misères.

Épilogue

Alors qu'elle pouvait se reposer à Lagarde, se promener sur les chemins, se consacrer à la lecture et continuer la rédaction de ses mémoires ou de chroniques pour des journaux, elle songea bientôt à rejoindre à nouveau l'Écosse. Elle ne pouvait se satisfaire d'une existence trop tranquille, ressassant pour se justifier cette antienne qu'elle resservait au moment de préparer le prochain voyage : « On m'appelle ailleurs et je m'en voudrais de décevoir ! » À la Toussaint 1919, Marianne retourna auprès des étudiants écossais. Jusqu'en 1924, elle multiplia les allées et venues entre l'Aveyron, Londres et Glasgow. Elle poussa parfois jusqu'à Bruxelles et en Lombardie y retrouver ses camarades de combat... À Londres, par une matinée du printemps 1924, une employée de l'hôtel où elle était descendue la découvrit inanimée dans sa chambre. Marianne Cancelier était décédée subitement, à l'âge de 59 ans. Depuis l'armistice de 1918, elle n'avait éprouvé qu'une satisfaction : l'instauration de la journée de huit heures pour laquelle elle s'était tellement démenée pendant une vingtaine d'années et qu'elle avait considérée comme bien tardive. Elle avait regretté vivement qu'après la guerre, les hommes reprennent d'autorité le pouvoir au détriment des femmes qui avaient, pourtant, démontré des capacités à l'exercer et n'avaient pas démérité. Elles attendaient toujours leur émancipation et de s'exprimer comme les hommes dans les isoloirs au moment des élections. Marianne avait par ailleurs dénoncé l'évolution dangereuse des positions politiques de Benito Mussolini qui se détournait du socialisme pour défendre avec virulence des théories xénophobes, antisémites, dictatoriales. Plus que jamais, elle redoutait cet homme…

À la recherche de sa famille, l'ambassade de France à Londres se manifesta auprès de la préfecture de l'Aveyron qui téléphona à Lagarde. La nouvelle accabla de tristesse Adeline et Célestin qui y résidaient toujours, continuant à entretenir le château et les abords malgré leur vieillesse, à témoigner leur affection à la maîtresse de la vénérable demeure lorsqu'elle y séjournait. Ils prévinrent aussitôt les deux hommes qui comptaient le plus pour elle : son petit-cousin et le directeur du *Républicain*. Maxime communiqua alors à Vincent ses dernières volontés qu'elle avait rédigées en avril 1915 avant de traverser la Manche pour rejoindre Douvres puis Londres, Glasgow et les étudiants écossais. Certes Donald Macleod affirmait que les patrouilles de la Royal Navy assuraient la sécurité des ferries dans la

Manche, mais elle craignait une attaque de sous-marin allemand. Elle avait modifié le testament transmis à Maxime avant la guerre, ne désirant plus être inhumée dans le caveau qu'elle avait construit au cimetière de Montmartre à l'époque où elle avait imaginé qu'elle terminerait son existence avec Clément et qu'ils reposeraient sous la même pierre. Au moment des obsèques de Clément, elle pensait toujours qu'elle le rejoindrait quand la grande faucheuse passerait. Marianne ne prévoyait pas, alors, que son existence changerait en rencontrant Vincent, qu'il s'intéresserait autant à ses ancêtres, qu'il s'attacherait autant au château, qu'elle l'aimerait avec flamme mais d'un amour très différent de celui qu'elle avait ressenti pour Clément. Désormais, elle comptait reposer pour l'éternité sur sa propriété de Lagarde où la ramenaient de merveilleux souvenirs avec Vincent, l'insouciance et le bonheur. « Que je meure à Lagarde ou à Rodez, à Londres, à Glasgow, à Paris, à Rome ou ailleurs, incinérez-moi ! demandait-elle. Ramenez mes cendres à Lagarde et répandez-les ensuite autour du château. Pas de cérémonie ni même d'hommage républicain. Lorsqu'on se séparera de mes cendres, je souhaiterais seulement la présence d'hommes et de femmes que je connaissais bien et que j'appréciais... » Comme elle n'avait pas eu d'enfants et qu'un notaire de Nice l'avait informée après la guerre que son époux Étienne Vasseur était décédé, Vincent disposerait du château. Il se chargerait de perpétuer la mémoire des Cancelier, de défendre ce qu'ils avaient entrepris et qui l'avait tellement passionné. Vincent et Maxime embarquèrent à destination de l'Angleterre et exécutèrent ensuite ses dernières volontés. Par un après-midi printanier, devant les employés du domaine, Thérèse et Marthe en pleurs, Adeline et Célestin effondrés, les membres du Cercle Broussy, tous ceux qui constituaient sa seconde famille, ils dispersèrent ses cendres. Puis tous entonnèrent – comme elle le désirait – *Le Temps des Cerises*. Le grand salon et la salle à manger les accueillirent ensuite pour une collation. Dans sa chambre, Vincent avait décroché un tableau qui la représentait à l'adolescence pour l'installer près des portraits de ses ancêtres. Tous remarquèrent qu'elle était une jeune femme déjà séduisante à 15 ou 16 ans, que ses prunelles pétillaient d'une volonté farouche et qu'elle manifestait de l'assurance comme si elle connaissait sa destinée…

Les journaux britanniques annoncèrent sa disparition, soulignant son éloquence « légendaire » et son tempérament « volcanique », les relations privilégiées qu'elle avait toujours entretenues avec les dirigeants travaillistes, sa participation à des combats marquants et à l'organisation des syndicats des transports en Grande-Bretagne. Ils interrogèrent des mineurs gallois qui avouèrent de la fascination pour cette femme aux origines celtiques, comme eux, dont le rouge était la couleur fétiche, qu'ils qualifiaient de « déesse rutilante ». En revanche, en France, leurs confrères montrèrent plus de discrétion, peut-être même trop. Qui se souvenait alors qu'elle avait persuadé Ramsay

MacDonald, les travaillistes et les syndicalistes de soutenir le gouvernement britannique contre l'Allemagne et l'Autriche après l'attaque de la Belgique pour préserver la liberté en Europe ? Ou de ses grands meetings à travers l'Italie en février 1915 ? Personne ou presque. Pourtant, elle avait défendu efficacement les intérêts de la France. Dans *Le Républicain*, Vincent Chaumes consacra sur trois colonnes une chronique admirative à la journaliste, à la « meneuse de grèves » et à la féministe qui avait bouleversé son existence. Louis Lacombe ne se montra pas moins élogieux dans *Le Courrier*. Des journaux de droite s'abstinrent de signaler son décès car, pour beaucoup, elle demeurait à jamais la Femme du diable.

(suite de la bibliographie)

Albums et essais

- *Les Bougnats de l'Aubrac*, 2018.
- *Voyages en Aveyron*, photographies de Pierre Soissons, 2018.
- *André Valadier. L'Aubrac au cœur*, 2017.
- *La maison aveyronnaise*, notices et dessins techniques de Didier Aussibal, photographies de Patrice Thébault, 2016.
- *L'Aveyron*, photographies de Pierre Soissons, 2015.
- *La cuisine aveyronnaise avant le surgélateur*, 2015.
- *Les barrages du Lévézou et des Raspes du Tarn*, 2014.
- *Les barrages des gorges de la Truyère et de la haute vallée du Lot*, 2014.
- *Sécher les couillons. Jurons, insultes et autres amabilités*, 2014.
- *Éleveurs, au temps des champs de foire*. photographies de Denis Barrau, 2013.
- *La France des métiers. Dans les burons de l'Aubrac, 1950-1960*, photographies de Jean Ribière, 2013.
- *La France des métiers. Dans les fermes et caves de Roquefort, 1950-1960*, photographies de Jean Ribière, 2013.
- *Les 501 proverbes de l'Aveyron*, illustrations de Séverin Millet, 2013.
- *Le Clan des 12. Aveyronnais d'ici et d'ailleurs*, illustrations de Séverin Millet, 2012.
- *L'Estofi. Le plat qui venait du froid* (avec Christian Bernad), photographies de Kristof Guez, 2012.
- *Les Bêtes noires. Des chemins de fer dans le Massif central*, photographies de Pierre Soissons et Pierre-Louis Espinasse, 2011.
- *La Petite encyclopédie de l'Aveyron*, illustrations de Séverin Millet, 2011.
- *Les 1001 mots de l'Aveyron*, illustrations de Séverin Millet, 2010.
- *Sentinelles des montagnes. Les burons de l'Aubrac, des monts du Cantal et du Cézallier*, photographies de Pierre Soissons, 2008.
- *L'Aubrac. La Belle aux yeux noirs*, 2006.
- *Le Laguiole. Éloge du couteau*, 2005.
- *Ces objets qui nous habitent*, 1999.
- *Le Laguiole. Une lame de légende*, 1996.
- *L'Année des treize lunes. Almanach perpétuel*, 1996.
- *Métiers de tradition, coutumes en fête*, 1995.
- *Daniel Crozes vous guide en Aveyron*, 1994 ; nouvelles éditions revues et réactualisées sous le titre *Le Guide de l'Aveyron*, 2000 et 2004.
- *Les Aveyronnais. L'esprit des conquérants* (avec Danielle Magne), 1993.
- *Raymond Lacombe. Un combat pour la terre*, 1992.
- *De corne et d'acier. L'épopée du couteau de Laguiole*, 1991.
- *Douze métiers, treize coutumes*, 1987.
- *La Bête noire. L'aventure du rail en Aveyron depuis 1858*, 1986.

Votre livre est fabriqué en France sur un papier certifié PEFC,
pour une gestion durable de la forêt.

Ouvrage réalisé par Cédric Cailhol Infographiste

Achevé d'imprimer sur Roto-Page en mars 2024
par l'Imprimerie Floch à Mayenne

Dépôt légal : mai 2024 – N° d'impression : 104655
ISBN : 978-2-8126-2592-3
ISSN : 2493-3279

Imprimé en France